Kathy Izard

„UND WO SIND HIER DIE BETTEN?"

# KATHY IZARD

»Und wo sind hier die Betten?«

Wie ich 100 Obdachlosen ein Zuhause gab
und dabei selbst nach Hause fand

francke

**Über die Autorin:**

Kathy Izard ist verheiratet, hat vier Töchter, lebt in Charlotte und arbeitete 20 Jahre lang als Grafikdesignerin. 2007 initiierte sie in ihrer Stadt das Programm „Homeless to Homes", fand darüber nicht nur zu einem erfüllten Leben, sondern auch zum Glauben, und schuf mit „Moore Place" ein Zuhause für über hundert vormals obdachlose Menschen, die alle ihre ganz eigene Geschichte haben.

Bibliografische Information der Deutschen Nationalbibliothek
Die Deutsche Nationalbibliothek verzeichnet diese Publikation in der Deutschen Nationalbibliografie; detaillierte bibliografische Daten sind im Internet über http://dnb.dnb.de abrufbar.

ISBN 978-3-96362-051-5
Alle Rechte vorbehalten
Copyright © 2018 by Kathy Izard
Originally published in English under the title
*The Hundred Story Home*
Published by arrangement with Thomas Nelson,
a division of HarperCollins Christian Publishing, Inc. USA
German edition © 2019 by Verlag der Francke-Buchhandlung GmbH
35037 Marburg an der Lahn
Deutsch von Anja Findeisen-MacKenzie
Umschlagbilder: © iStockphoto.com / Nebula Cordata; bubaone
Umschlaggestaltung: Verlag der Francke-Buchhandlung GmbH
Satz: Verlag der Francke-Buchhandlung GmbH
Druck und Bindung: CPI books GmbH, Leck – Germany

www.francke-buch.de

# Inhalt

Für Charlie
Du warst der Erste, der daran geglaubt hat.

*Manchmal muss alles erst in großen Buchstaben*
*am Himmel erscheinen,*
*damit wir die eine Zeile entdecken,*
*die längst in unser Herz hineingeschrieben wurde.*

**DAVID WHYTE, „THE JOURNEY"**

*Vorbemerkung der Autorin*

Die in diesem Buch geschilderten Ereignisse trugen sich im Verlauf vieler Jahre zu, die meisten zwischen 2007 und 2012. Ich habe die Einzelheiten möglichst genau wiedergegeben, wie es meiner Erinnerung entsprach, wobei ich Tagebücher und E-Mails zu Hilfe nahm. Einige Namen wurden geändert, um die Privatsphäre der betreffenden Personen zu schützen. Manche Schilderungen wurden zeitlich etwas gerafft, um einen besseren Erzählfluss zu erreichen, aber alle Geschichten in diesem Buch sind tatsächlich so geschehen.

# *Vorwort*

Im Jahr 2007 stellte mir ein Mann, den ich kaum kannte, eine einfache Frage, die mein Leben für immer verändern sollte. Der Mann war Denver Moore, der Co-Autor des Buches „Genauso anders wie ich: Eine unglaublich wahre Geschichte." Er wollte von mir wissen:

*Und wo sind hier die Betten?*

Nach dieser Begegnung habe ich mich jahrelang gefragt, warum Denver mich ausgerechnet mit dieser Frage konfrontiert hatte. Damals war ich Ehefrau, Mutter von vier Kindern, Grafikdesignerin und ehrenamtliche Mitarbeiterin in einer Suppenküche. Was konnte ich denn schon gegen das Problem der Wohnungslosigkeit in Charlotte, meiner Heimatstadt, unternehmen? Wie kam Denver bloß auf diese Idee?

Doch schließlich habe ich erkannt, dass die eigentliche Frage eine andere war. Sie lautete: Warum hatte ich mir seine Frage so zu Herzen genommen?

Es heißt, es gebe zwei große Tage in unserem Leben: den Tag, an dem wir geboren werden, und den Tag, an dem wir das Warum verstehen.

Dieses Buch erzählt die Geschichte meiner Reise zum Warum.

In den Jahren davor hätte ich Ihnen nicht widersprochen, wenn Sie behauptet hätten: Es gibt keinen Gott.

Heute würde ich Ihnen antworten: Sie haben nur nicht richtig hingehört.

# 1. Sechs Kerzen, ein Wunsch

*Wir alle müssen unsere Heimat verlassen,*
*um eine realere und größere Heimat zu finden.*

**RICHARD ROHR**[1]

Es war der Tag, den ich nie vergessen werde, in dem Jahr, das ich am liebsten für immer vergessen würde.

Ich stand auf Zehenspitzen und schaute über den Rand ihres großen grünen Zeichentisches. Ich sah meiner Mutter zu, wie sie sorgfältig zehn Kunstwerke erschuf. Konzentriert beugte sie sich vornüber, damit sie näher an ihrem Bleistift arbeiten konnte. Wir waren in ihrem geräumigen Atelier, das in unserem neuen, mit Zwischengeschossen ausgestatteten Haus an das Schlafzimmer meiner Eltern angrenzte. Unsere fünfköpfige Familie wohnte erst seit Kurzem dort, in der letzten Straße einer neu erbauten Siedlung im Westen von El Paso, Texas, und wir Kinder hatten alle ein eigenes Zimmer.

Das Atelier war ein fast vierzig Quadratmeter großer Raum mit gewölbten Decken und natürlichem Tageslicht, das durch die Fenster hereinströmte. Zwei Brennöfen standen darin und es gab Staffeleien, Leinwände, Acryl- und Ölfarben sowie Schränke, in denen noch weitere Materialien waren. Ein Kassettenrekorder und einige Schachteln voll mit klassischer Musik sorgten dafür, dass der Raum mit dem Klang von Symphonien erfüllt war, während wir arbeiteten. Meine beiden Schwestern und ich waren wahrscheinlich die einzigen drei kleinen Mädchen, die dazu er-

---

1 Richard Rohr: *Falling Upward. A Spirituality for the Two Halves of Life.* Hoboken, New Jersey: Jossey-Bass, 2011, S. 84.

mutigt wurden, Grußkarten selbst zu gestalten, statt welche zu kaufen. Wenn Verwandte Geburtstag hatten, ein Jubiläum oder Feiertage bevorstanden, holte Mutter die Malutensilien heraus und ließ uns ganz persönliche Karten anfertigen. Glitter und Klebstoff allein reichten nicht; wir mussten ein Thema, eine Illustration und eine Botschaft haben, genau wie bei einer richtigen Grußkarte. Für mich war dieser Raum in unserem Haus immer eine Art Liebesbrief meines Vaters an meine Mutter. Er wollte, dass sie sich hier entfalten konnte, wenn sie schon in die texanische Wüste verpflanzt worden war.

El Paso war die Heimatstadt meines Vaters und meine Mutter war ein Jahrzehnt zuvor von North Carolina hierher gezogen, aus reiner Liebe zu ihm. Alle Häuser in unserer Nachbarschaft waren grundsätzlich im Stil einer Ranch erbaut, mit zusätzlichen architektonischen Elementen aus dem Westen: Ziegeldächer, bunte Lehmziegel und Holzbalken, die über bogenförmigen Fenstern herausragten. So als ob man sich für sein Haus ein Fiesta-Paket zum Draufsatteln bestellen würde. Jeder Vorgarten sah ähnlich aus: eine Landschaft aus Kakteen und Felsen. Nur unserer war anders. Mutter hatte die Felsen etwas sanfter gestaltet mit dem Besten, was ihr Heimatstaat zu bieten hatte: Sie hatte auf unser tausend Quadratmeter großes Grundstück Rosenbüsche und Bradford-Birnbäume gepflanzt. Ich bin sicher, dass man in der örtlichen Baumschule noch nie etwas von Bradford-Birnbäumen gehört hatte, als meine Mutter vier davon bestellte.

Mutter war ganz und gar in ihre Arbeit vertieft, während ich sie an ihrem Zeichentisch beobachtete. Ihre schlanken Finger – die Nägel dezent lackiert – drückten fest auf den Bleistift, als sie sorgfältig die Worte auf die Vorderseite der Klappkarte schrieb, die sie aus weißem Tonpapier ausgeschnitten hatte. Diese Vorzeichnung mit Bleistift war nur ein grober Entwurf, der sicherstellen sollte, dass die Buchstaben mittig und in gleichmäßigem Abstand angeordnet waren.

Als Nächstes nahm sie ihren Füller mit der tiefschwarzen Tinte und malte langsam die Linien nach, bis die Buchstaben einer nach dem anderen erschienen. Wenn sie eine Karte vollendet hatte, nahm sie die nächste zur Hand, bis alle zehn Karten in perfekt angeordneter Schrift die Worte verkündeten:

*Herzliche Einladung zum 6. Geburtstag von Katherine Grace Green*

Wochenlang hatte meine Mutter ihre gesamte kreative Energie investiert, um einen unvergesslichen Tag für mich zu planen. Sie selbst konnte sich nicht daran erinnern, als Kind auch nur einen Kuchen zum Geburtstag bekommen zu haben, nicht einmal einen gekauften. Und so hatte sie sich geschworen, dass ihre eigenen Töchter sich immer an ihre Geburtstagsfeiern würden erinnern können. Sie begann, indem sie ein Motto auswählte; alles, was meine Mutter tat, hatte ein bestimmtes Motto. Ob Einladungen, Spiele, Kuchen oder kleine Geschenke zum Mitgeben – alles passte zusammen und wurde für den großen Tag mühsam geschrieben, gemalt oder gebacken. Zu meinem sechsten Geburtstag, so hatte sie beschlossen, sollten alle Motive aus Comics stammen. Wochenlang hatten wir entsprechende Zeitschriften gesammelt und nun drückte meine Mutter mir eine abgerundete Bastelschere in die Hand, damit ich einen fünfzehn Zentimeter langen Cartoon-Streifen mit Goofy ausschneiden konnte. Ich klebte ihn auf die Innenseite einer Klappkarte und fügte noch ein paar abgetippte Informationen hinzu, um meiner besten Freundin Andrea klarzumachen, dass sie nicht nur zu meiner Party eingeladen war, sondern auch in Verkleidung dieser Disney-Figur erscheinen sollte. Auf jeden Fall würde es Preise für die besten Kostüme geben.

Meine Mutter ließ mich meine Comicfigur aussuchen. Ich entschied mich für Linus, damit ich eine blaue Decke herumtragen und Snoopy (meiner Freundin Susie) folgen konnte. Meine Schwester Allyson, nur eineinhalb Jahre älter als ich, war ganz verrückt nach Disney-Prinzessinnen und wollte gern Cinderella sein, damit sie ihr blondes Haar zu einem Knoten binden und in einem langen blauen Mantel herumlaufen konnte.

Meine Mutter aber sprach sich dagegen aus, denn Cinderella ist schließlich keine Comicfigur. Also ließ Allyson sich widerwillig als Lucy von den Peanuts verkleiden. Meine älteste Schwester Louise war zwölf Jahre alt und schon meilenweit davon entfernt, an der Geburtstagsfeier ihrer kleinen Schwester teilzunehmen. Sie erklärte sich jedoch bereit, mit auf die kleinen Gäste aufzupassen. Verkleiden wollte sie sich allerdings nicht, was für meine Mutter eine herbe Enttäuschung war, wo sie es doch so sehr gern hatte, uns drei Mädchen für den Gottesdienst sonntags im Partnerlook anzukleiden.

Schließlich kam der große Tag und ich konnte vom Küchenfenster aus sehen, wie meine Freundinnen an unserer Haustür erschienen. Andrea kam als Goofy, Nancy als Minnie Maus, Beth als Beetle Bailey. Mütter und Töchter bevölkerten unsere vordere Veranda, bestaunten die kreativen Kostüme der Gäste, vor allem aber den genialen Erfindungsreichtum meiner Mutter.

„Lindsay, ich weiß gar nicht, wie du immer auf all diese Partyideen kommst!"

„Ich kann noch nicht einmal eine gerade Linie zeichnen, geschweige denn Kalligrafie."

„Woher nimmst du nur die Zeit dafür?"

Meine Mutter winkte nur ab, senkte den Blick und berührte verlegen ein paar Strähnen ihres kastanienbraunen Haares, das im Friseursalon mithilfe von Haarspray kunstvoll fixiert worden war. Innerlich aber platzte sie fast vor Stolz. Sie konnte die Komplimente vielleicht nicht annehmen, aber sie stimmten alle. Sie gehörte fest zum Gremium der Elternvertreter, war im Vorstand der Football-Juniorenliga, Chormitglied und Sonntagsschullehrerin in der First Presbyterian Church und eine außergewöhnliche Ehefrau und Mutter.

Wie schaffte sie das nur alles?

Die Geburtstagsparty verlief wie immer perfekt.

Als es Zeit wurde, die Kerzen auf der Geburtstagtorte auszupusten, drängten meine Freundinnen sich rund um unseren Küchentisch. Der Kuchen war ein weiteres Kunstwerk aus der Hand meiner Mutter. Sie zündete die Kerzen an, während meine Freundinnen und Schwestern sangen: „Hap-py Birth-day, liebe Ka-thy!"

„Wünsch dir was!", rief meine Mutter mir zu.

Ich hoffe, ich bekomme einen Spielzeugherd.

Mutter wusste, was ich mir wünschte. Als ich meinen Berg an Geschenken in Angriff nahm, entdeckte ich eine rechteckige Schachtel, die mit Comic-Seiten eingepackt war, sodass auch das Geschenk zum Motto des Festes passte. Darin befand sich mein eigener kleiner Herd.

Das war der BESTE TAG ÜBERHAUPT.

Als der letzte Gast nach Hause gegangen war, konnte ich sehen, dass meine Mutter vollkommen erschöpft war. Schnell lief ich zu ihr hin und presste mein Gesicht an ihre Beine; ich umarmte sie fest, während wir dort im Flur standen. Der Boden unter unseren Füßen bestand aus Plexiglas-Fliesen, die aussahen wie türkisfarbene und hellgrüne Muscheln, die auf dem klaren Ozean treiben.

In diesem Moment war ich wirklich überzeugt davon, dass meine Mutter auf dem Wasser gehen konnte.

Sie strich über mein dünnes dunkelblondes Haar, und als ich zu ihr aufsah, zupfte sie wie abwesend die Strähnen meines Ponys gerade. Mit ihren Gedanken schien sie ganz woanders zu sein, während sie die feinen Haare gerade strich, die eigentlich gar nicht frisiert zu werden brauchten. Ihr Blick wanderte von meinem Haar hin zu etwas, das in der Küche war. Sie löste sich langsam von mir, weil sie etwas erledigen wollte. Sie ging zu der über zwei Meter breiten Arbeitsfläche, auf der ein grünes Telefon in der Farbe einer Avocado stand. Es passte zu allen anderen Geräten in der Küche, die exakt in demselben Farbton bemalt waren. Beim Telefon lag der Poststapel einer ganzen Woche, neben Mutters Kalender, ihren Notizkarten und der Bibel.

Diese drei Dinge wurden von meiner Mutter besonders verehrt – denn mit Kalender und Notizkarten organisierte sie ihren Alltag und mit der Bibel ihr ewiges Schicksal.

Ihre Pflichten hielt Mutter immer auf kleinen Karteikarten fest, die sie mit einem vierfarbigen Kugelschreiber beschrieb. Wenn sie auf das eine Ende drückte, konnte sie die passende Farbe für ihre Notiz auswählen. Nun nahm sie eine der weißen Karten zur Hand, die Ordnung in ihren ausgefüllten Alltag brachten, und studierte die Wochenliste:

Gemeinde: Baumwollkugeln für die Sonntagsschule
Juniorliga: Kaffeetrinken mit dem Vorstand (siebenlagige Kekse backen)
Ballett Fahrgemeinschaft: Louise & Allyson
Donnerstag Kathy: Party

Sie nahm ihren Kugelschreiber und strich den letzten Punkt zufrieden durch.

„Also, das haben wir geschafft!", sagte sie und versuchte sich selbst von ihrem Erfolg zu überzeugen.

Es war der 29. Januar 1969.

Es sollte keine sechs Monate mehr dauern, bis meine Mutter das erste Mal weg sein würde, und erst sechzehn Jahre später würde sie wieder ganz zu uns zurückkehren.

Wenn ich das an jenem Tag geahnt hätte, dann hätte ich mir meinen Geburtstagwunsch für ein größeres Wunder als einen Spielzeugherd aufgehoben.

Mein Vater sah es nicht kommen. Auch sonst niemand.

Die altmodische Liebesgeschichte meiner Eltern begann, als sie Collegefreunde und echte akademische Asse waren. Mein Vater, John Leighton Green Jr., wuchs in El Paso auf, wo er nicht nur in der nationalen Liga Tennis spielte, sondern auch den besten Notendurchschnitt hatte, den je ein Schüler an der Highschool erreicht hatte. Dabei hatte er auch noch zwei Klassen übersprungen und die Highschool bereits mit sechzehn beendet. Nach dem Schulabschluss reiste er acht Bundesstaaten weiter nach North Carolina, wo er das Davidson College besuchte und schließlich meine Mutter kennenlernte, die dreißig Minuten entfernt in Charlotte am Queens College studierte.

Meine Mutter, Lindsay Louise Marshall, hatte die Highschool in Winston Salem, North Carolina, absolviert und war ebenso begabt wie mein Vater. Sie war die Beste in ihrer Klasse, eine im ganzen Bundesstaat bekannte Violinistin und talentierte Malerin. Für das Queens College hatte sie sich entschieden, weil sie mit ihrem Highschool-Freund verlobt war und er im nahe gelegenen Davidson College studierte. Sie waren sich beide einig, dass ein Studium an nicht allzu weit voneinander entfernten Universitäten ihre Liebe bis zu ihrer geplanten Hochzeit lebendig erhalten würde. Die Eltern meiner Mutter mochten ihren Verlobten jedoch nicht, und als die Beziehung nach dem ersten Collegejahr auseinanderging, sagte mein Großvater nur: „Dafür haben wir lange gebetet."

Meine Eltern lernten sich im zweiten Studienjahr meiner Mutter kennen. Eine Freundin arrangierte ein Blind Date und die beiden gingen in Charlotte ins Kino. Bei dieser ersten Verabredung erzählte mein Vater meiner Mutter, er sei sich noch nicht sicher, ob er Jurist oder Pastor werden wolle. Meine Mutter, die streng religiös war und christliche Pädagogik als Hauptfach belegt hatte, erklärte rundheraus: „Wer in die Justiz geht, hat als Pastor nichts verloren."

Vater ließ sich durch ihre Meinung nicht abschrecken und auch nicht durch die Tatsache, dass sie sich nicht besonders für ihn zu interessieren schien. Er arrangierte ein zweites Treffen und schickte ihr ein Dutzend rote Rosen.

„Weißt du, warum ich dir die Rosen geschickt habe?", fragte er sie.

„Warum denn?", wollte meine Mutter wissen.

„Weil ich dich liebe!"

„Nun ja, ich bin mir nicht so sicher, was ich für dich empfinde", sagte sie, aber mein Vater gab nicht auf.

Als Kind wurde ich von meinen Schwestern immer geneckt, ich würde ein „Papa-Gesicht" machen, wenn ich mich sehr auf etwas konzentrierte. Dann runzelte ich nämlich eine Augenbraue, kniff die Augen zu und biss die Zähne zusammen. Ich stelle mir vor, wie mein Vater dort im Schlafsaal des Davidson College ein solches Gesicht machte, während er überlegte, wie er diese sanfte Schönheit aus dem Süden dazu bringen könnte, ihn zu lieben.

Am Valentinstag trafen sie sich zu einem besonderen Date und mein Vater war vorbereitet. Dieses Mal brachte er seine Bibel mit und las ihr laut aus 1. Korinther 13 vor: „Nun aber bleiben Glaube, Hoffnung, Liebe, diese drei; aber die Liebe ist die größte unter ihnen."

Mutter war der Meinung, dies sei das Romantischste, was sie je erlebt hatte, und an diesem Abend sagte sie ihm: „Ich liebe dich auch."

Sie trafen sich jedes Wochenende. Eines Abends, als sie im Gebäude einer Universitäts-Bruderschaft in einer Ecke saßen, sagte meine Mutter: „Weißt du, ich habe keine Ahnung, wo El Paso ist!"

„Warum heiratest du mich nicht, dann weißt du Bescheid?", antwortete mein Vater.

Und so wechselte meine Mutter im Januar ihres vorletzten Studienjahres an die University of Texas in El Paso. Mein Vater hatte sein Studium bereits abgeschlossen und absolvierte seinen Militärdienst am Stützpunkt Fort Bliss außerhalb von El Paso. Mutter würde ihr Studium in Texas beenden und dann wollten sie im Sommer heiraten. Als sie im Schlafsaal des Queens College Mutters Sachen packten, kam die Englisch-Professorin meiner Mutter herein und sagte in tadelndem Tonfall zu meinem Vater: „Unterstehen Sie sich, sie vom Queens College fortzunehmen, bevor sie ihren Abschluss gemacht hat. Sie ist eine der intelligentesten Studentinnen, die ich je hatte."

Doch die beiden hörten nicht auf sie.

Sie heirateten am 9. Juni 1956, einen Tag nach Vaters Geburtstag, denn er sagte, das sei das schönste Geburtstagsgeschenk, das er je bekommen könnte. An ihrem ersten Hochzeitstag und an jedem weiteren und immer am Valentinstag schenkte mein Vater ihr ein Dutzend rote Rosen und sie lasen sich gegenseitig 1. Korinther 13 laut vor.

Unsterblich verliebt beendete meine Mutter zielstrebig ihr Studium. Während der Fahrt zu ihrer neuen Heimat, die 2675 Kilometer von North Carolina entfernt lag, dachte meine Mutter bestimmt gründlich über das nach, was sie aus Liebe getan hatte. Der Name El Paso bezieht sich auf den „Pass in den Bergen" und die Stadt selbst liegt rund um die steil ansteigenden baumlosen Franklin Mountains. Kakteen und Steppenhexen sind hier weitverbreitet und es gibt in dieser Grenzstadt mehr Schilder auf Spanisch als auf Englisch.

So fremd El Paso für sie auch sein mochte, schien meine Mutter ihren Schritt doch nie zu bereuen. Mein Vater war die Antwort auf ihre Gebete – die Verheißung eines Lebens, das mit Gott, Liebe, Familie und dem Dienst für die Gemeinschaft erfüllt war. Sie konnte nicht vorhersehen, welche Wendungen ihr Leben mit meinem Vater nehmen würde. Mein Vater wechselte von der theologischen an die juristische Fakultät und arbeitete sehr viel, um Partner in einer Kanzlei werden zu können. Mutter schien in ihrer Kreativität, ihrem Muttersein und in ihren ehrenamtlichen Aufgaben unaufhaltsam zu sein. Doch das neue Haus, für das sie jahrelang gespart hatten, sollte die Kulisse für eine ganz andere Geschichte werden.

Jenes Jahr mit meiner perfekten Comic-Geburtstagsparty, 1969, sollte auch das Jahr werden, an dem Mutters brillanter Verstand das erste Mal zerbrach – eine völlig unvorhersehbare Situation, bei der wir alle ebenfalls Schaden nahmen.

# 2. Gutes tun. Andere lieben.

*Eine Zuflucht zu finden, einen Ort außerhalb der Zeit,*
*ist nicht viel anders, als Glauben zu finden.*

**PICO IYER[2]**

Mein Vater und meine Mutter würden beide sagen, dass es der Glaube war, der uns half, die Katastrophe zu überleben.

Meine Eltern waren überzeugte Christen, stammten beide von einer langen Linie presbyterianischer Pfarrer und Missionare ab. Meine Familie ging nicht nur jeden Sonntag zur Kirche, sondern auch fast den ganzen Sonntag. Da war zunächst die Sonntagsschule, dann der Hauptgottesdienst, dann die Jugendgruppe am Nachmittag und schließlich der Jugendchor.

Im Hauptgottesdienst saßen wir als Familie immer in derselben Bank der First Presbyterian Church von El Paso. Es hing kein Schild an der Bank und niemand wies uns offiziell unsere Plätze zu, aber die anderen hielten sie uns immer frei. Wir saßen auch stets in derselben Anordnung nebeneinander. Zuerst kam Großvater, der über fünfzig Jahre als hochgeschätzter Arzt in El Paso tätig gewesen war. Er hatte vielen Kindern auf die Welt geholfen und später auch deren Kindern. Und trotzdem arbeitete er auch noch ehrenamtlich in der Gemeinde und im Schulausschuss mit. Er engagierte sich so leidenschaftlich für die Bildung, dass später eine Grundschule nach ihm benannt wurde und jedes Kind dort eine Karte erhielt, die es an Großvaters berühmtes Motto erinnern sollte:

---

2 Pico Iyer: Falling Off the Map. Some Lonely Places of the World. New York: Knopf Doubleday, 2011, S. 9.

Du bist so gut wie alle anderen; du bist nicht besser als die anderen.

Neben Großvater saß Gigi; das war der Spitzname von Großmutter Green. Ich liebte und bewunderte sie. Sie hatte große braune Augen, die einen unter einer Wolke von blausilbernen Haaren ansahen. Wenn sie ihre Arme um mich schlang, nannte sie meinen Namen immer mit scherzhaftem Unterton: „Katarina, wie geht es dir?" Und sie wollte es wirklich wissen. Immer. Wenn sie mir zuhörte, gab sie mir das Gefühl, dass meine Worte das Wichtigste waren, was sie je gehört hatte. In ihrer Gegenwart fühlte ich mich nicht nur geliebt, sondern geradezu bewundert.

Wir alle wussten, warum. Gigi hatte vier Brüder und sie war mit Abstand die Jüngste. Als sie fünf Jahre alt wurde, waren ihre Eltern bereits beide tot und sie war ein Waisenkind, für das die Brüder nicht sorgen konnten. Darum lebte Gigi fortan bei Grace Walker, von der ich meinen zweiten Vornamen habe.

Grace wohnte auf einem großen Anwesen, wo sie als Verwalterin für die unverheiratete Erbin arbeitete. Es war eine luxuriöse Umgebung für Gigi, doch sie wuchs in diesem extravaganten Zuhause auf als jemand, der weder ganz zur Familie noch zum Personal gehörte. Sie wurde Teil der Reisegesellschaft, die alle drei Monate wieder aufbrach, um zu einem der vier Anwesen der Erbin zu ziehen – irgendwo in den USA oder in Kanada, je nachdem, wo das Klima gerade am besten war. Gigi wurde immer wieder entwurzelt und konnte sich an keiner Schule wirklich einleben. Sie wuchs mit nur wenigen Freundinnen und ohne einen Sinn für Familie auf. Nach eigenen Worten war sie „ein armes reiches kleines Mädchen".

Folglich war für Gigi ihre eigene Familie, die sie später gründete, äußerst wichtig: zwei Söhne, zwei Schwiegertöchter und fünf Enkelinnen. Meine Cousinen lebten weiter weg in San Antonio, darum waren meine Schwestern und ich diejenigen Enkelkinder, die von Gigi verwöhnt wurden. Jede von uns wurde einmal in der Woche zu einem besonderen Übernachtungsbesuch bei Gigi eingeladen und dann gab sie uns jedes Mal ihre berühmten

Minzschokolade-Stäbchen nach einem besonderen Rezept, das sie niemandem verriet, nicht einmal als die Juniorenliga es gerne in ihr Kochbuch aufgenommen hätte.

Ich kuschelte mich auf das rosa Tweed-Sofa neben Gigi und ließ meine Finger über die erhabenen Quadrate des Stoffes gleiten, während ich mit ihr sprach. Gigi hörte meinen Erzählungen geduldig zu. Sie hielt dabei meine Hand und sah mich mit ihren runden schokoladebraunen Augen an, die ihr, selbst als sie schon über achtzig war, immer einen Ausdruck kindlichen Staunens verliehen. Und sie staunte tatsächlich immer. Sie staunte über mich, meine Schwestern und einfach über jeden, den sie traf. Sie interessierte sich aufrichtig für andere Menschen – woher sie kamen, was sie erlebt hatten –, denn sie wusste, dass jeder eine Geschichte hatte, die sich zu erzählen lohnte.

Neben meinen Großeltern saßen mein Vater, meine Mutter und wir drei Mädchen in der Bank. Mutter wollte immer, dass ich neben ihr saß, damit sie mich ins Bein kneifen konnte, sobald ich unruhig wurde. In der Kirche still zu sitzen fiel mir nämlich schwer.

Normalerweise versuchte ich mich selbst zu beschäftigen, indem ich hinauf an die dunkle Eichendecke starrte, die zwölf Meter über unseren Köpfen war, und mich fragte, wie sie wohl die Glühbirnen da oben wechselten. Von beiden Seiten des Mittelbalkens gingen weitere Balken aus, die in riesigen Bögen geschwungen waren, sodass ich das Gefühl hatte, mich in der Arche Noah zu befinden, die kieloben schwamm. Doch eigentlich sollte ich ja nicht über Glühbirnen nachdenken, sondern das Wort Gottes hören. Aber ich hatte nie das Gefühl, dass Gott zu mir sprach.

Ich benahm mich nur deshalb im Gottesdienst gut, weil ich wusste, dass das Beste an diesem Tag, ja das Beste der ganzen Woche, danach kam: das Mittagessen bei Gigi. Das Haus meiner Großeltern bestand außen aus braunen Backsteinen und war innen mit dickem Putz verkleidet. Alle Durchgänge waren bogenförmig. Wenn man hineinging, war es, als betrete man ein Heiligtum, das nach Bratkartoffeln und zerlassener Butter duftete.

Gigis wöchentlicher Schmaus mit Lammfleisch, Minzsoße, Kartoffeln, grünen Bohnen mit Mandeln und einem Biskuitkuchen mit Karamellsoße war ein Fest für meine Seele. Er sättigte mich mehr als jede Predigt.

Jeden Sonntag versammelten wir uns zum Mittagessen um den Tisch im Esszimmer, während Großvater, der Bildung für das Wichtigste im Leben eines Menschen hielt, uns immer über die vergangene Woche, über unser Leben und unsere Zukunft befragte.

„Kathy, was ist dein Lieblingsfach?"

„Allyson, erzähl mir von deinen Gedichten."

„Louise, welches College kommt für dich infrage?"

Dieses sonntägliche Mittagessen war kein Fastfood und keine flüchtige Zwischenmahlzeit. Wir verbrachten gut und gerne eineinhalb Stunden miteinander. Und das war meine eigentliche Sonntagsschule. Großvater erzählte von seiner Arbeit im Schulausschuss, Gigi von ihrem Engagement in der Juniorenliga, Vater von seinem Dienst im Krebszentrum von El Paso und Mutter von ihrer Arbeit im Mädchen-Klub.

Mutter nahm uns drei Töchter immer mit, wenn sie in den südlichen Teil von El Paso fuhr, wo sie im Mädchen-Klub mitarbeitete. Um dorthin zu gelangen, mussten wir die Autobahn I-10 nehmen, auf deren einer Seite El Paso lag und auf der anderen die mexikanische Stadt Juarez. Diese Autobahn führte entlang dem Rio Grande, der natürlichen Grenze zwischen den USA und Mexiko. Rio Grande bedeutet „großer Fluss", aber dort, wo er nach El Paso hineinfließt, ist er gar nicht so groß. In den meisten Teilen der Stadt ist er nur ein schlammiger, zwanzig Meter breiter Graben – und doch bestimmt er das Schicksal der Menschen.

Kinder, die nördlich des Flusses in einem Krankenhaus geboren werden, kommen anschließend in ein Zuhause, wo es elektrischen Strom und sanitäre Anlagen gibt, ein Luxus, der für jene Kinder unvorstellbar ist, die nur fünfzig Meter entfernt auf der anderen Seite des Flusses das Licht der Welt erblicken. Diese leben nämlich auf schmutzigem Boden in Hütten aus Pappkarton, die mit Kerosinlampen erleuchtet werden.

Mütter, die auf der falschen Seite des Flusses wohnten, riskierten es, die Grenze zu überqueren, um in El Paso als Haushälterinnen bei Familien aus der Mittelschicht zu arbeiten, wo sie zehnmal mehr verdienten als in Juarez. Das bedeutete aber, dass sie ihre Familien verlassen mussten und nur alle paar Monate nach Hause konnten, wenn überhaupt. Väter aus Mexiko wateten jeden Tag durch das Wasser, das ihnen bis zu den Oberschenkeln reichte, um in El Paso auf dem Bau oder in der Landschaftsgestaltung zu arbeiten. So konnten sie ihren Familien ein halbwegs anständiges Leben ermöglichen.

Ich war in El Paso aufgewachsen und empfand daher ein gewisses Unbehagen und sogar eine innere Scham, weil ich auf der „richtigen" Seite des Flusses lebte, die richtigen Eltern hatte und mir deshalb alle Chancen offenstanden. Ich fühlte mich auch hilflos angesichts all dessen, was auf der „falschen" Seite des Flusses passierte.

Ich vermute, dass es meinem Vater ähnlich ging. Vielleicht wurden meine Schwestern und ich deshalb zu Menschen erzogen, die nicht nur gut sein sollten, sondern auch Gutes tun sollten. In den frühen 1970er-Jahren, als die Töchter in den amerikanischen Südstaaten immer noch mit dem vorrangigen Ziel erzogen wurden, gute Ehefrauen und Mütter zu werden, erwarteten meine Eltern und vor allem mein Vater viel mehr von uns. Er erzog uns zu Menschen, die die Welt verändern sollten. Immer wieder sagte er zu mir: „Kathy, du kannst alles erreichen, wirklich alles."

Ich kann mich nicht daran erinnern, dass mein Vater jemals mit mir über Ehe und Familie gesprochen hätte. Wir redeten über Colleges, eine Berufsausbildung und das eigentliche Ziel – die Welt zu einem besseren Ort zu machen. Vater glaubte von ganzem Herzen daran, dass jede von uns genau das tun würde.

Dabei schien es für ihn keine Rolle zu spielen, dass wir ziemlich abseits im Westen von Texas lebten. Er ging ganz einfach davon aus, dass wir alle El Paso eines Tages verlassen würden, um unsere unauslöschlichen positiven Spuren in dieser Welt zu hinterlassen.

Im Gottesdienst lernte ich zwar nicht allzu viel, dafür aber an den Sonntagen meiner Kindheit. Ich glaubte an zwei Gebote. Das eine kam von meinem Vater: Tu Gutes. Das andere von Gigi: Andere lieben.

# 3. Verrückt Gewordenen schickt man keine Karte

*Hier ist die Welt. Schönes und Schreckliches wird geschehen.*
*Hab keine Angst.*

**FREDERICK BUECHNER** [3]

Die Landschaft von El Paso, die so erstaunlich nah an der mexikanischen Grenze lag, hinterließ bei mir nicht nur das unbehagliche Gefühl des Privilegiertseins, sondern auch ein Unbehagen angesichts der Wüste.

Wenn es windstill ist, scheinen Wüsten altehrwürdige, solide, unbewegliche Orte zu sein. Doch sie können auch trügerisch sein. Denn dort entstehen unvorhersehbare, eindrückliche Naturphänomene: Luftspiegelungen, Sturzfluten, Sandstürme – verheerende Sandstürme.

Als ich in die erste Klasse ging, wurde der Schulunterricht einmal wegen eines besonders schlimmen Sandsturms abgebrochen. Unsere Mütter wurden benachrichtigt, dass sie uns früher abholen sollten, und so warteten wir in unserem Klassenzimmer mehrere Hundert Meter vom Parkplatz entfernt. Die Lehrer bildeten eine Menschenkette, um uns in Sicherheit zu bringen. Sie stemmten sich gegen die heftigen Windböen, während sie ein langes Seil in den Händen hielten. Wenn unsere Namen aufgerufen wurden, verließen wir den Schutz unseres Klassenzimmers und hielten uns an dem dicken Seil fest, bis wir am Parkplatz an-

---

3 Frederick Buechner: *Beyond Words. Daily Readings in the ABC's of Faith.* New York: HarperOne, 2004, S. 139.

gekommen waren. Unterwegs blieben wir immer wieder stehen und rieben uns die Sandkörner aus den Augen.

Am Morgen war der Himmel noch klar gewesen, ohne jeden Hinweis darauf, dass sich ein solches Drama abspielen würde. Im Rückblick war das, was später in meiner eigenen Familie geschah, ganz ähnlich wie ein solcher plötzlicher, unvorhersehbarer Sturm.

Im Frühling 1969, drei Monate nach meiner perfekten Geburtstagsfeier, machten sich bei meiner Mutter die ersten Probleme bemerkbar. Sie muss gespürt haben, dass sich ein Unwetter zusammenbraute, und so versuchte sie, ihre Welt im Griff zu behalten. Ihre erste Verteidigungsmaßnahme bestand darin, dass sie ihre allgegenwärtigen Karteikarten und den vierfarbigen Kugelschreiber zum Einsatz brachte. So gewissenhaft, wie ein Meteorologe die Windströmungen beobachtet und festhält, so brachte sie ihre Gedanken in eine logische Ordnung: Systematisch zeichnete sie alle To-dos schriftlich auf. Diese Kunst beherrschte sie perfekt.

Einkäufe
    Orangensaft
    Brot (von Pepperidge Farm)
    Grüne Bohnen mit Mandeln (von Jolly Green Giant)
    Hühnchen

Fahrgemeinschaft
    Dienstag: Jazz und Ballett, Louise und Allyson
    Mittwoch: Klavier, Allyson
    Donnerstag: Ballett, Kathy

Karten
    Jubiläum (Johnson)
    Geburtstag (Karen, Anne)

Klar. Sorgfältig. Sie machte keine Fehler. Ihr Haus, ihre Töchter, ihre Freunde – alle brauchten ihre Aufmerksamkeit. Das Abendessen musste vorbereitet werden. Die Fahrgemeinschaften musste man im Überblick behalten. Karten mussten verschickt werden. Immer waren da die Karten. Egal, wie es meiner Mutter ging, sie war fest verankert in ihrem Grußkarten-Hobby. Die Karten zu kaufen und zu versenden war eine Säule ihrer Tätigkeit als Hausfrau und gab ihrem Tagesablauf eine feste Gestalt. Wir Kinder mussten Karten im Atelier herstellen, aber meine Mutter kaufte alle ihre Karten im Schreibwarenladen. Jede Woche versandte sie treu ihre Grußkarten zu Geburtstagen, Jubiläen und großen Festtagen an zahllose Freunde und Verwandte.

Meine mittlere Schwester und ich waren zu Hause die besten Freundinnen. Allysons Fantasie kannte keine Grenzen und so waren wir Märchenprinzessinnen oder Kobolde, die in einem weit entfernten Königreich lebten.

In einem kleinen Koffer bewahrten wir unsere kostbare Sammlung von Puppenkleidern auf: Abendgarderoben, Alltagskleidung, Badeanzüge und reichlich Accessoires. Wir verbrachten Stunden damit, unseren unglaublich perfekt aussehenden Plastikfiguren die glitzernden Stoffe anzuziehen; wir tauchten völlig ab in das magische Land, in dem unser orangefarbener Veloursteppich im Flur unten zu einem Strand auf einer entlegenen Insel wurde. Eines Nachmittags brannte die Sonne, die wir aus der Flurlampe gebastelt hatten, ein Loch in Barbies Kopf, weil die Puppe sich den ganzen Tag dicht an der Glühbirne gesonnt hatte.

Louise spielte nur noch selten mit uns und an jenem Tag war sie im oberen Stockwerk mit ihren zwei besten Freundinnen und tauschte mit ihnen im Flüsterton Geheimnisse aus, von denen wir keinerlei Ahnung hatten. Louise war für mich wie ein exotisches Tier, das im Zimmer neben mir wohnte, aber nie mit mir redete. Sie sprühte sich mit Jungle-Gardenia-Parfüm ein und verabredete sich mit gut aussehenden Cowboys. Ich wollte unbedingt so werden wie sie oder wollte zumindest von ihr bemerkt werden.

Als ich einmal von meinem Barbie-Wunderland aufsah, erblickte ich meine Mutter im Garten hinter dem Haus. Ihr hochgestecktes Haar war gerade so zwischen den Rosenbüschen sichtbar. Sie bewegte sich konzentriert zwischen den Blättern und achtete nicht auf die Dornen. In der Hand hatte sie eine Rosenschere, schien damit aber keinen bestimmten Zweck zu verfolgen. Ich sah, wie sich ihre Lippen bewegten, während sie durch den Garten ging, und so stand ich auf, um herauszufinden, ob sie sich vielleicht mit der Nachbarin unterhielt.

Doch da war niemand.

Allyson und ich öffneten die Hintertür einen Spaltbreit, um zu hören, was meine Mutter sagte. Sie ging von Blüte zu Blüte und sprach ernsthaft mit ihren geliebten Rosen.

Während wir Mutter beobachteten, schien sie gelegentlich unsere Gesichter zu bemerken, die zwischen den Vorhängen im Flur hervorlugten. Doch sie schaute nur durch uns hindurch, so als ob sie uns gar nicht erkennen würde.

„Wir müssen Louise holen", sagte Allyson.

Als wir die Flurtreppe zur Küche hochliefen, entdeckten wir überall ein großes Durcheinander. Eine offene Dose mit gefrorenem Orangensaftkonzentrat schmolz auf der Arbeitsplatte in der Küche und tropfte auf den Boden. Alte Hutschachteln waren aus dem Schlafzimmerschrank geholt worden und lagen offen herum, überall verstreut. Mutter war sonst immer sehr ordentlich in ihrer Haushaltsführung, doch jetzt sah das Haus aus, als hätte ein Tornado darin gewütet.

Wir hämmerten an die Tür von Louise, bis sie sie endlich einen Spaltbreit öffnete und uns verächtlich beäugte.

„Was?!"

„Irgendwas ist mit Mama los", rief Allyson. Während sie redete, begann sie zu weinen. Ich stand hinter ihr, klammerte mich an ihren Arm und nickte.

Louise verdrehte die Augen.

„Doch, es stimmt, Louise! Du musst es dir ansehen!"

Louise folgte uns den Flur entlang und stampfte dabei kräftig mit den Füßen auf. Doch als sie sah, wie der Boden im Schlafzimmer meiner Eltern mit leeren Hutschachteln übersät war, blieb sie abrupt stehen.

„Da ist noch mehr", versicherte Allyson ihr.

Wir eilten die Treppe hinunter und blieben kurz neben der Orangensaft-Pfütze auf dem Linoleum stehen.

Das deutlichste Anzeichen, dass etwas mit Mutter nicht stimmte, war jedoch der Zustand ihres Schreibtisches, der Teil der Küchenarbeitsfläche war. Die sonst so perfekte Schrift auf ihren Karteikarten war nun unleserlich und unverständlich:

Laden

Texte Lieder

Silber-Messer

Lucille Snoopy

„Wo ist Mama?", fragte Louise mit eindringlicher Stimme.

„Bei ihren Rosen", weinte Allyson.

Wir liefen die wenigen Stufen zum Anbau hinunter. Mutter war immer noch im Garten zu sehen, sie bewegte sich in kleinen Kreisen durch die Rosenbüsche und sprach mit ihren Pflanzenkindern.

Wir, ihre drei Töchter, beobachteten sie und versuchten das Ganze zu verstehen. Wie konnte das unsere Mutter sein? Meine Mutter merkte es immer, wenn eine Haarsträhne in meinem Pony schief hing, doch diese Frau dort draußen sah mich nicht einmal, sie erkannte ihre eigenen Töchter nicht. Flehend schaute ich meine beiden Schwestern an und wartete auf eine Erklärung. Mutters Verhalten schien völlig zusammenhanglos. Sie war so ganz losgelöst von uns.

Louise rannte durch den Anbau und nahm die kleine Treppe in zwei Sprüngen. Ally und ich hielten uns an der Hand und rannten hinter ihr her. Louise packte den Telefonhörer in der Küche und wählte eine Nummer aus dem Gedächtnis.

„Gigi, hier ist Louise. Mit Mama ist irgendwas nicht in Ordnung. Du musst sofort herkommen!"

Aneinandergekuschelt warteten wir auf Gigi und beobachteten unsere Mutter, die das Chaos, das sie angerichtete hatte, gar nicht zu bemerken schien.

Endlich kam Gigi und überredete Mutter, ins Haus zu kommen. Vater kam sofort aus dem Büro nach Hause. Tief erschüttert und verwirrt hielt er Mutters Hände und sprach liebevoll auf sie ein, als wäre sie eine Fremde, die ihn anscheinend gar nicht hörte. Großvater stieß im Krankenhaus zu ihnen. Er hatte seinen dreißig Jahre alten Arztkoffer aus brüchigem Leder dabei, obwohl es darin nichts gab, was Mutter hätte heilen können.

Mutter verbrachte die Nacht im Krankenhaus, die erste von vielen, die sie in psychiatrischen Einrichtungen würde zubringen müssen. In den späten Sechziger- und frühen Siebzigerjahren konnten diese Kliniken den Patienten nur wenig Linderung und kaum Heilung verschaffen.

An jenem Abend zog ich mich in mein geheimes Versteck oben auf meinem Schrank zurück. Dort war gerade genug Platz, damit eine Sechsjährige sitzen und ihre Füße herunterbaumeln lassen konnte. Das war mein Indoor-Baumhaus, in das nur meine Stofftiere durften. Ich rollte mich dort oben zusammen, presste Snoopy an mich und fragte mich, ob Mama je wieder nach Hause kommen würde.

Die plötzliche Erkrankung erschütterte uns zutiefst.

Als meine Mutter nach mehreren Wochen nach Hause kam, war sie verunsichert und kraftlos. Sie schlief, so schien es, mindestens genauso lange, wie sie weg gewesen war. In jenem Sommer fuhren meine Schwestern in ein Zeltlager, während ich bei meiner Tante und meinem Onkel in San Antonio blieb. Damals dachte ich, ich würde einfach die Ferien bei meinen Cousinen verbringen; erst später verstand ich, dass meine Mutter immer noch nicht in der Lage war, sich um uns zu kümmern.

Dieser Krankenhausaufenthalt war der erste von vielen.

Manchmal sah ich meine Mutter wochenlang nicht und Gigi, Großvater und Papa flüsterten in der Küche miteinander.

„Erschöpfung."

„Labile Verfassung."

„Lindsay mutet sich einfach zu viel zu."

Mit jeder Episode wuchsen die Sorgen. Großpapa, der Allgemeinmediziner war, zog Psychiater und Psychologen zurate. Doch Anfang der 1970er-Jahre fiel es diesen Ärzten nicht leicht, eine Bezeichnung für Mutters Zustand zu finden.

Nervenzusammenbruch. Schizophrene Form einer Psychose.

Es brauchte den richtigen Arzt, die richtigen Medikamente und die richtige Diagnose – bipolare Störung –, um meine Mutter wieder zu uns zurückzubringen. Und das würde sechzehn Jahre dauern.

Während dieser schweren Zeit kam Mutter auf genauso unerklärliche Weise wieder zu uns zurück, wie sie gegangen war. Mit jedem weiteren Krankheitsschub ging jedoch ein Stück mehr von ihr verloren.

Und jedes Mal empfand ich eine noch größere Wut in mir. Warum schlief sie so viel? Warum wachte sie nicht einfach auf?

Mit unserer Mutter verlor auch unsere Familie ihren Halt. Sie war doch das Band, das uns alle zusammenhielt, und jedes Mal, wenn sie uns für eine weitere Behandlung oder einen Klinikaufenthalt verlassen musste, fielen wir ein Stück mehr auseinander.

Eine Haushälterin namens Maria kam aus Juarez herüber und lebte bei uns. Sie überquerte den Fluss illegal und blieb wochenlang, bevor sie wieder die gefährliche Rückreise riskierte, um ihre eigenen zwei Kinder wiederzusehen. In Mexiko hatte Maria eine Ausbildung zur Sekretärin gemacht, doch in den USA konnte sie als Putzfrau viel mehr verdienen. Sie kümmerte sich sehr sorgfältig um den Haushalt, legte die Wäsche zusammen und machte unsere Betten, so als ob bei uns alles in Ordnung wäre. Aber um uns konnte Maria sich nicht kümmern. Sie sprach kein Englisch und so konnten wir uns nur mit Händen und Füßen mit ihr verständigen. In jenem Jahr ging ich in die erste Klasse und hatte angefangen, Spanisch zu lernen, aber ich fand nie eine gute Übersetzung für: „Ich will meine Mutter zurück."

Gigis Haus wurde meine Zuflucht. Zwischen Minzschokolade-Stäbchen und dem rosa Tweed-Sofa fand ich einen Ort des Trostes, der mich in ein Gefühl der Geborgenheit hüllte. Unser Haus, diese perfekte mehrgeschossige Ranch, für die meine Eltern gespart hatten, damit sie darin unseren Traum von Familie leben konnten, war mit Traurigkeit erfüllt. Wenn Mutter deprimiert war, verstummten die Symphonien, die sonst aus ihrem Kassettenrekorder ertönten. Das Atelier blieb verschlossen und Staub sammelte sich auf ihren Pinseln, während sie schlief und versuchte, die Dunkelheit zu überdauern, die manchmal monatelang auf ihr lastete.

Während meiner gesamten Grundschulzeit bemühte ich mich, möglichst keine Bedürfnisse zu äußern. Mein Vater war überlastet mit seiner Anwaltskanzlei und mit der Fürsorge für meine Mutter, was für ihn eine neue Welt bedeutete. Ich strich mir meine Brote selbst, ging allein zur Schule, schrieb Einsen und ging wieder nach Hause. Die Schlafzimmertür meiner Eltern war für mich ein Zeichen, das ich genau beobachtete. Sie war das Erste, was ich überprüfte, wenn ich nach Hause kam. Wenn die Tür offen war, wusste ich, dass ich Mutter entweder malend im Atelier vorfinden würde oder draußen bei ihren Rosen. War sie geschlossen, wusste ich, dass ich mir selbst eine Kleinigkeit zu essen machen musste und Mutter rechtzeitig aufwachen würde, um das Abendbrot vorzubereiten. Das Abendessen wurde immer von Mutter gekocht. Das war die einzige Aufgabe, die sie nie Maria überließ – denn es bedeutete, dass immer noch sie die Mutter dieser Familie war.

Doch der Anblick der geschlossenen Schlafzimmertür, wenn ich nach Hause kam, wurde zu einer Wunde, die nicht verheilen würde. Ich wünschte mir so sehr, dass sie den Willen hätte aufzuwachen und mich nach meinem Schultag zu fragen. Nach dem Jungen, der mich auf dem Heimweg geärgert hatte. Nach dem Theaterstück, in dem ich mitspielen würde. Ich wollte unbedingt, dass sie wieder die tolle, heldenhafte Mutter wurde, die sie früher gewesen war. Aber mit jedem Zusammenbruch, der in der Klinik endete, schien unser altes Leben immer mehr den Fernsehsendungen zu ähneln, die wir regelmäßig anschauten. Es war, als hätte jemand in unserem Leben von einer Familienserie zu einem Thriller umgeschaltet und wir konnten die Fernbedienung nicht finden, um das wieder rückgängig zu machen.

Doch selbst als wir eine Bezeichnung für das hatten, was uns die Zukunft geraubt hatte – die manische Depression –, nannten wir es immer noch nicht beim Namen. Wir sprachen überhaupt nicht darüber. Weder mein Vater noch meine Schwestern und meine Großeltern. Wir trösteten uns nicht, wir weinten nicht über unseren unerträglichen Verlust, wir verfluchten die Krankheit nicht. Wir machten einfach so weiter. Vater ging jeden Morgen ins Büro und erwartete immer noch von uns drei Töchtern, dass wir gute Noten mit nach Hause brachten. Ich schrieb weiterhin Einsen und punktete in meinem Lebenslauf mit einem Amt in der Schülervertretung, mit dem Engagement in einer Schülervereinigung und mit der Herausgabe des Jahrbuches. Aber über die Situation zu Hause sprach ich nie mit meinen Lehrern. Ich sagte ihnen nicht, dass ich immer erst meine Mutter in der Psychiatrie besuchte, bevor ich meine Hausaufgaben machte. Ich gab meinen Freundinnen gegenüber nicht zu, dass ich sie deshalb nie zu mir nach Hause einlud, weil ich befürchtete, sie könnten sehen, dass meine Mutter mitten am Tag schlief oder, was noch unerklärlicher war, eine manische Phase hatte.

Genauso wie meine Familie stumpfte auch ich allmählich ab. Ich konnte nicht mehr weinen, wenn meine Mutter wieder in die Klinik musste. Es war einfach so. Und ich freute mich auch nicht übermäßig, wenn sie wieder nach Hause kam. Sie würde sowieso bald wieder weg sein. Das einzige Heilmittel gegen diesen Schmerz war anscheinend: nichts fühlen und auf nichts hoffen.

Als ich zur Highschool ging, musste ich diesem gestörten Familienleben irgendwie entkommen, und das tat ich, indem ich heimlich nachts rebellierte. Andrea, auch Goofy genannt, war immer noch meine beste Freundin. An manchen Wochenenden fuhren wir abends über die Grenze nach Juarez, um in Klubs zu feiern, wo man sich nur für unsere amerikanischen Dollars interessierte und nicht für unsere Personalausweise. Ich floh vor der verrückten Situation zu Hause und Andrea vor dem Krebs.

Andreas Vater kämpfte gegen eine Krebserkrankung und ihre Mutter versuchte das Familienleben aufrechtzuerhalten, während die Strahlenbehandlung immer neue Löcher in ihr Leben brannte. Es war auffallend zu sehen, wie die Familie unterstützt wurde, während der Vater litt. Sie wurden mit Hilfsangeboten geradezu überschüttet, vor allem von ihrer kleinen lutherischen Gemeinde. Freunde strömten herbei, schrieben Karten, brachten Essen vorbei, zeigten Mitgefühl und boten ihre Hilfe an. Ich ging oft sonntags in Andreas Gemeinde. Der Pastor nannte ihren Vater im Gebet beim Namen und bat um seine Heilung.

Meine Familie wurde nicht mit Hilfsangeboten überschüttet. In den sechzehn Jahren, in denen wir nach einem Heilmittel für Mutters psychische Probleme suchten, wurde uns von unseren presbyterianischen Mitchristen kein Kuchen vorbeigebracht. Und Karten schrieb man uns auch nicht. Und zwar nicht deshalb, weil wir ihnen gleichgültig gewesen wären, sondern weil sie es einfach nicht wussten.

Wir erzählten ihnen nichts davon. Egal ob Mutter krank oder gesund war, die Familie Green erschien jeden Sonntag zum Gottesdienst, lächelte ihre Freunde an, sagte Guten Tag, erzählte aber nicht, wie es ihr wirklich ging.

Psychische Erkrankungen werden anders behandelt als Krebs.

Es gibt keine Grußkarte, auf der steht: „In herzlichem Mitgefühl für die bipolare Störung deines lieben Angehörigen."

Wenn einer verrückt geworden ist, werden auch keine selbst gekochten Mahlzeiten vorbeigebracht.

Jahrelang beobachtete ich, wie Großvater, Gigi und meine Eltern im Gottesdienst den Kopf zum Gebet senkten, und ich sah immer weniger Sinn darin. Während ich still neben ihnen auf der Bank saß, malte ich nicht mehr auf das Papier mit dem Gottesdienstablauf und ich starrte auch nicht mehr nach oben an die Decke. Ich beobachtete das Profil meiner Eltern und Großeltern, wenn sie beteten.

Wofür beteten sie genau?

Ich hatte keine Ahnung. Doch aus meiner Perspektive hatte Gott kein einziges ihrer Gebete beantwortet und er erlöste uns auch nicht von dem Bösen.

# 4. Auf dem Nachhauseweg

*Vergiss nicht – niemand sieht die Welt so wie du, also kann auch niemand die Geschichten erzählen, die du zu erzählen hast.*

**CHARLES DE LINT**[4]

Es war schon fast am Ende meiner Highschool-Zeit, als ein Arzt endlich einmal ansatzweise erklären konnte, was mit meiner Mutter los war. Er nannte uns zwei Schlüssel, die helfen sollten, mit der bipolaren Störung zurechtzukommen. Zum einen würde Mutter täglich Medikamente einnehmen müssen, um die chemischen Vorgänge in ihrem Gehirn im Gleichgewicht zu halten. Zum anderen musste sie täglich um ihre psychische Gesundheit kämpfen.

Er erklärte uns das Ganze folgendermaßen: „Wenn die manische Phase einsetzt, ist es so, als ob drei Fernseh- und zwei Radiostationen gleichzeitig Gedanken in ihren Kopf senden. Sie muss also ständig versuchen, diese wieder auszuschalten, und herausfinden, was sie tatsächlich hört. Ihr habt Glück, dass eure Mutter so klug ist und selbst feststellen kann, was real ist. Die meisten Leute schaffen das nicht – oder sie versuchen es gar nicht erst."

Als ich zum College ging, war meine Mutter wieder ganz bei uns und damit auch ihr früheres Versprechen, anderen Menschen mit ihrem Leben zu dienen, sich in der Gemeinde zu engagieren und sogar Kurse zu besuchen, durch die sie einen Master in Kunst erwerben konnte. Der Kampf um ihre psychische Gesundheit hatte sie fast zwei Jahrzehnte ihres Lebens gekostet – eine

---

4 Charles de Lint: *The Blue Girl*. Toronto: Penguin, 2006, S. 127.

Zeit, die sie heute noch die „verlorenen Jahre" nennt. Selbst als sie wieder stabil war, hielten wir alle ständig den Atem an und hofften, dass wir die zerbrechliche Balance, die sie bei uns hielt, nicht gefährdeten.

Ich jedoch war noch nicht voll und ganz bereit, Mutters Kampf zu würdigen. Sie war zwar wieder bei uns, aber ich hatte sie nicht wirklich in mein Herz aufgenommen. Mit einundzwanzig konnte ich mich immer noch in den Zustand einer Sechsjährigen zurückversetzen, die verletzt war, weil ihre Mutter nach der perfekten Comic-Geburtstagsparty praktisch aus ihrem Leben verschwunden war und sie und ihre Schwestern allein in der Wüste zurückgelassen hatte.

Die Eigenständigkeit, die ich mir während meiner Grundschulzeit erworben hatte, wurde nun fast schon zu etwas Krankhaftem. Ich wollte von nichts und niemandem abhängig sein. Wenn ich mir ein perfektes Heim und eine Familie wünschte, dann musste ich mir das selbst aufbauen. Und ich sah keine Zukunft für mich in El Paso, ja nicht einmal im Bundesstaat Texas.

Jeden Sommer besuchte ich zusätzliche Kurse und arbeitete in Teilzeit in einer Grafikdesign-Firma, damit ich so schnell wie möglich meinen Abschluss an der University of Texas in Austin machen konnte. Mit einundzwanzig war ich voller Abenteuerlust und wollte unbedingt den Staat verlassen, in dem ich bisher mein Leben verbracht hatte. 1985 tat ich das dann auch. Im Rückspiegel meines Autos sah ich ihn hinter mir verschwinden und war kein bisschen traurig darüber.

Dreißig Jahre nachdem meine Mutter die Reise von North Carolina nach El Paso angetreten hatte, fuhr ich in die entgegengesetzte Richtung: Texas, Louisiana, Mississippi, Alabama, Georgia, North Carolina. Ich ließ einen Staat nach dem anderen hinter mir und fuhr von der texanischen Wüste in das grüne Charlotte, um nach meinem Collegeabschluss meinen ersten Job anzutreten: als Grafikdesignerin in einer Werbeagentur. Ich hoffte, damit ins Gelobte Land zu kommen.

Mit meinem Umzug nach Charlotte wollte ich allerdings nicht

auf den Pfaden meiner Eltern wandeln, die dort im College gewesen waren; das Jobangebot aus der Stadt, in der die beiden sich kennengelernt hatten, war eher zufällig. Es war auch nicht geplant gewesen, dass ich an der University of Texas in Austin einen Bachelor in Werbedesign machte. Ich hatte mein Studium an der Alma Mater meines Vaters begonnen und wollte eigentlich Juristin werden. Im zweiten Studienjahr besuchte ich dann ein Seminar „Einführung in das Werbedesign", einfach nur, weil man dort leicht zu guten Noten kommt. Doch dann stellte sich heraus: Ich hatte meine Mutter so oft dabei beobachtet, wie sie Themen für Partys entwickelte, und ich selbst hatte schon als Kind gelernt, Grußkarten zu entwerfen. All das hatte dazu beigetragen, dass ich anscheinend genau die Fähigkeiten hatte, die man brauchte, um Texte zu schreiben und Grafiken zu entwerfen. Ich hatte die Werbung also bereits im Blut.

Der Werbedesign-Kurs wurde von Dr. Leonard Ruben geleitet, der von seinem Thema geradezu besessen war.

„Ihr braucht ein Konzept, Leute, ein Konzept!", schrie er uns an. „Was ist eure große Idee? Warum sollte ich mich für euer Produkt interessieren?"

Ihm war es ganz egal, wie unsere Plakatentwürfe aussahen. Seiner Meinung nach war es auch nicht ausschlaggebend, wie sehr man das Ganze aufpolierte; es konnte gut aussehen, sich gut anfühlen, doch jedes Werbekonzept musste etwas Unerreichbares haben, das es von allem anderen abhob. Die große Idee eben.

Jede Woche brüllte er uns seine Kommandos entgegen und forderte von uns eine perfekt arrangierte zweiseitige Zeitschriftenwerbung für ein echtes Produkt. Das war zwanzig Jahre bevor Apple-Computer und Adobe-Programme unsere Branche revolutionierten. Folglich hatten wir drei Tage Zeit, mit Filzstiften und Layoutpapier zu arbeiten, um Dr. Ruben ins Staunen zu versetzen. Nachdem ich ein Jahr lang an dem Kurs teilgenommen hatte, waren mir mein Jurastudium und die Anerkennung meines Vaters gleichgültig.

Lieber wollte ich Dr. Rubens Anerkennung.

Wenn es Zeit war, unsere Ergebnisse zu präsentieren, strömten wir morgens in den Unterrichtsraum, pinnten unsere Entwürfe mit silbernen Reißnägeln an die Wand und warteten auf das göttliche Urteil von Dr. Ruben. Schroff, bärtig und kettenrauchend studierte er ein Layout nach dem anderen, zog an seiner Zigarette und blies den Rauch erst nach einer unerträglich langen Zeit wieder heraus. Bei Entwürfen, die einfach nur schlecht waren, schüttelte er langsam den Kopf und riss die Seite von der Wand. Doch bei jenen Layouts, denen es grundsätzlich an einer großen Idee fehlte, hielt er einfach nur seine Zigarette an eine Ecke und sah mit großer Befriedigung zu, wie das Papier sich in Asche auflöste.

Zu Beginn des Kurses passierte mir das auch immer wieder.

„Wo ist das Konzept, Green?", bellte er dann.

Doch allmählich begriff ich. Und alle anderen auch. Und am Ende dieser Pilgerreise warteten Jobangebote auf uns – meines in Charlotte.

Zu jener Zeit hatte diese südlich gelegene Stadt regelrecht Dorfcharakter. Man hatte den Eindruck, dass hier jeder jeden kannte und man sich begrüßte, wenn man sich auf der Straße begegnete. Als ich dort neu war und die Leute so freundlich zu mir waren, dachte ich zuerst, dass sie vielleicht meine Eltern kannten. Doch nach und nach merkte ich, dass sich alle Leute im Süden so verhielten. Warm war nicht nur eine Beschreibung für das Wetter dort, sondern auch für den Umgang miteinander. Den Leuten war es tatsächlich wichtig, miteinander im Gespräch zu bleiben.

Im Jahr 1985 lebten nur gut 300.000 Menschen innerhalb der Stadtgrenzen von Charlotte, doch die Stadt entwickelte sich bereits zum Finanzzentrum und die Bevölkerung sollte in ihrem Einzugsgebiet bis zum ersten Jahrzehnt des 21. Jahrhunderts auf zweieinhalb Millionen anwachsen. Dieselben Gründe, die mich nach Charlotte gebracht hatten, zogen auch Tausende andere an: Jobs, niedrige Lebenshaltungskosten, eine gute Lebensqualität. Anders als meine Studienfreunde aus dem Werbedesign-Seminar, die sich in New York eine überfüllte Wohnung ohne Aufzug teilen mussten, konnte ich ein nagelneues Einzimmer-Appartement in einem Wohnkomplex mit Swimmingpool mieten. Eine zehnminütige Fahrt entlang einer mit Bäumen bepflanzten Straße brachte mich in die relativ ruhige Innenstadt, die nur aus ein paar Dutzend Hochhäusern bestand.

Als ich meinen Job antrat, fühlte ich mich wie im Himmel. Es war genauso, wie Dr. Ruben es uns in seinen Erzählungen versprochen hatte – Fotoshootings, Filmen mit TV-Crews, Abgabetermine und Brainstorming. Ich kam mir glamourös vor mit meinem eigenen Kundenstamm und der Verantwortung, regionale und landesweite Werbekampagnen auf die Beine zu stellen.

Nach drei Monaten in meinem Beruf hatte ich kaum einen Blick über den Rand meines Schreibtisches geworfen. Ich kannte nur wenige Leute in Charlotte und meine einzige Freundin war die Tochter meines Chefs, die in der Marketing-Abteilung arbeitete. Sie lud mich zu einer Party ein, doch ich lehnte ab mit dem Argument, dass ich einen wichtigen Abgabetermin einhalten musste. Es war zehn Uhr abends an einem Donnerstag und ich saß immer noch über meinen Zeichentisch gebeugt, als mir klar wurde: Ich sollte mir doch mal ein bisschen Spaß gönnen.

Als ich zu der Gartenparty kam, war ich nicht mehr sicher, ob das eine gute Idee gewesen war. Während ich mich dem kleinen weißen Haus näherte, dröhnte mir schon die Beach-Musik entgegen und ein ganzes Rudel von Gästen tanzte in fröhlicher Bierlaune. Der Garten war voller Fremder, die sich alle von der Chapel Hill oder der Duke University zu kennen schienen. Ich war eine umgetopfte Texanerin, die zu keinem von ihnen irgendeinen Bezug hatte.

Auf der Suche nach dem Bierfass, mit dessen Hilfe ich meine Unsicherheit ertränken wollte, sah ich ihn: eine hochgewachsene Gestalt, die knapp zehn Zentimeter über die Köpfe der anderen hinausragte. Er schaute zur Seite und so konnte ich sein Profil bewundern. Mit einem Bier in der Hand schien er zwar zu der Truppe dazuzugehören, aber trotzdem irgendwie besonders zu sein. Er drehte sich um und ertappte mich dabei, wie ich ihn anstarrte. Ich schaute nicht weg, denn ich wollte, dass er mich sah. Und als unsere Blicke sich trafen, hatte ich das Gefühl, ihn wiederzuerkennen. Als hätten wir uns schon immer gekannt.

„Bier?"

Während er einen durchsichtigen Plastikbecher für mich füllte, betrachtete ich ihn mir insgeheim genauer.

Er reichte mir das Getränk und seine Lippen formten eine Frage. Aber er war eins neunzig groß und ich dreißig Zentimeter kleiner, also musste ich mich auf die Zehenspitzen stellen, um ihn zu verstehen. Er beugte sich zu mir herunter und ich streckte mich nach oben, auf diese Weise gelang es uns irgendwie, uns zwei Stunden lang zu unterhalten. Die anderen, die sich um uns herum bewegten, vergaßen wir ganz.

Es war schon nach Mitternacht, als ich mich wieder an den unvollendeten Entwurf auf meinem Schreibtisch erinnerte, und so fuhr ich widerwillig nach Hause, dachte aber die ganze Zeit an ihn.

Ich wusste nur wenig über ihn, leider. In meinem Kopf flüsterte eine Stimme etwas, das genauso verrückt war wie der Impuls, der mich zu der Party geführt hatte: Das ist der Typ, den ich heiraten werde.

Wir hatten uns nicht zu weiteren Treffen verabredet, aber während unserer eigenartig lauten Unterhaltung während der Party hatte er mir erzählt, er gehe jeden Tag nach der Arbeit zum YMCA, um dort zu trainieren.

Am nächsten Tag nach der Arbeit wurde ich Mitglied beim YMCA.

Zwei Wochen und vierzehn Aerobic-Trainingsstunden später traf ich ihn endlich wieder. Er ging auf dem Parkplatz direkt vor meinem Wagen vorbei, während ich gerade losfahren wollte. In einer Hand trug er sein Jackett, in der anderen die Aktentasche.

Ich bremste, als er sich meinem geöffneten Fenster näherte.

Er beugte sich herunter und schaute herein. „Oh, hallo." Ein leicht verwirrter Blick, dann schien er mich wiederzuerkennen. „Du bist das!"

Ich versuchte beiläufig und etwas distanziert zu klingen. „Ja! Wir sind uns doch neulich auf der Party über den Weg gelaufen, stimmt's?"

„Ja!" Offensichtliche Erleichterung war an seinem Gesicht abzulesen, jetzt als er mich endlich einordnen konnte.

Dann entstand eine längere, etwas peinliche Pause.

Schließlich fragte er: „Wollen wir vielleicht ein Bier zusammen trinken?"

Das machten wir, danach aßen wir zusammen. Am nächsten Abend trafen wir uns wieder zum Essen, dann noch einmal und so ging es sechs Wochen lang weiter.

So verrückt das klingen mag: Nach nur zweiundvierzig Tagen des Kennenlernens sagte ich Ja zu Charlie Izards Heiratsantrag, den er mir ganz spontan ohne einen Ring spät abends bei einer Flasche Wein machte. Innerhalb eines Jahres waren wir verheiratet. Obwohl ich so glücklich war wie nie zuvor, erinnere ich mich noch genau an das kurze Gefühl der Panik, das ich empfand, als ich am Vorabend unserer Hochzeit seine Freunde und seine Familie sah und feststellte, dass sie alle Charlie besser kannten als ich.

# 5. Ein Loch im Herz

*Die Entscheidung, ein Kind zu bekommen, ist etwas Gewaltiges. Damit ist für immer festgelegt, dass du dein Herz außerhalb deines Körpers herumlaufen lässt.*

**ELIZABETH STONE**[5]

Ich verliebte mich nicht nur in Charlie auf den ersten Blick, sondern auch in seine Familie. Durch meinen Umzug nach North Carolina hatte ich anscheinend zufällig das Leben gefunden, nach dem ich suchte. Charlie kam aus einer großen, ausgelassenen Familie von der Art, wie ich sie bei anderen schon immer bewundert hatte. Er war das mittlere von fünf Kindern, die seine Mutter innerhalb von sechs Jahren zur Welt gebracht hatte. Junge, Mädchen, Junge, Mädchen, Junge. Seine Eltern waren Nachbarn in Asheville, North Carolina, gewesen, doch weil zwischen ihnen ein Altersunterschied von acht Jahren bestand, hatten sie sich als Kinder nicht wirklich kennengelernt. Erst Jahre später entdeckten sie sich wieder und ihre fünf Kinder waren schließlich Teil einer großen Familie auf beiden Seiten. Es gab so viele Cousins, Cousinen, Onkel und Tanten, dass Charlie für mich einen Familienstammbaum aufzeichnen musste, als über fünfzig von ihnen zu unserer Hochzeit nach El Paso kamen.

Als Charlie sechs Jahre alt war, zog seine Familie in ein malerisches, mit grauen Schindeln bedecktes Haus, das auf einem mehr als achttausend Quadratmeter großen wunderbaren Gar-

---

5 Elizabeth Stone in: *I'll Fly Away. Further Testimonies from the Women of York Prison.* Herausgegeben von Wally Lamb. New York: Harper, 2007, S. 55.

tengrundstück in Rye, New York, stand. Als ich zum ersten Mal sein Elternhaus besuchte, kam es mir so vor, als würde ich mich in einem Werbespot für eine Großfamilie befinden. Während ich in der gemütlichen Küche saß, kochte Charlies Mutter ein reichhaltiges Abendessen nach einem Familienrezept, während sein Vater von draußen immer wieder frisch geerntetes Gemüse hereinbrachte und ein Golden Retriever und zwei Dackel zu meinem Füßen schwanzwedelnd um Aufmerksamkeit bettelten. An der Wand neben dem Esstisch hing ein gerahmtes Bild, das von einem Freund gemalt worden war und Charlies Familie darstellte. Darauf spielten die Kinder ausgelassen in der Einfahrt, Tiere rannten wie verrückt hin und her und die Eltern versuchten lachend und liebevoll, das Chaos unter Kontrolle zu behalten.

Als ich das Bild betrachtete, wurde ich von einer Sehnsucht erfüllt, die ich gar nicht so genau benennen konnte. Das unbesorgte Lachen und die Liebe, die von den Personen dort ausging – das alles ließ mich den enormen Verlust erkennen, den meine Familie erlitten hatte. Die Normalität von Charlies Elternhaus schenkte mir ein Gefühl des Friedens und der Geborgenheit, das mir wie ein Luxus vorkam. Als ich Charlie gefunden hatte, so schien es, hatte ich auch eine ganze Familie gefunden. Obwohl ich nie zuvor dort gewesen war, fühlte es sich für mich so an, als würde ich nach Hause kommen.

Das wollte ich genau untersuchen. Und es festhalten. Egal was dieses Haus für mich zu einer Heimat machte – ich war entschlossen, dass Charlie und ich es in unserer künftigen Familie genauso nachbilden würden.

Drei Jahre nach unserer Hochzeit und drei Tage vor meinem sechsundzwanzigsten Geburtstag wurde unsere erste Tochter, Lauren Lindsay, geboren. Ihr folgte siebzehn Monate später ihre Schwester Kailey. Wir waren der Meinung, dass ein weiteres Kind unsere Familie perfekt machen würde, doch dieses Mal wurde ich nicht so schnell schwanger. Also ordnete mein Gynäkologe eine Ultraschalluntersuchung an, um herauszufinden, ob ich eine Zyste hatte.

„Tja, da sind zwei", meinte der Ultraschall-Assistent, der sich den Patientinnen gegenüber eigentlich gar nicht äußern durfte.

„Zwei Zysten?", fragte ich.

„Zwei Babys!", antwortete er, als ob ich schwer von Begriff sei.

„Zwei Babys? Ich bin aber nicht schwanger."

„Oh doch, das sind Sie", sagte er. „Mit Zwillingen!"

Die beiden Schwestern, Maddie und Emma, vervollständigten unsere Familie. Nun waren wir zu sechst. Nach der Geburt der Zwillinge brauchten Lauren und Kailey keine Puppen mehr zum Spielen. Nun hatten sie zwei lebendige – eine für jede von ihnen –, und das eröffnete ihnen endlose Möglichkeiten. Maddie und Emma wurden in bizarre Kostüme gesteckt und huckepack herumbalanciert. Im Garten rührten ihnen ihre großen Schwestern Mahlzeiten aus Zweigen, Laub und Matsch an. Sie waren ein fröhliches, stets wachsendes Rudel, das scheinbar aus einem Körper, acht Beinen und vier Herzen bestand. Ein Ruf – „Laurenkaileyemmamaddie!" – ließ sie alle vier zum Abendessen die Treppen heruntergepoltert kommen, wobei sich die älteren Schwestern je einen Zwilling unter den Arm klemmten.

Wenn ich die vier anschaute, war ich manchmal regelrecht überwältigt. Ich konnte es gar nicht glauben, dass sie unsere Kinder waren. Dass wir dieses blonde Bündel von vier hübschen Mädchen in die Welt gesetzt hatten.

Ihre Ausgelassenheit und ihr Gekicher begannen in unserem eigenen Haus ein Bild zu schaffen, so wie es bei Charlies Familie an der Küchenwand hing. Nun lebten wir selbst in einem malerischen Haus, nicht weit entfernt vom Queens College (heute Queens University), wo meine Mutter studiert und meinen Vater kennengelernt hatte.

Charlie und ich fanden einen guten Rhythmus für die täglichen Pflichten, die anfielen, um für eine sechsköpfige Familie zu sorgen. Wir teilten die Aufgaben unter uns auf. Obwohl ich mich entschlossen hatte, zu Hause zu bleiben, wollte ich meinen Beruf doch nicht so ganz aufgeben. Also startete ich von zu Hause aus ein Grafikdesign-Unternehmen, entwarf Logos und Broschüren, während die Kinder schliefen. Wir hatten verschiedene Babysitter, doch ich wollte diejenige sein, die da war, wenn die Mädchen aus der Schule kamen. Ich wollte sie fragen, wie ihr Tag gewesen war. Ich hatte mir selbst geschworen, dass unsere Familie niemals zerbrechen würde. Es sollte bei uns immer so sein, wie es in meiner Kindheit gewesen war, bevor die Probleme begannen. Ich würde meine Kinder beschützen und wir würden immer eine heile Familie sein.

Ich erinnerte mich daran, wie leicht es Gigi gefallen war, sich zu mir auf das Sofa zu kuscheln und sich meine Probleme anzuhören. Es war für sie das Natürlichste auf der Welt gewesen, mir und meinen Schwestern zuzuhören und uns zu lieben. Doch ich merkte, dass es mir sehr schwerfiel, das auch zu tun. Ich wollte für meine Mädchen alle Probleme lösen, damit sie nie weinen oder traurig sein mussten. Mit anzusehen, dass es einer unserer Töchter schlecht ging, war für mich unerträglich. Ich hatte nicht geahnt, dass Mutter sein einem so an die Nieren gehen würde.

Maddie und Emma waren sechs Wochen zu früh zur Welt gekommen. Emma wog gut 2700 Gramm, Maddie dagegen nicht einmal 2200 Gramm. Während Emma ein eher pummeliges kleines Baby war, blieb Maddie viel kleiner und zierlicher als ihre Schwester. Zunächst machten wir uns darüber keine Gedanken, denn Maddie erreichte jeden Meilenstein ihrer Entwicklung noch früher als Emma – lächeln, stehen, krabbeln. Sie war ein winziges Energiebündel, das nie still saß und nicht gern schlief. Wenn sie dann endlich einschlief, war es, als sei sie in Ohnmacht gefallen, als hätte jemand bei ihr den Stecker gezogen. Doch bei einer Vorsorgeuntersuchung im Alter von neun Monaten wog Maddie nur gut sechs Kilogramm und das alarmierte den Kinderarzt.

„Sie erfüllt alle Kriterien für eine Entwicklungsstörung", sagte er zu mir, nachdem er ihre Gewichtskurve betrachtet hatte.

Wir hatten Maddie schon aufmerksam beobachtet, seit der Arzt bei der letzten Untersuchung vor drei Monaten einen ungewöhnlichen Herzrhythmus bemerkt hatte. Er hielt mir das Stethoskop hin und fragte: „Hören Sie das? Dieses leise Murmeln?"

Ich steckte mir die Kopfhörer in die Ohren und lauschte. Da war ein deutliches, aber schwaches wuuusch zu hören, das Maddies Herzschlag begleitete. Dann legte der Kinderarzt das Ende des Stethoskops auf Emmas Brust und ich lauschte wieder. Doch hier war nur ein starkes, solides Klopfen zu hören, während Emma das Stethoskop packte und darauf zu kauen versuchte.

„Ich bin mir ziemlich sicher, dass Maddie ein Loch im Herzen hat", meinte der Arzt.

Der Fachbegriff dafür, so erfuhren wir später, lautet Atriumseptumdefekt (ASD). In der Herzscheidewand zwischen den beiden Vorhöfen von Maddies Herz war ein Loch. Alle Babys werden mit dieser Öffnung geboren und sie sollte sich eigentlich innerhalb von einigen Wochen oder Monaten nach der Geburt schließen. Wenn sie weiter offen bleibt, aber nicht groß ist, verursacht sie keine Symptome. Doch je größer das Loch ist, desto härter müssen Herz und Lunge arbeiten, um das Blut, das in die falsche Richtung fließt, wieder zurückzupumpen.

„Maddie muss praktisch einen Marathon laufen, auch wenn sie still sitzt", erklärte mir der Arzt.

Ein hinzugezogener Kardiologe bestätigte die Diagnose des Kinderarztes: „Ich fürchte, wir müssen Maddie am offenen Herzen operieren." Da war Maddie neun Monate alt.

Während sich eine Operation am offenen Herzen für Charlie und mich beängstigend anhörte, war es für die Ärzte nur ein Routineeingriff. Sie nannten ihn „die Blinddarm-OP der Herzchirurgie". Doch Tatsache war: Sie würden unserem kleinen Baby den Brustkorb öffnen, sein Herz zum Stillstand bringen, das Loch schließen und alles wieder zunähen.

Maddie würde zwei Narben zurückbehalten – eine, die quer über den ganzen Brustkorb verlief, und eine kleinere von den Drainageschläuchen. Mit den Narben würde sie leben können, aber ich war mir nicht sicher, ob ich ohne Maddie leben konnte. Wenn das Ganze nicht gut ausging, wie könnte ich dann jemals Emma anschauen, ohne an ihre andere Hälfte zu denken? Wie kann eine Mutter den Verlust ihres Kindes überleben?

In den Wochen vor der Operation machte ich mir unaufhörlich Sorgen.

„Du könntest es mal mit Beten versuchen", schlug mein Vater am Telefon vor.

„Ich wünschte, ich könnte daran glauben, dass das etwas bewirkt. Aber ich glaube es nicht", erwiderte ich.

„Ich weiß. Ich wünschte auch, du würdest daran glauben", antwortete er. „Aber ich kann es ja für dich probieren."

„Danke, Dad. Ich bin nur einfach nicht sicher, dass Gott wirklich zuhört."

„Du wirst es irgendwann schon erleben", versicherte er mir. „Vielleicht denkst du jetzt, dass er dich nicht hört, aber das tut er. Da bin ich mir ganz sicher. Gott schickt dir vielleicht nicht genau das, was du erwartest, aber er ist immer bei dir."

Gott muss die Gebete meines Vaters wohl erhört haben, denn Maddies Operation verlief erfolgreich. Nach drei Tagen saß sie schon wieder aufrecht und aß Pfannkuchen und am vierten Tag wurde sie entlassen. Als Kleinkind deutete Maddie immer wieder stolz auf ihren Bauch und nannte ihre Narbe den „Streifen". Ihre Energie war nach wie vor ungebrochen, darum gab Charlie ihr den Spitznamen Tigger. Drei Monate nach der Operation feierten wir Maddies und Emmas ersten Geburtstag. Unsere sechsköpfige Familie war wieder heil und vollständig. Unsere vier Mädchen drängten sich in der Küche aneinander, als ich den Zebrakuchen hereintrug, Charlies Lieblingskuchen, der aus dünnen Schokoladekeksen besteht, die mit Schlagsahne überzogen sind und im Kühlschrank gekühlt eine klebrige Köstlichkeit sind. Die Zwillinge zappelten herum und kicherten und schafften es nicht, ihre Kerzen auszupusten, also mussten Lauren und Kailey es für sie tun, während die beiden kleinen Schwestern ihnen mit großen Augen zusahen.

Keiner brauchte sich etwas zu wünschen, denn so viele Wünsche waren bereits in Erfüllung gegangen.

# 6. Eine Suppe und das Heil

*Hier mein Geheimnis. Es ist ganz einfach: Man sieht nur mit dem Herzen gut. Das Wesentliche ist für die Augen unsichtbar.*

**ANTOINE DE SAINT-EXUPÉRY[6]**

Nachdem ich selbst Mutter geworden war und sah, wie schwierig es war, allen Bedürfnissen und Emotionen der Mädchen gerecht zu werden, war ich meiner eigenen Mutter gegenüber etwas milder gestimmt. Es war demütigend zu erkennen, dass es selbst mit einem gesunden, wenn auch müden Verstand nicht so einfach war, Mutter zu sein, geschweige denn mit einem Verstand, der sich gegen eine manische Depression zur Wehr setzen musste.

Ich dachte darüber nach, wie meine Eltern es geschafft hatten, sich sozial zu engagieren, während sie drei Töchter großzogen und mit Mutters chronischer Erkrankung zu kämpfen hatten. Die ganze Zeit über war mein Vater ehrenamtlich tätig gewesen, hatte in der Gemeinde mitgeholfen und seine Kanzlei geleitet.

Charlie arbeitete als Vermögensberater und machte sich ständig Gedanken darüber, wie wir die Kosten für vier Kinder aufbringen und für ihre Zukunft vorsorgen könnten. Mich wiederum beschäftigte die gute Erziehung unserer Töchter. Wie konnte ich ihnen die beiden Gebote vermitteln, die ich von meiner Familie gelernt hatte: Gutes tun und andere lieben?

Die Kirche war für mich kein Ort, den ich mit meinen Kindern wieder aufsuchen wollte. All die Stunden, die ich damit verbracht hatte, auf der Bank still zu sitzen, waren nur der Preis, den ich da-

---

6 Antoine de Saint-Exupéry: *Der kleine Prinz*. Düsseldorf: Karl Rauch Verlag, 58. Auflage 2002, S. 72.

für bezahlte, dass ich nachher an Gigis Mittagstisch sitzen durfte. Ich hatte nie den Eindruck, dass die Predigten für mich bestimmt waren, und ganz sicher glaubte ich nicht, dass die Kirche meinen Charakter in irgendeiner Weise geprägt hatte. Jetzt, seit ich die freie Wahl hatte, wollte ich meinen Kindern keine Religion aufzwingen. Charlie und ich waren der Meinung, dass wir unser Schicksal selbst in der Hand hatten; wir arbeiteten hart, um unabhängig zu sein und das zu bekommen, was wir brauchten.

Die Gebete anderer brauchten wir nicht.

Doch Charlotte ist eine Stadt, in der es leichter ist, einen Glauben anzunehmen, als ihn wieder abzuschütteln. Manchmal wird sie die „Stadt der Kirchen" genannt, weil es fast an jeder Ecke ein Gotteshaus gibt.

Das Christlichste, was unsere Familie sonntags tat, war, beim YMCA schwimmen zu gehen.

Eines Tages, als wir gerade mit vier Handtüchern und den Schwimmflügeln der Zwillinge unterm Arm das Gebäude verließen, blieb Lauren vor einem gerahmten Bild am Eingang stehen und fragte interessiert: „Mama, wer ist denn der Mann da?"

Es war Jesus.

Meine Eltern und Großeltern wären über diese Frage entsetzt gewesen. Um sicherzustellen, dass unsere Töchter zumindest diese zentrale Figur aus der Bibel kannten, beschlossen wir, wieder zur Kirche zu gehen, in die First Presbyterian Church in Charlotte.

Wir gingen erst wenige Monate dorthin, als ich mich wieder an einen der Gründe erinnerte, weswegen ich alles Fromme links liegen gelassen hatte – die Kleiderordnung. Meine Mutter hätte dafür gesorgt, dass meine Töchter perfekt frisiert, mit Schleifen im Haar, in zueinander passenden gesmokten Kleidern und in Strümpfen ohne Löcher zum Gottesdienst erschienen wären.

Ich aber hatte schon die größte Mühe, sie alle in Schuhe zu stecken. Und wenn ich es dann geschafft hatte, alle vier in ihre Sonntagskleider hineinzuzwängen, gab es weit und breit keine Predigt, die mich nach dieser wöchentlichen Anstrengung wieder aufmuntern konnte.

Doch dann las ich eine kleine Anzeige in unserem Gemeinde-brief, die mir wie eine göttliche Inspiration erschien:

*Mitarbeiter gesucht
für das Suppenküchen-Team
der First Presbyterian Church!
Sonntagvormittags, alle vier Wochen,
Helfer jeden Alters willkommen!
Bitte meldet euch bei unserem Mitarbeiterkoordinator*

Endlich ein Ort, an dem wir etwas Gutes tun konnten, ohne gut auszusehen zu müssen. Ich meldete unsere Familie zur Mitarbeit an, für einen Sonntag im Monat von acht bis dreizehn Uhr. Unser Mitarbeiterkoordinator teilte mir mit, wir würden im *Urban Ministry Center* (UMC) mithelfen, einer Einrichtung, die sich um die Obdachlosen in Charlotte kümmerte. Unsere Aufgabe würde darin bestehen, in einem mehr als hundert Liter fassenden Topf eine Suppe zu kochen, Hunderte von Sandwiches zuzubereiten und dann das Essen auszuteilen.

Am ersten Sonntag zwängten wir uns in unseren Minivan und folgten den Schildern zum *Urban Ministry Center*. Als wir die entsprechende Abfahrt genommen hatten, sahen wir, dass die Straße ein paar Hundert Meter vor uns direkt in ein mit Maschendraht umzäuntes Gelände führte. Zunächst war kein Gebäude zu sehen, nur Dutzende von Menschen, die auf dem Bürgersteig herumsaßen, standen oder sogar schliefen. Als wir näher kamen, entdeckten wir ein Schild auf einem ehemaligen Zugdepot, das nun als Anlaufstelle für die Obdachlosen unserer Stadt diente.

Das UMC öffnete die Tore seines Parkplatzes um acht Uhr morgens, doch es warteten schon Dutzende von Menschen davor, die ihre gesamten Habseligkeiten auf dem Rücken trugen. Gesichter versteckten sich unter grauen Kapuzen, sodass man unmöglich erkennen konnte, welches Alter oder Geschlecht die jeweilige Person hatte.

„Bist du dir sicher, dass das Ganze hier eine gute Idee ist?", fragte mich Charlie.

Als ich auf die Anzeige in unserem Gemeindebrief reagiert hatte, hatte ich mir einen schönen gemeinsamen Einsatz unserer Familie in einer Wohlfühlumgebung vorgestellt. Noch nie waren unsere Kinder so direkt und persönlich mit Armut konfrontiert worden. Charlie fuhr langsam weiter, um ja niemanden aus der Menschenmenge zu überfahren, die vom Bürgersteig auf die Straße quoll. Ich wurde nervös. Mit einem Mal kam es mir fast gefährlich und unverantwortlich vor, unsere Mädchen hierher zu bringen.

Eine Frau mit rot geschminkten Lippen und Strähnchen im grauen Haar begrüßte uns überschwänglich am Eingang. „Hallo! Ihr müsst Familie Izard sein!", sprudelte es aus ihr heraus. „Ich bin Beverly und das ist mein Mann Roy!" Ich kannte die beiden von unseren wenigen Gottesdienstbesuchen.

Wir entspannten uns allmählich ein bisschen. Beverly führte uns in die Küche, wo in dem Hundert-Liter-Topf bereits eine Mahlzeit vor sich hin köchelte. Roy trug eine Schürze und rührte die stückige, blubbernde Flüssigkeit vorsichtig um.

„Was für eine Suppe ist das?", fragte Kailey ihn.

„Da ist alles Mögliche an Gemüse drin!", antwortete Roy mit fröhlicher Stimme. „Wie der Name Eintopf schon sagt: Es kommt alles in einen Topf!"

Wir sollten das Mittagessen an vier- bis sechshundert Leute austeilen. Das geschah an 365 Tagen im Jahr, wobei das Essen stets von ehrenamtlichen Mitarbeitern gekocht und verteilt wurde. Das UMC ließ nie einen Tag aus. In all den Jahren hatte es Schneestürme, Stromausfälle und sogar den einen oder anderen Blizzard gegeben, aber das Zentrum war immer von 8:30 Uhr bis 16:30 Uhr geöffnet.

Obdachlose haben eben keinen Urlaub und so machte das Zentrum auch keinen.

An Werktagen kamen noch mehr Helfer, um über die Mahlzeiten hinaus weitere Dienste anzubieten: Beratung, Duschen, Wäschewaschen, Postdienste. Beverly erzählte uns, dass an unserem Tag, dem vierten Sonntag im Monat, die meisten Menschen zum Mittagessen kamen, weil ihnen am Monatsende das Geld oder die Essensgutscheine ausgingen.

Pünktlich um 11:30 Uhr öffnete Roy die Stahl-Rollläden über dem fast zwei Meter langen Tresen, der den Speisesaal von der Küche trennte. „Auf geht's, Mädels, begrüßen wir unsere Gäste", sagte er. „Jeder, der heute da ist, bekommt etwas zu essen, ohne dass wir ihm Fragen stellen. Und wir nennen sie alle unsere Nächsten, denn sie sind nicht anders als die Leute, die zu Hause neben uns wohnen."

Die vier Mädchen folgten ihm, als er die Tür zum Parkplatz aufschloss. Roy stellte sich an den Eingang, wo die Leute nun Schlange standen, und begrüßte ein paar von den Stammgästen mit Handschlag. Dann rief er ihnen allen zu: „So, nun wollen wir die Hände falten und ein Tischgebet sprechen."

Lauren, Kailey, Emma und Maddie standen dicht neben ihm, als er betete.

„Lieber Gott, segne dieses Essen, damit es uns stärkt und dir dient, und lass uns die anderen, die in Not sind, nicht vergessen. Amen."

Aus der Reihe der Wartenden ertönte ein vielstimmiges Echo: „Amen!"

Als sich die Schlange vorwärtsbewegte, während das Essen ausgeteilt wurde, sagten nur wenige etwas, aber fast alle nickten dankbar. Einer wollte uns in ein Gespräch verwickeln, es war ein Mann mit wildem Gesichtsausdruck: „Hallo, ihr hübschen Mädchen, wie geht's?"

Er hatte verfilztes weißes Haar, sein Gesicht war sonnenverbrannt und er hatte ein Harley-Davidson-Tattoo mitten auf der Stirn. Mit der linken Hand balancierte er einen Ghettoblaster, eigentlich mehr ein Radio, und mit der rechten Hand trug er sein Tablett.

Lauren und Kailey starrten ihn an. „Hallo. Ich wünsche Ihnen einen schönen Tag", brachte Kailey schließlich hervor.

„Weißt du, wie ich heiße, Kleine?", fragte er.

„Harley?", vermutete Kailey.

„Nö. Ich bin Chilly. Chilly Willy! Weil ich nämlich so ein richtig cooler Typ bin. Der Coolste von allen hier. Der Coolste, den ihr je getroffen habt!"

Damit hatte er die geballte Aufmerksamkeit aller vier Mädchen gewonnen. Emma und Maddie liefen zu ihm hin, um ihn genauer zu betrachten. Jetzt, da er eine noch größere Zuhörerschaft hatte, gab Chilly Willy eine besonders schlechte und übertriebene Version von „Long Haired Country Boy" der Charlie Daniels Band zum Besten. In dem Lied ging es vor allem darum, wie man morgens schon bekifft und nachmittags betrunken ist.

„Vielen Dank, Chilly", unterbrach ihn schließlich ein Mann. Er hatte leicht ergrautes Haar und einen grauen Bart, was ihn älter aussehen ließ. Ich schätzte ihn auf Ende vierzig. Er trug eine Brille mit einem dicken schwarzen Gestell, die ihm einen ernsten Ausdruck verlieh. Aber trotzdem scherzte er mühelos mit Willy herum. „Lass uns mal das Country-Konzert auf später verschieben. Hier stehen eine Menge Leute, die auf ihr Mittagessen warten."

„Hey, Dale!" Chilly drückte den Mann fest an sich und wandte sich dann wieder an meine Töchter. „Das hier ist der Boss, Mann. Ich muss machen, was er sagt. Außerdem ist er ein Prediger. Jesus liebt dich, Dale!"

„Dich liebt er auch, Chilly. Und jetzt iss deinen Eintopf", erwiderte Dale, während er Chilly sanft auf die Schulter klopfte und ihn weiterschob.

Während unsere Familie das Essen an die „Nächsten" austeilte, wurden wir Dale Mullennix vorgestellt. Dale war seit der Gründung des *Urban Ministry Center* der Geschäftsführer. Vorher war er Pastor in einer wohlhabenden Vorstadtgemeinde gewesen, in dem Stadtteil, in dem wir auch lebten. Dann aber wurde er Anfang der 1990er-Jahre gebeten, die Leitung des UMC zu übernehmen. Geschäftsleute und Kirchenvertreter arbeiteten Hand in Hand, um das UMC zu einem Zentrum zu machen, das Obdachlosen einen umfassenden Service bot, der weit über das Mittagessen hinausging. Die neue Einrichtung in dem umgebauten Zugdepot brauchte einen Direktor und Dale wurde gebeten, diese Aufgabe zu übernehmen.

„Vielen Dank euch allen, dass ihr heute gekommen seid!", sagte er zu uns und schüttelte uns allen die Hand. Dann kehrte er in den Speisesaal zurück, ging von einem Tisch zum anderen und begrüßte fast alle Gäste mit Namen.

„Hey, Rose, wie geht es dir heute? Hallo, Sam, wie schmeckt das Essen?" Er umarmte die Leute und schüttelte ihnen die Hand, als ob sie alle beste Freunde wären. Ich aber hatte die letzten paar Stunden in der sicheren Zone hinter dem Tresen verbracht und jeden Augenkontakt vermieden.

Was wäre, wenn mich jemand um Geld bitten würde? Sollte ich es ihm dann geben? Wie konnte Dale einfach nach Hause gehen, ohne den Wunsch, diese Leute alle mitzunehmen?

Schließlich wurde es Zeit aufzuräumen. Meine vier Mädchen waren ganz ausgelassen. „Das hat so viel Spaß gemacht, Mama!", rief Lauren.

„Können wir morgen wieder herkommen?", fragte Kailey.

Auf der Heimfahrt tauchten noch viel mehr Fragen auf.

„Mama, kann man eine Essensmarke auch auf einen Briefumschlag kleben?"

„Papa, warum hatte der eine Mann eine goldene Halskette, aber kein Zuhause?"

„Warum hatte die nette Frau ein blaues Auge und keine Vorderzähne mehr?"

In meiner Kindheit waren die Einkommensunterschiede zwischen El Paso und Juarez etwas Vertrautes gewesen, doch hier in Charlotte war ich viel mehr von der Armut abgeschottet. Dieser erste Besuch in der Suppenküche löste etwas bei mir aus. Langsam erkannte ich, dass es nur wenige Kilometer von meinem komfortablen Haus entfernt eine andere Welt gab.

Monat für Monat lernte ich dazu. Schließlich übernahm ich Beverlys Aufgabe und leitete die Essensausgabe an jedem vierten Sonntag im Monat. Ich konnte die Freundinnen meiner Töchter und deren Familien für die Mitarbeit gewinnen. Die meiste Zeit blieb ich zwar in der sicheren Zone hinter dem Küchentresen, aber ich lernte immerhin die Namen einiger regelmäßiger Besucher. Ruth war eine kleine, schlecht gelaunte Frau, die trotz ihrer geringen Körpergröße die hochgewachsenen Männer mit ihrem bissigen Mundwerk in Schach hielt. Die anderen Helfer erzählten mir, Ruth käme schon seit der Eröffnung des UMC jeden Tag zum Essen her. Jay war der unglaublich laute Betrunkene, der recht viel Zinnober veranstaltete, wenn er zu tief ins Glas geschaut hatte. Aber in nüchternem Zustand war er kaum wiederzuerkennen, so freundlich konnte er dann sein. Bill war der stille Cowboy mit den großen blauen Augen unter dem Lederhut, der immer „Bitte" und „Danke, Ma'am" sagte, wenn man ihm sein Tablett reichte. Und Samuel war der sanfte Riese, der lächeln konnte wie ein siebenjähriger Junge unter dem Weihnachtbaum, sobald man auch nur in seine Richtung schaute.

In der Kirche hatte ich nie zum Glauben gefunden, doch hier in der Suppenküche fühlte ich mich jeden Sonntag ein bisschen mehr wie die Person, die ich gern sein wollte. Jeden Monat, wenn unsere Schicht vorüber war, nahm ich meine Schürze ab, umarmte meine Töchter, fuhr durch die Tore hinaus und hatte das Gefühl, etwas Gutes in der Welt vollbracht zu haben.

Lange Zeit genügte mir das.

Eines Tages tropfte es durch die Decke unseres Arbeitszimmers und an diesem Tag rückte das Thema Obdachlosigkeit ein wenig näher an uns heran. Ich rief Johnny an, unseren Klempner. Er hatte von Anfang an für uns gearbeitet, seit er in unserem Haus, das Charlie und ich zu Beginn unserer Ehe gekauft hatten, neue

Rohre verlegt hatte. Den ganzen Morgen über hielt Johnny sich im oberen Stockwerk auf und suchte nach der Ursache, warum das Wasser unten auf unseren Holzfußboden tropfte. Kurz vor dem Mittagessen kam er zu mir in die Küche und entschuldigte sich. „Ich muss zu meinem Bruder in den Freedom Park gehen und ihm Geld geben."

„Bitten Sie ihn doch einfach hierherzukommen", schlug ich vor.

„Nein, Sie verstehen nicht", sagte er, senkte verlegen den Blick und trat von einem Fuß auf den anderen. „Mein Bruder lebt in dem Park."

Es stimmte. Ich hatte es nicht verstanden. Der Freedom Park war nur ein paar Hundert Meter von unserem Haus entfernt und wir gingen mit den Kindern regelmäßig dorthin zum Fußball-spielen oder Fahrradfahren. Sein Bruder lebte also dort? Meinte Johnny etwa, dass er in einem Haus dort in der Nähe lebte?

Johnny sah meinen ratlosen Blick und klärte das Ganze sicht-bar beschämt auf: „Er ist obdachlos."

Er versuchte das Unerklärliche zu erklären.

„Als er siebzehn war, hat mein Bruder was Schlimmes ange-stellt und musste ins Gefängnis. Als er wieder rauskam, fand er sich einfach nicht mehr zurecht. Es gibt anscheinend nichts, wo-mit man ihm helfen kann, aber er ruft mich immer an, wenn er was braucht, wie zum Beispiel ein Radio."

„Ein Radio?" Ich zählte eins und eins zusammen. „Johnny, ist Ihr Bruder etwa der Typ mit den weißen Haaren und dem Har-ley-Davidson-Tattoo auf der Stirn? Chilly Willy?"

Bei dem Spitznamen zuckte Johnny zusammen und nickte. „Er heißt eigentlich Larry. William Larry Major. Er ist mein Bruder."

Ich wusste nicht, was ich sagen sollte. All die vielen Male, in denen ich die Suppe ausgeteilt hatte, hatte ich nie über die Fami-lien der Obdachlosen nachgedacht.

„Ich habe immer Angst, dass er da draußen stirbt und wir es nicht erfahren", gestand Johnny.

Seit damals, als ich Chilly Willy das erste Mal begegnete und ihm den Eintopf austeilte, hatte ich nie darüber nachgedacht, dass er einen echten Namen hatte: Larry. Ich hatte mir nie Gedanken darüber gemacht, ob er eine Familie hatte und warum er auf der Straße gelandet war, denn es war immer ein sechzig Zentimeter breiter Edelstahltresen zwischen uns. Ich stand auf der richtigen Seite und er auf der falschen.

„Alle in der Stadt kennen ihn, und wenn sie ihn eine Weile nicht sehen, rufen sie an und fragen, ob er tot ist. Dann muss ich die Polizei und die Krankenhäuser anrufen, um herauszufinden, ob er noch lebt", erklärte mir Johnny mit Tränen in den Augen.

Mir fielen keine Worte ein, mit denen ich Johnny hätte helfen können, doch von da an hielt ich immer im Park und beim UMC Ausschau nach Chilly Willy. Ich wollte Johnny sagen können, dass sein Bruder noch am Leben war.

Chilly Willy war William Larry Major.

Er hatte einen Bruder, eine Familie und eine Geschichte, die erzählte, warum er auf den Straßen von Charlotte gelandet war.

Und wie meine Mutter damals hatte auch Larry Angehörige, die ihn liebten und sich die ganze Zeit Sorgen um ihn machten.

# 7. Versagen ist keine Option

*Es ist nicht so schwer zu entscheiden, was man in seinem Leben erreichen möchte. Schwer ist nur herauszufinden, was wir bereit sind aufzugeben, um das zu tun, was uns wirklich wichtig ist.*

**SHAUNA NIEQUIST**[7]

Schon früh in meinem Leben kam ich zu dem Schluss, dass Versagen für mich keine Option sei. Wenn ich bei irgendetwas nicht gleich Erfolg hatte, warf ich in der Regel das Handtuch, sobald die Möglichkeit am Horizont erschien, dass ich scheitern könnte.

Meiner Meinung nach gab es normalerweise zwei Gründe für das Aufgeben: Erstens, wenn das Scheitern wahrscheinlich war, wie zum Beispiel beim Klavierspielen. Meine Schwester Allyson war ein unglaubliches Naturtalent. Ich konnte ihr nicht das Wasser reichen, darum flehte ich meine Mutter an, meine Klavierstunden bei Mrs Wade nach nur zwei Jahren zu beenden. Zweitens war ein Ausstieg in meinen Augen gerechtfertigt, wenn die Arbeit, die für den Erfolg notwendig war, keinen Spaß machte. Auf diese Weise endete meine Tenniskarriere.

Als Dad noch jung war, war er kein besonders begabter Sportler. In Texas gab es nur einen richtigen Sport für Jungs und das war Football. Mein Vater aber war zu klein, um sich hierin zum Star zu entwickeln. Großvater und Gigi wollten jedoch etwas außerhalb des Klassenzimmers finden, worin mein Vater erfolgreich sein konnte, und das fanden sie auf dem Tennisplatz. Dad machte geradezu eine Religion aus seinem Tennistraining, denn

---

7 Shauna Niequist: *Bittersweet. Thoughts on Change, Grace, and Learning the Hard Way.* Grand Rapids: Zondervan, 2013, S. 54.

er merkte, dass dies sein Ticket war, um nicht nur dem Spott auf dem Schulhof zu entgehen, sondern auch Zugang zum hochangesehenen Davidson College zu erlangen. Er liebte diesen Sport und wollte, dass auch seine drei Töchter ihn liebten.

Uns das Tennisspielen beizubringen war seine Art, meiner Mutter am Wochenende eine Pause zu verschaffen. Denn unter der Woche verbrachte er viele Stunden im Büro. Und er nutzte seine Tenniskenntnisse auch, um uns die eine oder andere Lebensweisheit zu vermitteln.

Jeden Samstagmorgen spielte er im Tennisklub von El Paso mit denselben Herren ein Doppel. Am Samstagnachmittag kam er dann nach Hause und spielte mit seinen drei Töchtern Tennis. Er hatte einen unerschöpflichen Vorrat an Tennisbällen im Kofferraum seines blauen Ford El Torino und fuhr mit uns zu öffentlichen Tennisplätzen, wo er der Reihe nach geduldig gegen jede von uns spielte.

Mit der Zeit stellte sich heraus, dass ich mich von uns drei Mädchen am geschicktesten anstellte und so dünnte unsere kleine Gruppe allmählich aus, als erst Louise und dann Allyson mit dem Tennis aufhörten. Die Samstage wurden zu meiner Vater-Tochter-Zeit und mir gefiel es, dass ich an diesem einen Tag in der Woche meinen Vater ganz für mich hatte.

„Im Leben beruht alles auf harter Arbeit, Kathy! Auf harter Arbeit und Training!", rief er mir über das Netz hinweg zu, während er meine Bälle zurückschlug. Er nutzte die Gelegenheit, um nicht nur meine Tennisfähigkeiten zu trainieren, sondern auch meinen Charakter.

Obwohl mir die Zeit mit meinem Vater nie zu viel wurde, begann meine Liebe zum Tennis doch allmählich zu erkalten – es war einfach zu schwierig für mich, richtig gut darin zu werden.

Ich war nur mittelmäßig begabt und hatte das Tennisspielen nur deshalb weiterverfolgt, weil es meinem Vater so viel Spaß machte. Aber Turniere zu gewinnen, das wurde mir klar, würde sehr viel Arbeit erfordern.

Auf Drängen meines Vaters hin nahm ich an einem stadtweiten Wettkampf im Doppel für Mädchen unter dreizehn Jahren teil, zusammen mit meiner Freundin Susan. Ihr Vater arbeitete in derselben Kanzlei wie mein Vater und die beiden verglichen gern die Ballstatistiken ihrer Töchter. Zu meiner großen Überraschung gewannen Susan und ich das Turnier – im Gegensatz zu mir hatte mein Vater mit einem Sieg fest gerechnet. Anstelle von Trophäen erhielten wir jede eine kleine silberne Medaille und unsere Namen standen am nächsten Tag in der Zeitung.

„Ich hab's dir doch gesagt! Ich hab's dir doch gesagt!", jubelte mein Vater und drückte mich eine Minute lang fest an sich. „Du kannst alles erreichen, Kathy! Wirklich alles!"

Er lächelte während des gesamten Frühstücks und noch lange darüber hinaus.

„Wir könnten auch noch sonntags nach dem Gottesdienst spielen, bevor du dann zur Jugendgruppe gehst. Und ich könnte den Profispieler bei uns im Klub fragen, ob er dir ein paar Unterrichtsstunden gibt. Das würde dir beim Aufschlag enorm weiterhelfen."

Fast ein Jahr lang nahm ich diese Extrastunden, bevor ich schließlich beschloss aufzuhören. Für meinen Vater war es eine herbe Enttäuschung, aber ich konnte einfach nicht mehr. Ich war an dem Punkt angekommen, an dem ich merkte, dass die Mühe, die ich aufbringen musste, um Erfolg zu haben, keinen Spaß mehr machte. Inzwischen hasste ich das Tennisspielen.

Dad saß an seinem Schreibtisch im Arbeitszimmer, als ich den Mut aufbrachte, es ihm zu sagen. Rechts neben ihm war das Bücherregal, auf dem ein paar seiner Tennistrophäen und Preise für seine Lebensleistung standen. Ich hatte einen Kloß im Hals, als ich mit der kostbaren Medaille auf ihn zuging, die ihm so viel bedeutete. Ich nahm seine Hand und legte die Medaille hinein.

„Dad, du hast recht. Vielleicht könnte ich es schaffen", sagte ich. „Aber ich will es einfach nicht. Es tut mir leid."

Es würde fünfundzwanzig Jahre dauern, bis ich wieder einen Tennisschläger in die Hand nahm.

Vaters Enttäuschung spürte ich jeden Samstag, wenn er von

seinem Herrendoppel nach Hause kam. Statt mich schnell abzuholen und mit mir und seinem Korb voller Bälle zum Park zu
fahren, ließ er sich auf das Sofa im Arbeitszimmer fallen.

Da mein Vater nun keinen Grund mehr hatte wegzufahren,
blieben wir von da an samstags immer zu Hause. Manchmal versuchte er ein Gespräch anzufangen, aber im Small Talk war er
noch nie gut gewesen. Ohne den sonnendurchfluteten Tennisplatz wusste er nicht, wie er uns seine Lebensweisheiten vermitteln konnte.

Ich weiß, dass er mir eigentlich so viel hätte erzählen müssen
und wir über so vieles hätten reden sollen. Doch dort in dem
Haus, das alle unsere Geheimnisse und unsere Traurigkeit in
sich barg, konnte mein Vater einfach nicht die richtigen Worte
finden.

Ich hatte keine Ahnung, wie wichtig die Zeit mit meinem Vater
gewesen war, bis ich Anfang vierzig war. Wir schrieben das Jahr
1997 und es hätte eigentlich ein gutes Jahr sein können.

Die Zwillinge wurden drei Jahre alt. Maddies Narben von der
Operation waren verheilt und ich dachte, wir hätten nun alle me-
dizinischen Probleme hinter uns.

Ich rührte gerade einen großen Topf mit Hackfleischsoße für
unsere Spaghetti um, als das Telefon klingelte. Emma saß auf
dem Boden neben mir und kaute auf der Tupperdose herum, in
der sich ihre Frühstücksflocken befunden hatten, die nun über
den ganzen Fußboden verstreut lagen. Maddie dagegen tat so, als
würde sie in einem Rennwagen von der Küche über das Arbeitszimmer bis zum Wohnzimmer rasen.

Typisch meine Zwillinge: Die eine eher gelassen, die andere so
quirlig wir ein Floh.

Das Telefon klingelte hartnäckig. Vorsichtig kletterte ich über
Emma hinweg und griff nach dem Hörer.

„Hallo, hier ist Dad", hörte ich ihn sagen. Ich sah auf die Uhr. Mein Vater rief nie so früh an.

„Was ist los? Ist was mit Mama?"

„Nein, Kathy, es geht um mich. Ich habe Krebs."

Mühsam versuchte ich meine Gedanken zu ordnen. Wenn es um meine Mutter ging, war ich schlechte Nachrichten gewohnt. Wir machten uns immer Sorgen um meine Mutter. Damit hatten wir Erfahrung. Aber wie ich nun diese Nachricht verkraften sollte, wusste ich nicht.

„Was für ein Krebs, Dad? Ist es schlimm?"

„Es ist Leukämie – akute myeloische Leukämie. Wir gehen in die Anderson-Krebsklinik nach Houston. Dort sind die besten Ärzte. Und du kennst mich ja – ich werde kämpfen!"

Er sagte nicht „und gewinnen", aber ich nahm es als selbstverständlich an, dass er an einen Sieg glaubte.

Er gewann immer. Er arbeitete hart. Er trainierte. Er gab nie auf. Der Sieg war die natürliche, logische Folge seiner Hartnäckigkeit.

Erschüttert legte ich auf.

Die Nachricht von Vaters Erkrankung sprach sich schnell herum, denn El Paso ist eine eher kleine Stadt. Anders als es bei meiner Mutter gewesen war, sprach jeder über Vaters Krebs. Die Leute aus der presbyterianischen Gemeinde und alle Freunde meiner Eltern kamen und boten ihnen ihre volle Unterstützung an.

Selbst gekochtes Essen. Mitgefühl. Karten flatterten ins Haus. Wir wurden geradezu überflutet.

Meine Eltern verbrachten neun Monate in Houston, damit mein Vater sich einer neuen Behandlungsmethode unterziehen konnte, die, so erfuhren wir, seine einzige Chance war. Die Ärzte erklärten uns, dass sie seine Knochenmarkzellen komplett zerstören und dann wieder aufbauen würden in der Hoffnung, dass das neue Knochenmark keine Krebszellen mehr enthielt. Mein Vater lebte in einer sterilen Umgebung in der Anderson-Klinik und meine Mutter wohnte in einem Hotel, das dem Krankenhaus angeschlossen war.

Dads neues Zuhause war also ein dreizehn Quadratmeter gro-ßes Zimmer mit Krankenhausbett. Er musste dort rund um die Uhr bleiben und hing an Schläuchen, die an einem fahrbaren Gestell befestigt waren, das er durch seine Zelle der Hoffnung schieben konnte. Ein anderthalb Meter breites Fenster an einer Zimmerwand ermöglichte es ihm, meine Mutter und andere Be-sucher zu sehen. Meine Mutter war seine ständige Gefährtin auf der anderen Seite der Glasscheibe; dort saß sie, las oder stickte.

Unsere Töchter bastelten Karten für Opa und Oma, die mei-ne Mutter dann an Vaters Fenster zur Welt heftete. Stolz deutete mein Dad auf diese kleinen Kunstwerke und erzählte den Kran-kenschwestern von seinen vier Enkelinnen.

In seinem Zimmer gab es nur künstliches Licht; man konnte von dort nicht zum Tennisplatz gehen. Also bat Vater das Pflege-personal, ihm ein Trainingsrad in seine Einzelzelle zu bringen. Er trat heftig in die Pedale, während er Tennisturniere im Fern-sehen anschaute und ein T-Shirt trug mit der Aufschrift: „Gib nie-mals auf!" Das hatte er von jemand geschenkt bekommen, der den Krebs überlebt hatte.

Louise, Allyson und ich besuchten unsere Eltern Woche für Woche abwechselnd in Houston. Früher hatte ich meine Mutter oft in der Psychiatrie besucht, aber ich war nicht darauf gefasst, wie anders es in einer Krebsklinik zuging. Bei einer psychischen Erkrankung läuft so vieles innerlich ab und ist für das Auge un-sichtbar. Beim Krebs und anderen körperlichen Erkrankungen hingegen ist auch vieles äußerlich zu erkennen. Gewichtsverlust. Haarausfall. Eingesunkene Augen. Ausgemergelte Haut. Hier gab es keinen Zweifel darüber, wer die Patienten waren und wer die Pflegekräfte. Doch sowohl bei körperlichen als auch bei see-lischen Krankheiten, so wurde mir klar, hingen die Hoffnungen der Angehörigen an Tabletten und Behandlungsabläufen und es dauerte alles schrecklich lange.

Immer wieder machte ich mir Sorgen, ich könnte meine Mut-ter bei der Ankunft in Houston extrem depressiv oder manisch antreffen. Doch während all dieser quälenden Monate war sie so stark wie in ihren besten Zeiten. Wie damals, als sie am College glänzte, meine wunderbare Hochzeit plante und für ihre Enkelinnen altmodische Puppen aus Papier bastelte. Dad brauchte sie in dieser kritischen Situation und sie war beständig präsent. Sie schien eine ungeahnte Kraft aufzubringen, um so für ihn da zu sein, wie er immer für sie da gewesen war. Mutter wurde zur Expertin für AML-Blasten und Blutwerte und sie war eine stets ruhige, aber hartnäckige Anwältin für meinen Vater, wenn das Pflegepersonal ihm nicht rechtzeitig seine Schmerzmittel verabreichte.

Meine Mutter von dieser neuen Seite zu erleben bedeutete für mich, dass ich die Besuche in Houston regelrecht genießen konnte. Das erste Mal seit Jahrzehnten sprachen wir intensiv miteinander. Wir gingen jeden Abend zusammen essen und entflohen der Krankenhausumgebung auf der Suche nach Chile con queso (für mich) und einer guten Krabbentarte (für meine Mutter). Zwar konnten wir uns auf diese Weise ein wenig von den allgegenwärtigen Sorgen ablenken, doch früher oder später kamen wir wieder auf meinen Vater und auf Gott zu sprechen.

„Machst du dir Sorgen?", fragte ich sie.

„Dein Vater und ich haben einen starken Glauben", pflegte meine Mutter dann zu sagen, was jedoch eigentlich keine Antwort auf meine Frage war.

Jeden Tag beteten meine Eltern und lasen in der Bibel, wie damals bei ihrer ersten Verabredung am Valentinstag.

Nun aber bleiben Glaube, Hoffnung, Liebe, diese drei.

Am Ende der ersten Behandlungsreihe erzählten die Ärzte meinen Eltern, die Forschung habe gezeigt, dass sechzig Prozent der Patienten positiv darauf ansprachen. Mein Vater gehörte nicht dazu.

Die Onkologen schlugen meinem Vater daraufhin vor, die Behandlung zu wiederholen. Das bedeutete, noch länger in Houston zu bleiben. Noch mehr Schläuche. Weitere Wochen in der Zelle mit dem Glasfenster. Die zweite Behandlungsreihe, so zeigte es die Forschung, war bei achtzig Prozent jener vierzig Prozent erfolgreich, die beim ersten Versuch kein Glück gehabt hatten. Doch mein Vater gehörte nicht dazu.

Er kehrte wieder nach El Paso zurück, noch ein wenig mehr erschüttert in seinem Glauben, dass sich ein medizinisches Wunder ereignen würde. Da er sein ganzes Leben lang so gewissenhaft für seine Kanzlei, für die Gemeinde und für die Menschen in seiner Stadt gearbeitet hatte, hatte er sich für sich selbst kaum Zeit genommen. Und nun, da er in Rente gegangen war, hatte sich unerwartet der Krebs eingestellt. Mein Vater wollte sich nicht gern eingestehen, dass all seine Pläne, die Welt zu sehen, vielleicht nie mehr in Erfüllung gehen würden. Der Zug, mit dem er quer durch Europa reisen wollte, würde den Bahnhof wahrscheinlich nie verlassen. Die Ärzte rieten ihm, seine Kräfte zu schonen, doch er spielte weiterhin jeden Samstag Tennis in seinem Herrendoppel. Allerdings rannte er nicht mehr jedem Ball hinterher. Als die Ärzte ihm mitteilten, er könne nicht nach New York zu Allysons Hochzeit fliegen, weil seine Blutzellen-Messung einen zu niedrigen Wert ergab, ging er trotzdem hin und ließ es sich nicht nehmen, seine Tochter zum Altar zu geleiten.

So viele Jahre lang hatte ich immer wieder darüber nachgedacht, wie es wohl wäre, meine Mutter zu verlieren. Doch dass mein Vater sterben könnte, kam mir nie in den Sinn. Während meine Mutter für mich immer so eine Art Fragezeichen gewesen war, war mein Vater das Ausrufezeichen. Er war solide und beständig. Er war der Anker für mich und unsere Familie. Er ermutigte mich, glaubte an mich und träumte meine Träume für mich, wenn ich selbst keine hatte.

Obwohl ich selbst nicht darüber nachdenken wollte, begann mein Vater Vorbereitungen für den Fall der Fälle zu treffen. Ich war die jüngste Tochter und er teilte mir mit, dass er mir die Verantwortung nicht nur für die Regelung des Erbes geben wollte, sondern auch für alle weiteren rechtlichen und finanziellen Angelegenheiten meiner Mutter. Ich hatte zwar keine juristische Ausbildung, aber mein Vater sagte mir, er vertraue meinem logischen Verstand und Charlies finanziellem Fachwissen. Seiner

Meinung nach würden wir mit allen auftretenden Fragen klarkommen. So wie er sich um seine Klienten gekümmert hatte, plante mein Vater auch hier alles akribisch genau. Er verfasste ein fünfseitiges Dokument, auf dem alle Konten, Sparguthaben und Verpflichtungen aufgelistet waren, und schrieb dazu, wie er sich das alles vorstellte. Eines Nachmittags, als ich ihn anrief, um zu fragen, wie es ihm ging, erzählte er mir, er schreibe gerade seinen Nachruf.

„Dad! Hör auf damit! Das ist ja morbide!", rief ich.

„Nein, ist es nicht. Ich bin gerade an dem schönen Teil, wo es um die liebevolle Ehefrau und die drei Töchter geht."

Auch wenn mein Vater sich so sorgfältig auf sein Ende vorbereitete, so hegte er, glaube ich, doch die stille Hoffnung, dass dies alles nur eine Glaubensprüfung war. Wenn er nur fest genug glaubte und betete, dann würde sich ein Heilungswunder ereignen.

Doch als er immer schwächer wurde, flammte sein Zorn auf.

Er hatte doch ein gutes Leben geführt. Er hatte Gott immer treu gedient. Warum musste das passieren?

Er schrie zwar nicht Gott an, wohl aber meine Mutter.

Sie jedoch schrie niemanden an – weder Gott noch meinen Vater. Was immer sie dachte, sie behielt es für sich und blieb absolut liebevoll und ruhig.

Aber die Liebe ist die größte unter ihnen.

Ich teilte die Hoffnung meines Vaters nicht, dass Gott eingreifen würde. Aber ich war wider alle Vernunft zuversichtlich, dass er wieder gesund werden würde, weil seine Widerstandsfähigkeit und sein Optimismus mich davon überzeugten, dass er noch viele Jahre vor sich hatte.

Er sah nicht krank aus. Er spielte immer noch Tennis. Es konnte einfach nicht sein, dass er sterben musste.

Immer noch hoffnungsvoll, traf ich mich mit meinen Eltern an unserem Lieblingsbadeort in La Jolla, Kalifornien. In meiner Kindheit hatte meine Familie dort im Sommer mehrmals eine Ferienwohnung gemietet. Ich verbrachte eine Woche mit meinen Eltern und wir besuchten alle unsere Lieblingsorte von früher. Inzwischen hatte ich wieder mit dem Tennisspielen angefangen und mein Vater forderte mich zu einem Match heraus. Selbst in seinem geschwächten Zustand gewann er beide Sätze. Er konnte immer noch einen fiesen Stoppball spielen. Das ganze Match hindurch grinste er spitzbübisch, während er mich zwang, den Bällen hinterherzulaufen, die kurz vor der Grundlinie aufschlugen. Und am Ende platzierte er den Ball so dicht hinter dem Netz, dass ich ihn nicht mehr erreichen konnte.

Ich wünschte, ich hätte diesen Urlaub, diese kurze gemeinsame Zeit, genutzt, um meinem Vater viel mehr zu sagen. Hätte ich ihm auf diesem sonnendurchfluteten Platz doch fröhlich zugerufen: „Du bist der Beste, Dad!"

Und beim Seitenwechsel, während wir eine kurze Pause machten und einen Schluck Wasser tranken, hätte ich ihm zuflüstern können: „Du bist immer für mich da gewesen, Dad. Egal was mit Mama war – ich wusste, du würdest mich nie alleinlassen."

Und als er den letzten Satz gewann, hätte ich über das Netz springen und zu ihm hinlaufen sollen, ihn fest umarmen und ein Lächeln des Sieges auf seine Lippen zaubern, das bis zum Frühstück und darüber hinaus anhielt.

Wir sagten uns nicht alles, was wir hätten sagen können. Wir redeten darüber, wie ich meine Vorhand verbessern könnte und er seinen Stoppball. Wir taten so, als gäbe es immer noch ein weiteres Match, ein weiteres Spiel.

Sechs Wochen später, nicht einmal ein Jahr nachdem die ersten Symptome begonnen hatten, rief ich meinen Vater an einem Samstagmorgen an, um ihn zu fragen, wie es ihm ging. Er sagte mir, dass er sich nicht gut fühle.

„Wirst du zum Arzt gehen?", fragte ich.

„Nein, ich bin sicher, das liegt an dem Hot Dog, den ich gestern Abend beim Basketballspiel unserer El Paso-Mannschaft gegessen habe. Es wird mich schon nicht umbringen."

Mein Vater, John Leighton Green junior, starb in jener Nacht, am 15. November 1998, im Alter von vierundsechzig Jahren.

Es waren erst zehn Monate und zehn Tage vergangen, seit wir von seiner Leukämie erfahren hatten. Ich war zwar schon fünfunddreißig, fühlte mich aber trotzdem verlassen, als ich meinen Vater verlor. Bei jedem Sandsturm war er es gewesen, der am anderen Ende des Seils stand und es festhielt.

Ich hatte mich über viele Monate darauf einstellen, mich auf diesen Moment vorbereiten können. Vielleicht ist das zumindest ein kleiner Trost, wenn jemand Krebs hat. Dass man die Zeit hat, einander das zu sagen, was man schon lange hätte sagen sollen. Dass man all die Momente nachholt, die einem gestohlen werden.

Ich rief meine Kinder, um ihnen die schwere Nachricht mitzuteilen. Lauren war acht Jahre alt, Kailey sechs und Emma und Maddie vier.

„Ihr wisst, dass Opa sehr krank gewesen ist und oft ins Krankenhaus musste." Meine Stimme versagte. Lauren wusste zwar nicht, was ich sagen wollte, aber sie merkte, dass es nichts Gutes war.

„Aber er wird doch wieder gesund, Mama, oder?"

Hier gab es nichts zu lügen, zu beschönigen oder abzumildern. Sosehr ich mir auch wünschte, dass meine Mädchen nie traurig oder verletzt wären – das hier ließ sich nicht so einfach wieder in Ordnung bringen. Ich streichelte Laurens blondes Haar und fing an zu weinen. „Nein, Schatz, es tut mir leid. Opa wird nicht wieder gesund. Er ist letzte Nacht gestorben."

Ich bin mir nicht sicher, ob Kailey, Emma und Maddie die Situation voll und ganz begriffen. Aber sie wussten: Wenn Lauren weinte, dann sollten sie das auch tun.

Laurenkaileyemmamaddie. Ein Leib, vier Herzen.

Emma muss wohl an ihren anderen Großvater und dessen Garten voller Gemüse gedacht haben. Wenn unsere Kinder hinter Charlies Vater her durch den Garten trotteten, dann sahen sie all die Pflanzen, wie sie im Sommer lebendig waren, blühten und Früchte trugen, sich im Winter aber in leblos ruhende Stängel verwandelten. Im nächsten Sommer aber wurden dieselben toten Pflanzen wie durch ein Wunder wieder zum Leben erweckt, schwer beladen mit neuen Früchten. „Mama, Opa wird doch aber wieder wachsen – oder?", fragte Emma.

Vier Monate zuvor hatte ich meinem Vater zum Geburtstag ein braunes, in Leder gebundenes Notizbuch geschenkt. Vorne hatte ich die Worte Opas Erzählungen hineingeprägt.

Mein Vater sollte seine Lebensgeschichte aufschreiben und all die Weisheiten, die er seinen Enkelinnen weitergeben wollte.

Meine Mutter erzählte mir, dass er an jenem letzten Abend im Krankenhaus die Schwester bat, die Infusion in seinen linken Arm zu legen, damit er mit der rechten Hand schreiben konnte. Er hatte noch viel mehr Geschichten zu erzählen; es gab noch so manches, was er uns sagen wollte.

Ja, mein Vater wollte mir so viel weitergeben, aber ich konnte es nicht hören. Jetzt wollte ich ihm so gern zuhören. Mit ihm Tennis spielen. Ich war bereit, das Spiel wieder aufzunehmen. Ich wollte ihm zeigen, dass ich hart an etwas arbeiten konnte und niemals aufgab.

Du kannst alles erreichen, Kathy, wirklich alles.

Er hatte sich das Unvorstellbare für mich vorgestellt. Der einzige Weg, wie ich mich wieder von seiner Liebe umgeben fühlen konnte, war, zu beweisen, dass er recht gehabt hatte.

# 8. Mein beschwerlicher Weg nach Hause

*Was auch immer wir wählen, wie auch immer wir uns entscheiden,
unsere Tage zu verbringen – die Gestalt, die wir ihnen geben, wird zur
Gestalt unseres Lebens.*

**WAYNE MULLER**[8]

Du kannst alles erreichen, Kathy, wirklich alles. Dieser Gedanke
verfolgte mich, als mein Vater gestorben war.

Wie konnte ich etwas bewirken, das von Bedeutung war?

Mit fünfunddreißig kam ich mir vor, als sei ich wie eine Tou-
ristin nur zufällig in mein Leben hineingeraten. Ich hatte nun
zwar die Familie, die ich mir gewünscht hatte, und einen Beruf,
der mir einigermaßen gefiel, aber Träume besaß ich keine. Mit
den drei Schwangerschaften und den Pfunden, die ich dadurch
zugenommen hatte, war ich schwerfällig geworden und betrachtete mein Leben nur noch vom sicheren Hafen meines Sofas aus.

Doch der Tod meines Vaters riss mich aus meiner Bequem-
lichkeit. Etwas begann sich in mir zu regen und drängte mich
zum Umdenken. Ich war mit einem Mal nicht mehr bereit, mein
Leben passiv über mich ergehen zu lassen. Ich musste etwas tun,
etwas riskieren, aber ich fühlte mich festgefahren.

Eines Tages, als wir Eltern von Kaileys Klasse uns nach der
Schule trafen, hörte ich zufällig, wie Sarah Belk, eine der Mütter,
mit ihren Freundinnen sprach. „Ich gehe mit drei von meinen

---

8 Wayne Muller: *A Life of Being, Having and Doing Enough.* New York:
Harmony, 2011, S. 228.

Kindern auf eine einwöchige Reittour. Wir werden den ganzen Tag reiten und dann in der Wildnis in Zelten übernachten!"

Ich liebte Pferde und war seit einer Sommerfreizeit in der dritten Klasse nicht mehr geritten. Und in der Wildnis hatte ich noch nie übernachtet.

„Du solltest auch mitkommen!", rief Sarah mir zu und ihre braunen Augen leuchteten. Einladend streckte sie mir beide Hände entgegen. „Das wird so ein Spaß, vor allem, wenn unsere Mädchen zusammen sein können!"

Und so kam es, dass ich im Sommer 1999 mit Lauren und Kailey einen Berg hinaufritt. Charlie war mit den Zwillingen zu Hause geblieben. Sarah ritt mit drei ihrer fünf Kinder voraus, direkt hinter unseren Guides, einem Ehepaar namens Abie und Grant Beck aus Pinedale, Wyoming. Wir waren ungefähr gleich alt, Abie hatte ihr blondes Haar zu einem Pferdeschwanz zusammengebunden, der aus ihrer Baseballkappe hervorbaumelte, sie hatte deutlich sichtbare Armmuskeln und trug eine eng anliegende Jeans, in die ich niemals hineingepasst hätte. Am Morgen hatte sie elf Pferde und zwei Maulesel fachmännisch beladen, während Grant seinen Kaffee schlürfte und am Lagerfeuer Zigaretten rauchte. Und nun führte Abie uns furchtlos 2700 Meter bergauf in eine völlig unberührte Wildnis.

„Ist das nicht wunderbar?", schwärmte Sarah, während sie mir einen Blick über die Schulter zuwarf. „Ich bin so froh, dass ihr alle mitgekommen seid!"

Ich versuchte ihr ein ebenso begeistertes Lächeln zu schenken, doch in meinen Knien spürte ich einen brüllenden Schmerz und meine Beinmuskeln schienen sich kein Stück mehr daran zu erinnern, wie sie sich damals in der dritten Klasse auf dem Pferderücken gehalten hatten. Wir waren auf dem Weg zum höchsten Punkt unserer Reise, den Abie liebevoll als „Grants Gipfel" bezeichnete.

Ich blickte nervös nach oben und war mir nicht sicher, ob ich es bis dahin schaffen würde, denn der Gipfel war mit Felsbrocken gespickt und sah aus wie aus einem düsteren Heimatfilm. Wir hatten schon den ganzen Vormittag gebraucht, bis wir den Fuß des Berges erreichten, und nun stiegen wir ab, um den Gipfel zu Fuß zu erklimmen.

Es war ein einziges Kraxeln, das nur gelegentlich etwas einfacher wurde, wenn riesige Felsen eine Art Treppe nach oben bildeten. Kurz vor dem Gipfel kamen wir an ein breites Schneefeld. Unsere Kinder, die nur Jeans und T-Shirts trugen, schlitterten darüber hinweg und taten so, als würden sie in ihren Cowboystiefeln Snowboard fahren. Dicke Wolken zogen auf und darum beeilten wir uns, auf den „Gipfel der Welt" zu steigen, wie Abie ihn nannte. Jubelnd kamen wir ganz oben an, Sarah und ich klatschten uns ab und die Kinder umringten uns für ein gemeinsames Foto, das unseren Triumph dokumentieren sollte.

Der Tag hatte mit angenehmen 21 Grad begonnen, doch jetzt ballten sich düstere Wolken über uns zusammen. Wir kletterten rasch wieder hinunter und versuchten schneller zu sein als das sich anbahnende Gewitter und der damit verbundene Temperatursturz. Doch bald schon ließen Donnerschläge die Felsen erzittern und um uns prasselte der Hagel herunter. Wir zogen unsere dünnen Regenjacken über die T-Shirts und mussten in aller Nüchternheit feststellen, dass uns nun ein zweieinhalbstündiger Ritt in nasser Kleidung bevorstand, bis wir unser Zeltlager erreichten. Und das Gewitter war noch lange nicht vorüber!

In den nächsten zwei Stunden fantasierte ich von allen möglichen Dingen: dass wie von Zauberhand ein Lastwagen käme, um uns alle abzuholen; dass in der Ferne plötzlich eine Unterkunft erschien oder ich zumindest einen längeren Regenmantel hätte. Doch nichts von alledem geschah.

Nachdem wir eine Stunde in dieser miserablen Situation verbracht hatten, drehte sich Kailey im Sattel um, schaute mich an und klagte: „Mir ist so kalt, Mama. Ich kann nicht mehr weiter."

Da ich befürchtete, die Kinder würden alle meutern, wenn erst einmal eines von ihnen aufgab, sammelte ich alle inneren Kräfte zusammen und sagte mit fester Stimme: „Doch Kailey, du kannst weiter. Wir alle müssen weiter, denn wir haben ja keine andere Wahl."

Kailey schien erstaunt zu sein, dass ihre Mutter keine mitfühlende Lösung zu unser aller Rettung parat hatte. Sie drehte sich schnell wieder nach vorne um und kauerte sich für den Rest des Wegs wie ein nasses Häufchen Elend still auf dem Pferderücken zusammen.

Als wir endlich in unser Zeltlager wateten, waren unsere Kinder alle so durchgefroren, dass wir ihnen aus dem Sattel helfen mussten. Wir krochen in unsere Tipis, schälten uns aus den triefnassen Jeans heraus und ich packte meine beiden vor Kälte zitternden Töchter in ihre Schlafsäcke und zog die Reißverschlüsse zu. Ich überlegte, wie ich die beiden den Rest des Abends unterhalten könnte, ohne dass wir unsere knapp zwei Meter breite schützende Zuflucht verlassen mussten.

„Haben Papa und ich euch eigentlich schon mal beigebracht, wie man Poker spielt?"

Im Licht unserer batteriebetriebenen Laterne spielten wir Karten und schmetterten alle Country-Songs, die wir halbwegs auswendig kannten. Der Abend endete mit einer mitreißenden Version von „Man, I Feel Like a Woman".

Seltsamerweise fühlte ich mich tatsächlich so richtig wie eine Frau. Eine starke, fähige Ich-kann-alles-erreichen-Frau. Der Tag, der Abend und die ganze Reise waren gerettet. Ich hatte Dinge getan, die ich nie für möglich gehalten hatte, und Muskeln beansprucht, von denen ich gar nicht mehr wusste, dass sie existierten.

Die Reise brachte genau das Ergebnis, das ich mir erhofft hatte. Ich war nicht mehr dieselbe wie zuvor.

Vor langer Zeit hatte ich im *Urban Ministry Center* einen Vortrag von Dale Mullennix über die Arbeit mit Obdachlosen gehört. Er hatte erzählt, dass ein ehrenamtlicher Helfer einmal zu ihm gesagt hatte, er sei durch seine Mithilfe dort „fürs ganze Leben geprägt", denn er sehe einen mit Essen gefüllten Teller inzwischen mit ganz anderen Augen. Nachdem er im UMC erlebt hatte, dass manche Menschen tatsächlich gar nichts besaßen, würde er immer für das, was er hatte, unendlich dankbar sein.

Nach unserer abenteuerlichen Woche ging es mir ähnlich. Ich würde mein Bett zu Hause von nun an mit ganz anderen Augen betrachten. Oder meine Dusche. Oder ein Gewitter. In jener Woche hatten wir so wenig gebraucht, um glücklich zu sein. Ein Lagerfeuer. Einen sonnigen Tag. Schokoladenstückchen in meinem Studentenfutter beim Mittagessen. Und wenn ich Lauren und Kelly ansah, dann wusste ich von nun an, dass sie in jeder Situation klarkommen würden.

Ich war fürs ganze Leben geprägt und dankbar dafür.

Charlie holte uns am Flughafen bei der Gepäckausgabe ab. Als unsere Tasche mit der Campingausrüstung kam, trat ich instinktiv nach vorn und hievte sie mit Leichtigkeit vom Laufband, wie ich es schon die ganze Woche über getan hatte.

„Wow!", lachte mein Mann. „Was ist denn da draußen mit dir passiert?"

„Ich glaube, ich habe mich selbst gefunden", antwortete ich.

„Ich wusste ja gar nicht, dass du verloren warst."

„Ich ehrlich gesagt auch nicht."

Unsere Reise hinterließ eine nie gekannte Rastlosigkeit bei mir. Ich schwor mir, von nun an nicht mehr wie eine Schlafwandlerin durchs Leben zu gehen. Am liebsten wollte ich meinen Job als Grafikdesignerin aufgeben, doch das war ökonomisch kaum zu rechtfertigen. Das Geschäft lief nicht schlecht, die Kunden bezahlten mich gut und in meinem Home Office konnte ich frei über meine Zeit verfügen. Aber ich war nicht mehr damit zufrieden, schöne Werbegrafiken zu entwerfen. Ich wollte etwas tun, das wirklich von Bedeutung war.

Fast neun Jahre vergingen, während ich mit mir rang und über das nachdachte, was ich als junges Mädchen gern gemacht hätte. Ich liebäugelte mit einem Studium, doch mit Kindern schien das unmöglich. Außerdem wusste ich nicht, was ich studieren sollte. Ich ging an den Regalen von Buchhandlungen entlang und suchte nach Literatur zum Thema berufliche Veränderung, die vielleicht die magische Antwort auf meine Midlife-Crisis sein könnte.

Wie konnte ich herausfinden, was meine Bestimmung war? Ich wartete auf ein Aha-Erlebnis so wie damals, als ich Charlie kennengelernt hatte und wusste, dass er der Richtige war. Bestimmt würde die Erleuchtung schon kommen, jetzt, da ich so sehr nach ihr suchte.

Ich engagierte mich intensiv beruflich und ehrenamtlich und wartete darauf, dass mein Leben mich fand. Ich wurde Mitglied im Vorstand von mehreren Organisationen in Charlotte und versuchte, gemeinnützige Werke zu unterstützen. Sogar ein Waisenhaus in Afrika gehörte dazu. Ich hatte viel zu tun, aber mein Leben war trotzdem nicht ausgefüllt.

Immer noch war ich im Suchmodus, als Sarah, meine Freundin aus den Reiterferien, und ihr Mann Tim uns zu einer Wohltätigkeitsveranstaltung einluden. An jenem Abend sollte ein ehrenamtlicher Helfer namens Rufus Dalton geehrt werden, der eine reformpädagogische Schule vierzig Jahre lang durch sein Engagement unterstützt und geprägt hatte. Seine Ausrichtung auf ein einziges Ziel brachte mich ins Nachdenken über meine in viele Richtungen verstreuten Bemühungen der letzten paar Jahre. Vielleicht war das ja der Grund, warum ich nichts von Bedeutung für mich gefunden hatte – weil ich nie lange genug bei einer Sache blieb.

Auf der Heimfahrt fragte mich Charlie: „Und, was würdest du vierzig Jahre lang tun?"

Ich hatte keine Ahnung. Zwanzig Jahre lang war ich fähig gewesen, ein Problem zu analysieren und es für meine Kunden herunterzubrechen auf eine einzige, einfache Lösung. Ein Logo. Eine Überschrift. Ein Markenversprechen.

Doch jetzt war ich die Kundin. Ich brauchte eine Idee. Und es fiel mir keine ein. Nicht eine einzige Sache, die ich vollbringen könnte, um in dieser Welt etwas von Bedeutung zu tun.

Wo war die „große Idee" für mein Leben?

Im Februar 2007 kam sie endlich. Und zwar völlig unerwartet.

Ich fing an, ein Buch zu lesen, von dem meine Mutter mir erzählt hatte: *Genauso anders wie ich* von Ron Hall und Denver Moore. Ehrlich gesagt nahm ich das Buch nur zur Hand, um mich mit meiner Mutter über etwas anderes als Seniorenheime unterhalten zu können. Wir hatten nämlich ihr gegenüber ein gefürchtetes Thema angesprochen: den Hausverkauf und den Umzug in eine kleinere Wohnung.

Das Buch zog mich von Anfang an in seinen Bann und ließ mich nicht mehr los.

Es erzählt die Geschichte von Ron Hall, der sich an der Seite seiner Frau Debbie in einer Suppenküche engagierte, nachdem er sie betrogen hatte. Er dachte, dass er auf diese Weise etwas wiedergutmachen könnte, denn er wusste, wie sehr ihr diese Arbeit am Herzen lag. Doch dann ergab es sich, dass Ron bei seiner Arbeit dort jemanden persönlich kennenlernte und sich fortan um ihn kümmerte – den obdachlosen Denver Moore.

„Ihr Leute seid echt gut mit euren Dollars und eurer Hilfe", hörte Ron Denver immer wieder sagen, „aber ein Dollarschein und ein Teller mit Essen verändern kein Leben."

So verrückt es auch klingen mag: Ron und Debbie nahmen Denver, der seit dreißig Jahren obdachlos war, bei sich auf, gaben ihm einen Platz in ihrem Leben und danach war nichts mehr wie zuvor.

Jahrelang hatte ich mit einem Lächeln im Gesicht Suppe ausgeteilt, doch wie vielen Menschen half ich damit tatsächlich? Wie viele von ihnen hatte ich persönlich kennengelernt?

Ich las das Buch zu Ende, aber es ließ mich auch danach nicht mehr los. Ja, es verfolgte mich regelrecht. Ron und Debbie hatten etwas bewirkt – sie hatten die Obdachlosigkeit eines Menschen beendet. So viel ich auch in unserer Suppenküche mitgeholfen hatte, so hatte ich doch nie etwas Vergleichbares getan. Das Buch lag auf meinem Nachttisch und immer wenn ich das Cover sah, hörte ich einen seltsamen Gedanken flüstern: Lade sie nach Charlotte ein.

Als ich das Buch durchgelesen hatte, schrieb ich nach ein paar Tagen eine E-Mail an Ron, stellte mich als Vorstandsmitglied des *Urban Ministry Center* vor (was stimmte) und fragte ihn, ob er nach North Carolina zu einer Wohltätigkeitsveranstaltung kommen könnte, die wir geplant hätten (was aber gar nicht stimmte).

Ich drückte auf „senden" und bereute es sofort.

Schuldbewusst starrte ich auf die Tastatur, die meine Lüge ins Internet befördert hatte. Ich hoffte, dass Ron sowieso keine E-Mails las, und wenn doch, dass er dann meine löschen würde.

Zwanzig Minuten später hatte ich Rons Antwort in meinem Posteingang:

Ja, wir nehmen Einladungen zu Vorträgen an. Wann findet Ihre Veranstaltung statt?

Ich geriet ins Schwitzen, denn was ich als Nächstes tippte, war eine komplette Lüge:

Ich muss noch mit unserem Vorstand darüber sprechen, aber halten Sie sich bitte schon einmal die zweite Novemberwoche frei.

Am nächsten Tag betrat ich verlegen das Büro von Dale Mullennix, das Buch von Ron und Denver in der Hand. Ich gestand ihm, dass ich versehentlich einen Redner für eine Wohltätigkeitsveranstaltung gebucht hatte, die wir gar nicht geplant hatten. Nach ein paar Worten Small Talk fing ich an, in stammelnden Worten von dem Buch zu erzählen und wie bekannt es in Texas war. Ich flocht auch ein paar geistliche Anspielungen ein und erwähnte, dass es mich auf seltsame Weise angesprochen hatte.

Wir waren uns zwar beide nicht sicher, worauf wir uns da einließen, aber ich verließ Dales Büro mit einem skeptischen Ja: Ich sollte rund um den Besuch von Ron und Denver eine Veranstaltung organisieren, die wir nicht als „Fundraising", sondern als „Friendraising" bezeichneten. Wir wollten das UMC auf diese Weise stärker ins Bewusstsein der Menschen rücken.

Ein paar Tage später feierte meine Freundin Angela Breeden ihren Geburtstag und lud mich und zwei weitere Freundinnen – eine davon war Sarah – in ein Restaurant ein. Ich erzählte den dreien von der E-Mail an Ron und was danach passiert war.

„O Kathy, das ist ja wohl ein tolles Buch und eine großartige Idee!", rief Sarah, obwohl sie vorher noch nie von *Genauso anders wie ich* gehört hatte.

Alle an unserem Tisch stimmten zu und ließen sich von der Begeisterung anstecken. „Ich kümmere mich um die Finanzen!", bot Angela an.

„Und ich gebe eine Party für Ron und Denver!", sagte Kim, Sarahs Schwägerin.

„Wir könnten ein paar Exemplare von dem Buch bestellen und sie an unsere Freunde verschenken, damit sie auch Feuer fangen", schlug Sarah vor.

Keine von uns hatte jemals eine so große Veranstaltung organisiert, aber wir alle hatten schon bei Gemeinde- oder Schulevents mitgeholfen. Wir waren überzeugt, dass wir es gemeinsam schaffen würden.

Als Datum legten wir Donnerstag, den 14. November 2007 fest. Und da kurz danach Thanksgiving sein würde, entwickelten wir auch gleich ein Motto für das gemeinsame Essen: True Blessings – Ein wahrer Segen. Die Idee war, kurz vor den Festtagen eine inspirierende Veranstaltung zu kreieren, mit einer wahren Botschaft zum Thema Obdachlosigkeit von Ron und Denver. Der Eintritt sollte frei sein. Wir hofften aber, dass der Tag für unsere Freunde ein so bewegendes Erlebnis werden würde, dass sie ihre Scheckbücher zückten, um die Kosten für das Essen und die Reisekosten der beiden berühmten Autoren aus Texas zu decken.

Ich fühlte eine Mischung aus Furcht und Begeisterung. Würden all unsere Pläne auch aufgehen? Zum ersten Mal seit Langem hatte ich den Eindruck, in die richtige Richtung zu gehen.

# 9. Ein kleiner Ausflug mit Folgen

*Das einzig Wichtige an einem Buch ist die Bedeutung,*
*die es für dich hat.*

**W. SOMERSET MAUGHAM**[9]

Am Mittwoch, den 13. November 2007, holte ich Ron und Denver am Flughafen von Charlotte ab und versuchte zuversichtlich zu wirken. Unsere kleine Gruppe von Müttern war überaus erfolgreich gewesen und so war aus dem geplanten kleinen Event mit hundert Gästen in einer Kirche eine Megaveranstaltung geworden, zu der sich über tausend Leute angemeldet hatten, um den Obdachlosen in unserer Stadt zu helfen. Zweimal schon hatten wir den Veranstaltungsort wechseln müssen, um die immer größer werdende Zahl von Gästen unterbringen zu können. Am Ende landeten wir im größten Saal von Charlotte. Die vergangenen Monate hatten mich viel Schlaf gekostet. Mehr als einmal hatte ich mich gefragt, warum ich eigentlich auf diese innere Stimme gehört hatte, die mich aufforderte, Ron und Denver nach Charlotte einzuladen.

Als das dynamische Duo in mein Auto stieg, wurde es seinem Ruf alles andere als gerecht. Die beiden, die angeblich eine wunderbare „ungewöhnliche Freundschaft" verband, schienen sich bei der Ankunft zu unserer Veranstaltung in einer stillen Fehde zu befinden. Auf dem Weg zum Mittagessen erklärte mir Ron den Grund für die Verwerfungen.

---

9 W. Somerset Maugham in: Suzanne Horton, Louise Beattie, Branwen Bingle: *Lessons in Teaching Reading Comprehension in Primary Schools*. Los Angeles: Learning Matters, 2015, S. 10.

Zwei Tage zuvor waren die beiden Ehrengäste bei einem Wohltätigkeitsdinner in Texas gewesen. Die frühere First Lady Barbara Bush hatte das Buch der zwei Männer gelesen und sie zu einem Abend eingeladen, der dem Kampf gegen den Analphabetismus dienen sollte.

Als ich von dieser hochkarätigen Veranstaltung hörte, war ich geschockt. Ich hatte ja keine Ahnung gehabt, dass die beiden so gefragt waren, als ich ihnen sechs Monate zuvor meine E-Mail geschrieben hatte. Ron lachte und erzählte mir, was Denver über jenen Abend in Texas gesagt hatte: „Früher hab ich im Busch gelebt und jetzt esse ich mit den Bushs. Gott segne Amerika, das ist ein großartiges Land!"

Obwohl Denver seit Jahren nicht mehr auf der Straße lebte, hatte er immer noch die Angewohnheit, einfach wegzugehen, wenn es ihm gerade passte. An dem großen Abend mit der First Lady saß Denver am Ehrentisch gemeinsam mit dem früheren Präsidenten George H. Bush. Während des Essens war Denver einfach aufgestanden und nach Hause gegangen. Als Ron auf der Fahrt vom Flughafen davon erzählte, schien er immer noch innerlich zu kochen vor Wut, weil er und der Secret Service stundenlang nach dem vermissten Ehrengast gesucht hatten.

Denver, der auf dem Rücksitz saß und seinem Bericht lauschte, konterte: „Mr Ron! Ich habe jahrelang auf diesen Straßen gelebt! Meinst du wirklich, ich finde nicht nach Hause?"

Ich brachte Ron und Denver zu ihrem Hotel und verabredete mich mit ihnen bei Kim zu Hause, wo sie mit ein paar unserer Sponsoren zusammentreffen sollten. Der Gedanke, dass dann vielleicht nur einer der beiden Autoren auftauchen würde, versetzte mich in Panik. Allerdings vertraute ich Ron, dass er Denver schon mitbringen würde.

Zwei Stunden später lud ich Kartons mit den Programmen für den Abend in dem Saal des Hotels ab, wo „True Blessings" stattfinden sollte. Da sah ich Denver ganz allein vor dem Hotel herumstehen. Von Ron keine Spur. Meine Hände fingen zu schwitzen an.

Schnell lief ich auf Denver zu. Ich wollte sicherstellen, dass er sich nicht aus dem Staub machte. Er hatte sich an die Steinfassade des Hotels gelehnt und schien in mir nicht gleich die Frau zu erkennen, die ihn ein paar Stunden vorher vom Flughafen abgeholt hatte.

„Die Weißen sehen alle gleich aus", meinte er nur.

Mit seinem schwarzen Hemd, dem schwarzen Sakko, schwarzen Hosen und dem typischen schwarzen Hut wirkte er sehr besonders. Ich sah es als ein warnendes Zeichen dafür, dass er sich darauf vorbereitete, in der Innenstadt von Charlotte unterzutauchen und den Terminen aus dem Weg zu gehen, die vor ihm lagen. Ich musste schnell reagieren, damit er nicht wieder verschwand.

„Denver, möchten Sie einen kleinen Ausflug mit mir machen?", fragte ich ihn.

Er schaute mich prüfend an, bevor er antwortete. „Haben Sie Obdachlose hier?"

„Klar. Möchten Sie, dass ich Sie zum *Urban Ministry Center* mitnehme?"

Warum nur war ich nicht schon früher auf die Idee gekommen?

Natürlich musste ich Denver das *Urban Ministry Center* zeigen. Es war der perfekte Plan. Vor meinem inneren Auge sah ich inspirierende Szenen aus seinem Buch. Ich stellte mir vor, wie ich ihn zur Suppenküche mitnahm, wo er mit Sicherheit ein paar motivierende Worte für einen dankbaren Obdachlosen aus Charlotte finden würde. Ja, es würde ein motivierender Auftritt für Denver werden. Im Leben eines Obdachlosen würde sich alles ändern. Und ich durfte Zeugin sein.

Denver ging auf meinen Minivan zu. Als er die Tür öffnete, langte ich hinüber, um den dicken Ordner mit Notizen und Listen vom Beifahrersitz zu nehmen. Die Herkulesaufgabe eines Abendessens für tausend Menschen hatte mein Organisationstalent bis aufs Äußerste strapaziert und dazu geführt, dass ich zwei Seiten eines gelben Schreibblocks mit To-do-Listen gefüllt hatte, die nach Kategorien und Tagen geordnet waren und alle abgehakt werden mussten.

Als ich mich mit meinen Listen in der Hand hinters Steuer setzte, fühlte ich Denvers Blick auf mir ruhen. Ich schaute von ihm zu meiner übertrieben exakten Planung und wieder zurück. Auf einmal kamen mir diese Listen doch ein bisschen lächerlich vor.

„Denver, ich habe heute jede einzelne Minute verplant, aber dieser kleine Ausflug war nicht vorgesehen", gestand ich ihm.

Denver nickte, als habe er das schon geahnt, und dann lief plötzlich ein Lächeln über sein Gesicht, wie ich seit seiner Ankunft noch keines gesehen hatte.

„Wir machen einen Ausflug!", rief er und zog das Wort Ausflug dabei mit seinem typischen Südstaatenakzent in die Länge.

Ein paar Minuten später kamen wir am *Urban Ministry Center* an. Es war mitten am Nachmittag. Als wir auf die Gebäude zugingen, erzählte ich Denver, was wir alles für die Obdachlosen von Charlotte taten. Ich war überzeugt, dass ihn das beeindrucken würde.

Doch das tat es nicht.

Ich führte Denver durch das ganze Zentrum und hielt einen stolzen Monolog über das innovative Programm des UMC. Im Kunstraum hingen Dutzende von Bildern, die von Obdachlosen gemalt worden waren. Die Werke waren lebhaft und bunt, strukturreich und bedeutungsvoll.

Denver ging kommentarlos an ihnen vorüber.

Auch unsere „Nächsten" scharten sich nicht um Denver. Ich hatte erwartet, dass sie ihn irgendwie als den ehemaligen Obdachlosen erkennen würden, der jetzt ein berühmter Autor war, und uns umschwärmen würden, wenn wir ankamen. Doch alle ignorierten uns und hatten nur ihre eigene Mission im Blick – den Tag zu überleben. Dass Denver mit seinem schicken Sakko und Hut irgendetwas mit ihnen gemeinsam hatte, dass er sogar wie sie einst auf der Straße gelebt hatte, schien ihnen nicht in den Sinn zu kommen. Und Denver wiederum bemühte sich gar nicht erst darum, seine Geschichte mit der Geschichte dieser Schlange stehenden Menschen zu verknüpfen.

Wo war der weise Mann, der den Bestseller geschrieben hatte?

Der Besuch wurde zunehmend unangenehmer. Auf unserem Rundgang kamen wir auch an Fotos von unseren Fußballteams vorbei, die an der Wand hingen. Alle unsere Spieler nahmen an lokalen und internationalen Turnieren teil, obwohl sie immer noch obdachlos waren. Jeder, der unser Zentrum besuchte, äußerte sich beeindruckt über die Treue der Spieler gegenüber ihrem Team trotz der schwierigen Lebensumstände. Doch auch hier zeigte Denver keinerlei Regung, als er die stolz lächelnden Gesichter der Fußballer auf den Fotos betrachtete.

Wir verließen das Gebäude und kamen in unseren Gemüsegarten. Die Ernte war zwar schon fast vorüber, doch unsere „Nächsten" kümmerten sich immer noch gemeinsam mit freiwilligen Helfern um den Kohl, der dort wuchs. Normalerweise löste diese harmonische Zusammenarbeit wohlwollende Kommentare bei den Besuchern unseres Zentrums aus, doch Denver warf nur einen kurzen Blick über den Zaun, bevor er wieder ins Hauptgebäude zurückkehrte.

Ich folgte ihm und konnte nicht nachvollziehen, warum er nicht wie die meisten anderen Besucher das, was wir hier taten, für etwas Außergewöhnliches hielt. Es ärgerte mich, dass ich mir seinen Besuch so ganz anders vorgestellt hatte. Ich war mir so sicher gewesen, dass er das Leben irgendeines Menschen im UMC verändern würde. In meiner Fantasie hatte ich gesehen, wie er den Arm um einen unserer „Nächsten" legte und ihm etwas Tiefgründiges zuflüsterte. Und ehrlich gesagt hatte ich mir selbst ebenfalls eine aufmunternde Botschaft von ihm erhofft. Ein Lob für die zehn Jahre aufopfernder Mitarbeit im UMC.

Denvers Schweigen war verstörend. Lag etwa eine Botschaft darin? Kommunizierte er, indem er nichts sagte? Ich erinnerte mich an einen von Denvers Sprüchen, den Ron zitiert hatte:

*Wenn du jemand wirklich helfen willst,*
*dann klettere hinunter in den Graben zu ihm,*
*verbinde seine Wunden und bleib bei ihm,*
*bis er stark genug ist, auf deinen Rücken zu klettern*
*und von dort rauszukommen.*

Halfen wir denn etwa nicht? Unsere Kunst-, Fußball- und Gartenprojekte und all unsere anderen Angebote sollten doch eine Beziehung zu unseren „Nächsten" aufbauen und ihnen ihre Würde zurückgeben. Die meisten anderen Städte hatten Suppenküchen und darüber hinaus nur ein begrenztes Angebot, aber das UMC hatte innerhalb von dreizehn Jahren ein ausgedehntes Programm entwickelt, das weit über grundlegende Hilfsangebote hinausging.

Und trotzdem hatte Denver nicht eine einzige Frage gestellt, keinen Kommentar abgegeben, kein Wort der Anerkennung über unsere innovativen Leistungen fallen lassen.

Frustriert drehte ich mich um, um wieder zurückzufahren.

Da ergriff Denver plötzlich das Wort.

Er deutete auf die vor uns liegende Treppe und fragte: „Können wir jetzt nach oben gehen?"

Ich war mehr als frustriert. Ärgerlich sogar. Ich konnte es nicht fassen, dass Denver nun endlich eine Spur von Interesse zeigte, ausgerechnet da, wo es nichts zu sehen gab. „Da oben ist nichts. Nur Büroräume."

Denver schaute von der Treppe zu mir und dann wieder zurück. Noch Jahre später kann ich seine Stimme so deutlich wie damals hören, als er mir eine Frage stellte, auf die noch weitere folgten.

„Und wo sind hier die Betten?"

„Die Betten?", fragte ich verwundert.

Als ich lang und breit zu erklären begann, dass es in Charlotte mehrere Übernachtungsangebote für Obdachlose gab, brachte mich Denvers finsterer Gesichtsausdruck zum Schweigen.

Anscheinend hatte ich nicht verstanden, was er mit seiner Frage meinte.

„Wollen Sie mir etwa sagen, dass Sie den ganzen Tag all diese guten Dinge machen und dann die Leute in der Nacht aussperren, wo es am schlimmsten ist?"

Seine anklagenden Worte waren niederschmetternd.

Geduldig ließ er mein Unbehagen zu. Er beobachtete mich, wie ich innerlich mit meinem neuen Bewusstsein rang, bevor er leise seine nächste Frage stellte.

„Macht das für Sie etwa Sinn?"

Natürlich machte es keinen Sinn und ich schämte mich plötzlich sehr.

Denvers nächste Frage sollte meinen weiteren Lebensweg für immer verändern. Es war die Frage, auf die ich immer gewartet hatte und die ich seit dem Tod meines Vaters vor neun Jahren beantworten wollte.

„Werden Sie etwas unternehmen und für Betten sorgen?"

Am liebsten hätte ich mich umgedreht, um zu sehen, ob er jemanden hinter mir meinte, aber es bestand kein Zweifel: Denver schaute mich an und nur mich. Ich war hierhergekommen, weil ich wollte, dass Denver irgendeiner anderen Person seine wegweisenden Worte mitteilte und dadurch eine Veränderung bewirkte. Jemand anders sollte sich verändern. Dieses Wunder hatte ich miterleben wollen.

Und nun redete Denver mit mir – nur mit mir.

„Muss ich noch mehr sagen?", fragte er in flüsterndem Tonfall.

Mein Nein war ganz leise, aber wir beide hörten es klar und deutlich.

Auf der Rückfahrt zum Hotel vermied ich jeden Augenkontakt mit Denver, aber seine Worte klangen mir immer noch in den Ohren. Ich hatte total vergessen, dass ich mit Denver ja nur deswegen zum UMC gefahren war, um zu verhindern, dass er sich vor der Cocktailparty drückte und davonspazierte.

Stattdessen war er in mein Leben hineinspaziert und hatte mein Gewissen wachgerüttelt.

Denver beobachtete mich vom Beifahrersitz aus.

„Wissen Sie, Sie müssen keine Angst haben."

Und dann fügte er die rätselhaften Worte hinzu: „Sie wissen schon, dass sie kommen werden."

„Wer?", fragte ich, immer noch ganz benommen von der großen Aufgabe, die ich plötzlich vor mir sah.

In diesem Moment fuhren wir auf die Auffahrt vor dem Hotel.

Denver starrte mich an und sagte dann in überzeugtem Tonfall: „Die Leute, die Ihnen helfen werden – sie wissen schon, dass sie kommen werden."

Mit diesen Worten öffnete Denver die Tür, stieg aus und ging weg.

Am Abend erschien Denver zum Empfang und tat so, als ob nichts gewesen wäre. Ich auch. Vielleicht konnten wir das Ganze auch einfach vergessen.

Am nächsten Morgen war ich schon früh in dem Saal und hatte alle meine Listen für die große Veranstaltung dabei. Meine Töchter hatten an dem Tag schulfrei bekommen, damit sie mir helfen konnten, und meine Schwester Louise war aus Washington D.C. mit dem Flugzeug eingetroffen. Dutzende von Helfern deckten die Tische und legten Programme aus, als Dale den Saal betrat. Freudig aufgeregt kam er direkt auf mich zu.

„Hallo Dale, ich habe Denver gestern das UMC gezeigt", erzählte ich ihm.

„Und was hat er gesagt?", fragte Dale und hoffte offensichtlich genau wie ich auf Worte der Anerkennung.

„Na ja, ehrlich gesagt war er nicht sonderlich beeindruckt. Er meinte, wir müssten mehr tun." Ich zögerte, als ich Dales enttäuschte Miene sah. „Er ist der Meinung, dass wir Schlafplätze einrichten und die Leute nicht nachts aussperren sollten, wenn es am schlimmsten für sie ist."

Während ich um die richtigen Worten rang, versuchte Dale zu verstehen, worauf ich hinauswollte. „Schlafplätze?" Er dachte den Gedanken zu Ende. „Heißt das, dass wir die Leute in Wohnungen unterbringen sollen? Das ist nicht unsere Aufgabe, Kathy."

„Vielleicht ja doch. Wenn du ihn gestern gehört hättest. Denver war so ..."

Als wir von jemand unterbrochen wurden, unternahm ich keinen Versuch, unser Gespräch wiederaufzunehmen. Dale und ich mussten uns später unterhalten, denn schon strömten Hunderte von Gästen herein. Meine größte Sorge war inzwischen, dass Denver, der die Leute eigentlich zum Spenden motivieren sollte, den tausend Zuhörern vermitteln würde, dass wir keine gute Arbeit leisteten.

Zuerst sprach jedoch Ron Hall und unterhielt die Gäste mit Geschichten über seine ungewöhnliche Freundschaft zu Denver. Er war ein begabter Erzähler, der so redete, als seien die tausend Menschen alle seine Freunde, die bei ihm zu Hause auf dem Sofa saßen.

Als Ron fertig war, betrat Denver das Podium, mit dem Elan eines Baptistenpredigers aus den Südstaaten. Wieder trug er sein typisches schwarzes Outfit einschließlich Hut. Er begann mit leiser Stimme und steigerte sich in einem Crescendo, das wie eine Mischung aus Gebet und Lied klang. Die Besucher hörten andächtig zu, als würden sie in der Kirche von Denver sitzen und seiner Predigt lauschen.

Denver war in Bestform, wich immer wieder von seinem Konzept ab und ließ seine Zitate aus dem Buch und aus Gospelsongs zum Leben erwachen. Seine Predigt erreichte ihren Höhepunkt, als er rief: „Ihr Leute von Charlotte, ihr müsst mehr tun, ihr müsst Betten bauen!"

Ich war froh, dass ich in dem Augenblick das Gesicht von Dale nicht sehen konnte. Einige Zuhörer sahen verwundert aus. Betten? Hatte Denver gerade gesagt, dass wir Schlafmöglichkeiten schaffen sollten? Die vielen ehrenamtlichen Mitarbeiter des UMC, die im Saal waren, wussten genau, dass wir kein einziges Bett hatten. All jene aber, die an diesem Abend das erste Mal vom UMC hörten, schienen begeistert zu sein. Sie ahnten ja nicht, dass diese Aufgabe unsere bisherige Arbeit grundlegend verändern würde.

Dave Campbell, ein langjähriger Unterstützer des UMC, saß neben Dale. Er beugte sich zu ihm und fragte erstaunt: „Wollt ihr eine große Spendenkampagne ins Leben rufen?"

Wahrheitsgemäß flüsterte Dale zurück: „Ich habe keine Ahnung, wovon er da redet."

Denver aber fuhr mit seiner Predigt fort, auch als eine Mitarbeiterin ihm lebhaft signalisierte, dass seine Redezeit vorüber war. Denver wiegelte sie mit den Worten ab: „Ich sehe Sie, aber ich hab noch viel mehr zu sagen!"

Den tausend Gästen schien es nichts auszumachen, dass Denver noch eine Weile weitersprach, denn als sie später den Saal verließen, redeten sie immer noch unentwegt über diesen Abend, der eher wie eine Zeltevangelisation als wie eine Wohltätigkeitsveranstaltung verlaufen war. Bald schon erkannten wir, dass die Menschen überaus großzügig gespendet hatten. Der Geist Gottes muss also in ihnen gewirkt haben.

Unter der Leitung von Angela traf sich eine kleine Gruppe von Mitarbeitern in einem Nebenraum, den wir als „die Bank" eingerichtet hatten. Hier machten wir die Umschläge auf, die unsere Gäste dagelassen hatten. Uns blieb fast die Luft weg, als wir in einigen Umschlägen Schecks über fünfhundert oder tausend Dollar fanden, ja sogar die Zusage für eine Spende in Höhe von 50.000 Dollar.

Angela zeigte mir einen Scheck, den sie in der Hand hatte. Als wir ihn uns ansahen, kamen uns beiden die Tränen. Der Scheck enthielt eine der größten Summen, die an diesem Abend gespendet wurden, und er trug die Unterschrift von Charlie.

Ich war überwältigt. In all den Planungen hatte ich ganz vergessen, mit Charlie über unseren eigenen Beitrag zu sprechen.

Charlie und ich hatten noch nie eine so hohe Spende getätigt. Sie war mehr als großzügig. In Anbetracht unserer vier Töchter und der steigenden Ausbildungskosten war sie sogar ein wenig verrückt.

Ich griff zum Telefon, rief ihn an und konnte ihn am anderen Ende der Leitung fast schon lächeln hören. Charlie mochte zwar nicht gern selbst mit etwas überrascht werden, aber es machte ihm viel Freude, andere zu überraschen. „Ich war ja so stolz auf dich", sagte er schlicht.

Alle, die an den Planungen für „True Blessings" beteiligt gewesen waren, erkannten, dass unsere Rechnung aufgegangen war. Unser Abendessen, für das wir kein Geld verlangt hatten, brachte uns über 350.000 Dollar an Spenden ein.

Es war überaus erstaunlich. In seiner dreizehnjährigen Geschichte hatte das UMC nie eine Spendenkampagne veranstaltet und nie Zuwendungen in einer solchen Höhe erhalten. Viele andere gemeinnützige Organisationen aus Charlotte hielten regelmäßig Spendengalas ab, bei denen für Kunstprojekte oder für Kinder gesammelt wurde, nie aber für obdachlose Menschen. Was hatten Ron und Denver nur getan, um so viele Menschen zu inspirieren? In all meiner Aufregung konnte ich mich an kein einziges Wort erinnern, das an diesem Abend gesagt wurde.

Doch wie alle anderen Teilnehmer hatte auch ich die Auswirkungen gespürt.

Eigentlich hatte ich erwartet, dass sich am Ende des Abends ein großes Gefühl der Erleichterung und des Erfolgs bei mir einstellen würde. Doch genau das Gegenteil war der Fall. Um 21 Uhr an jenem Abend fühlte ich mich so ruhelos wie nie zuvor in meinem Leben.

Von meinem Gespräch mit Denver hatte ich außer Dale niemandem erzählt. Denn es kam mir irgendwie verrückt vor. Woran lag es, dass mir die Worte eines ehemaligen Obdachlosen aus Texas nicht mehr aus dem Kopf gingen? Warum sollte ich persönlich die Verantwortung dafür übernehmen, dass die Obdachlosen in Charlotte ein Dach über dem Kopf bekamen?

Das alles kam mir so unmöglich vor wie der Bau der Arche Noah und ich war ganz bestimmt kein Noah.

Es war Zeit für ein Geständnis. Charlie, Louise und ich saßen bei uns zu Hause im Arbeitszimmer und ließen die Höhepunkte des Abends Revue passieren. Wenn einer von den beiden die prophetische Tragweite meines Gesprächs mit Denver einschätzen konnte, dann war es wahrscheinlich Louise, die Pastorin in unserer Familie. Im Alter von zweiunddreißig Jahren hatte sie uns alle mit der Ankündigung überrascht, sie wolle in den Pfarrdienst gehen und in Harvard Theologie studieren.

Ich stellte mir vor, wie Charlie reagieren würde, wahrscheinlich mit einer vernünftigen Portion Skepsis. Was würde er wohl dazu sagen, wenn ich ihm verraten würde, dass ich den Eindruck hatte, der ganze Zweck unserer Wohltätigkeitsveranstaltung hätte darin bestanden, dass ich Denver kennenlernte? Da es in meiner Familie ja eine psychische Erkrankung gegeben hatte, kam es mir schon etwas gefährlich vor, auf Denvers Stimme zu hören, die ich immer noch im Ohr hatte.

Ich dachte, das Gespräch würde besser verlaufen, wenn Louise anwesend war, um mich zu unterstützen. Auch sie hatte schon einmal den Ruf Gottes vernommen. Also würde sie doch vielleicht beurteilen können, ob die Aufforderung von Denver ebenfalls ein solcher Ruf war oder nicht.

Zögernd begann ich den beiden zu erzählen, wie ich Denver zu einem Rundgang ins UMC mitgenommen hatte und wie dieser Ausflug so ganz und gar nicht nach Plan verlaufen war. Ich beendete meinen Bericht mit Denvers eindringlicher Aufforderung, dass ich „für Betten sorgen" sollte.

Beide schwiegen zunächst.

Dann fing Louise als Erste an zu sprechen. „Du hattest also den Eindruck, dass Denver eine Botschaft für dich hatte?", fragte sie.

Wie sie das so sagte, klang es wirklich verrückt. Vielleicht hatte ich in letzter Zeit ja einfach zu wenig geschlafen.

Später standen Charlie und ich im Bad nebeneinander an den Waschbecken, putzten uns die Zähne und sahen uns im Spiegelbild an. Als wir fertig waren, schauten wir uns weiter schweigend an, bis Charlie schließlich sagte: „Weißt du, was komisch ist? Ich bin mir nicht sicher, ob Louise es wirklich begriffen hat." Er hielt inne. „Ich aber schon."

Vor Erleichterung hätte ich am liebsten geweint.

Wenn Charlie mich für verrückt erklärt oder exzellente vernünftige Gegenargumente angeführt hätte, dann hätte ich die ganze Idee an jenem Abend mit Sicherheit fallen lassen. Denn der Traum, etwas zu verändern, war zu diesem Zeitpunkt noch zu zerbrechlich. Und tatsächlich wünschte ich mir sogar, dass jemand, dem ich vertraute, mir diesen Traum ausredete. Es hätte nicht viel gebraucht, um jenes leise Flüstern in mir zum Schweigen zu bringen.

Stattdessen erinnerte Charlie sich an den Wohltätigkeitsabend damals zugunsten jener Schule und stellte genau die richtige Frage: „Wird das jetzt dein Ding für die nächsten vierzig Jahre?"

In jener Nacht konnte ich nicht schlafen. Denvers Worte machten für mich mehr als Sinn. Sie wurden zu einer Art Kompass für mein vierundvierzig Jahre langes Leben, das die Orientierung verloren hatte.

Am nächsten Morgen holte ich Ron und Denver ab und fuhr sie zum Flughafen. Auf der Fahrt war ich ganz in Gedanken und überlegte, wie ich mit Denver noch einmal über das Thema sprechen könnte, bevor er weg war. Ich wusste nicht, ob ihm klar war, dass er mit seiner Aufforderung, „für Betten zu sorgen", mein Leben total verändert hatte. Als die beiden am Flughafen ausstiegen und ihre Koffer ausluden, nahm ich Denver beiseite, bevor er zum Terminal ging.

„Denver, darf ich Sie noch etwas fragen?"

Er blieb stehen und sah mich wieder mit diesem intensiven, beunruhigenden Blick an. Ich hatte keine Ahnung, ob er noch wusste, dass ich die Frau gewesen war, die ihn auf jenen „kleinen Ausflug" mitgenommen hatte.

„Wenn ich das wirklich mache", sagte ich und suchte nach den richtigen Worten, „wenn ich im UMC für Betten sorge, darf ich das Ganze dann nach Ihnen benennen?"

Denver erwiderte meinen Blick und schien genau verstanden zu haben, was ich meinte; offenbar erinnerte er sich auch noch an unsere Unterhaltung. „Das fände ich gut", antwortete er schließlich.

Er überlegte noch einen Moment und fuhr dann fort: „Aber damit sollten Sie sich beeilen, weil ich nämlich schon alt bin."

# 10. Ein Zuhause für viele

*Ich verstehe das Geheimnis der Gnade überhaupt nicht – ich weiß nur, dass sie uns zwar dort begegnet, wo wir sind, uns aber nicht dort lässt, wo sie uns gefunden hat.*

**ANNE LAMOTT**[10]

Während ich vom Flughafen nach Hause fuhr, wirbelten mir viele Gedanken durch den Kopf. Gerade hatte ich Denver nicht nur versprochen, Schlafmöglichkeiten für unsere Obdachlosen einzurichten, sondern auch, das Projekt nach ihm zu benennen. Ich steckte schon ziemlich tief in dem Ganzen drin und wusste noch nicht einmal, was ich da genau zugesagt hatte. Wofür wollte ich denn sorgen? Für Stockbetten? Schlafsäle? Häuser? Ich hatte nicht die geringste Vorstellung von dem, was ich da unternehmen sollte.

Meine Schwester Louise ließ sich durch solche Fragen nicht so schnell aus der Fassung bringen und sie wunderte sich auch nicht im Geringsten darüber, dass ich mit Mitte vierzig in Erwägung zog, mein Leben komplett zu verändern. Am Abend zuvor, als ich von meiner seltsamen Begegnung mit Denver berichtet hatte, erinnerte das Louise an die außergewöhnliche Erfahrung, die ihrem eigenen Leben eine neue Richtung gegeben hatte.

Mit dreißig Jahren hatte Louise sich bereits eine Karriere als Lehrerin und Modern-Dance-Tänzerin aufgebaut. Dann aber fing sie an, ihr eigenes Leben infrage zu stellen. Sie suchte nach Antworten in einer unitarischen Gemeinde, die anders war als

---

10 Anne Lamott: *Traveling Mercies. Some Thoughts on Faith.* New York: Anchor Books, 2006, S. 143.

die presbyterianische Gemeinde unserer Kindheit, aber etwas immens Tröstliches hatte. Es war, als sei Louise nach einer langen Reise endlich nach Hause gekommen. Der Friede, den sie durch die Lieder erfuhr, und die nachdenklichen Predigten rührten sie manchmal regelrecht zu Tränen. Sie wusste einfach, dass dieser Ort etwas hatte, das ihre Leere ausfüllte.

Eines Tages kam es ihr so vor, als sei die Predigt des Pastors genau auf sie zugeschnitten:

Ihr könnt hier auf den Bänken sitzen und die Bibel lesen, so viel ihr wollt, aber wenn ihr mit eurem Glauben nichts anfangt, was soll das dann alles?

Sie wusste, dass das innere Flüstern, das sie immer zu ignorieren versuchte, ihr etwas Wichtiges zu sagen hatte, auf das sie hören sollte: Du wirst Pastorin werden.

Das zu hören war alles andere als bequem. Sie musste ihr Leben total umkrempeln und einen völlig unvorhergesehenen Kurs einschlagen. Inzwischen war Louise nicht nur als Pastorin ordiniert worden, sondern sie engagierte sich auch seit Jahren in sozialen Projekten in Washington D.C. und New York. Auf diese Weise war sie auch mit Wohnungsprojekten vertraut. Während mir noch nicht klar war, ob ich nur ein paar Betten aufstellen oder ganze Häuser bauen sollte, erzählte Louise mir von Verantwortlichen, die landesweit im sozialen Wohnungsbau tätig waren und an die ich mich wenden konnte, um mich weiter zu informieren.

Es kam mir alles geradezu lächerlich vor. Ich konnte noch nicht einmal glauben, dass wir über so ein Thema sprachen. Ich war Expertin auf dem Gebiet der Grafik, kannte mich aus in Schriftarten, Werbeanzeigen und Broschüren. Doch Obdachlosigkeit und Wohnungsbau waren Bereiche, in denen ich noch nicht einmal genug wusste, um die richtigen Fragen zu stellen.

Louise aber kannte sich aus. Sie wusste, wo ich anfangen musste: „Du solltest Roseanne Haggerty von *Common Ground* in New York anrufen."

Roseanne Haggerty war in der Nähe von Hartford im US-Bundesstaat Connecticut aufgewachsen. Sie war erst siebzehn, als ihr Vater starb und sie ihrer Mutter helfen musste, sich um ihre sieben jüngeren Geschwister zu kümmern. Nach dem Studium am Amherst College in Massachusetts ging Roseanne in den 1980er-Jahren nach New York. Sie machte ein Praktikum im *Covenant House*, das am Times Square an der 43. Straße liegt und obdachlosen Jugendlichen hilft. Jedes Mal, wenn sie dorthin ging, kam sie an den Obdachlosen vorbei, die in den Eingängen eines Häuserblocks schliefen, in dem sich auch ein mehrstöckiges leer stehendes Gebäude befand, das Times Square Hotel. Es schien ihr unsinnig, dass verfügbarer Wohnraum nicht genutzt wurde, während es im selben Häuserblock Obdachlose gab. Immer wieder dachte sie, dass hier jemand etwas unternehmen sollte.

Und eines Tages erkannte sie, dass sie vielleicht dieser Jemand war.

1990 gründete Roseanne die Organisation *Common Ground*, die sich dann später für Wohnprojekte einen Namen machte, bei denen man Obdachlose permanent in Häusern unterbrachte und sie direkt vor Ort von Therapeuten betreuen ließ. Das war der Beginn einer wachsenden Bewegung, die als *Housing First* bekannt geworden ist – Wohnraum zuerst. Der Gedanke dahinter war: Um die Obdachlosigkeit wirksam zu bekämpfen, musste ein Umdenken bei den Helfern stattfinden.

Statt von Obdachlosen zu erwarten, dass sie sich ihre Unterkunft in einer Wohnung „verdienten", indem sie zuerst suchtfrei wurden, setzte sich die Initiative *Housing First* dafür ein, dass diese Menschen direkt von der Straße geholt und in Wohnungen untergebracht wurden. Dort versorgte man sie therapeutisch und medizinisch und ermöglichte ihnen die Suchtbehandlung, die sie brauchten, um ihr Leben nachhaltig zu verändern. Therapeuten arbeiteten in denselben Wohnanlagen, in denen die ehemaligen Obdachlosen nun lebten. Auf diese Weise waren die Hilfsangebote leicht erreichbar, was zu nachhaltigeren Erfolgen führte.

Studien zeigten, dass dieser neue Ansatz tatsächlich die Wende brachte, wenn es um die Beendigung der Obdachlosigkeit ging.

Männer und Frauen, die jahrelang auf der Straße gelebt hatten und die man für unerreichbar gehalten hatte, erlebten eine dramatische Verbesserung ihrer Situation, sobald sie regelmäßig Schlaf, Mahlzeiten und medizinische Versorgung erhielten.

Roseanne war eine frühe Pionierin. Sie überzeugte die Stadt, den Bundesstaat und landesweite Förderer, Steuerkredite für die Finanzierung des sozialen Wohnungsbaus zu nutzen, um das Times Square Hotel zu kaufen und zu renovieren – das leer stehende Gebäude, an dem sie so oft vorübergegangen war. Ihre Vision führte dazu, dass das Times Square im Jahr 1993 wiedereröffnet wurde, diesmal als modernes Appartementgebäude mit 652 Wohnungen für obdachlose und einkommensschwache Mieter. Im Gebäude gab es therapeutische Angebote, die den Bewohnern zu einer Lebenswende verhelfen sollten. Außerdem gab es eine Gartenterrasse auf dem Dach, einen Computerraum, eine Bücherei und ein Atelier. Diese Einrichtungen waren kein Luxus, sondern Teil eines ganzheitlichen therapeutischen Ansatzes, mit dem Ziel, die psychische Gesundheit und die Würde derjenigen Menschen wiederherzustellen, die jahrelang auf der Straße gelebt hatten.

Die Obdachlosen zogen direkt von der Straße in eine Wohnung ein und Sozialarbeiter kümmerten sich darum, dass die neuen Bewohner psychisch betreut wurden, Behandlungsangebote bei eventuellen Suchterkrankungen erhielten und gegebenenfalls eine Behindertenrente beantragten. Alle Bewohner führten dreißig Prozent von jedem Einkommen, das sie hatten, als Miete ab, sie kochten selbst und mussten bestimmte Verhaltensregeln beachten. Bei Verstößen konnte ihnen auch gekündigt werden, doch die Mitarbeiter von *Common Ground* wussten, dass die Bewohner ja keinen Ort hatten, wo sie dann hingehen konnten. Darum gab man ihnen auch eine zweite, dritte oder sogar vierte Chance, damit sie nicht wieder auf der Straße landeten, wo sie dann höchstwahrscheinlich sterben würden.

Darüber hinaus waren Roseanne und ihre Mitstreiter davon überzeugt, dass jeder Mensch das Recht auf ein Zuhause hatte.

Als ich im Jahr 2007 durch Louise von Roseanne und ihrem Projekt erfuhr, hatte *Common Ground* bereits mehrere Gebäude eröffnet, darunter ein weiteres umgebautes Hotel, das Prince George. Roseanne galt inzwischen weltweit als Expertin für die dauerhafte Unterbringung obdachloser Menschen in Wohnungen mit Betreuungsangeboten. Gemeinsam mit ihren Unterstützern verbreitete sie die Housing-First-Philosophie im ganzen Land. Doch bis nach Charlotte waren sie noch nicht vorgedrungen.

Nachdem ich alle Online-Artikel gelesen hatte, die ich zu dem Thema finden konnte, war ich tief beeindruckt. Ich konnte es kaum glauben, dass es bereits eine bewährte Lösung gab. Meines Wissens waren in Charlotte zwar keine leer stehenden Hotels zu finden, aber es musste doch einen Weg geben, diese Idee in die Tat umzusetzen. Ich fing an, nicht mehr von Betten, sondern von *Common-Ground*-Gebäuden zu träumen. Wenn ich einmal ein solches Projekt vor Ort besichtigen könnte, dann würde es mir sicher möglich erscheinen, so etwas auch in Charlotte zu verwirklichen.

Drei Wochen später, an einem verschneiten Dezembernachmittag, stand ich in Manhattan vor dem Prince George Hotel, das an der 27th Avenue zwischen der Madison- und der 5th Avenue steht. Charlie und ich hatten schon seit Längerem unsere jährliche Reise nach New York zur Weihnachtsfeier seiner Firma geplant. Diesmal ließ ich jedoch meine Weihnachts-Shopping-Tour ausfallen, zugunsten einer Tour durch das *Common-Ground*-Gebäude. Es war eine geheime Mission, denn im UMC wusste niemand, dass ich hier die Schlafplätze erkunden würde.

Hätte ich eine Broadway-Show besuchen dürfen, wäre ich kaum aufgeregter gewesen. Was *Common Ground* hier geschafft hatte, war besser als jedes Weihnachtswunder: Innerhalb eines

Jahrzehnts hatten sie Tausende von obdachlosen Menschen, denen man sonst kaum helfen konnte, in Wohnungen untergebracht.

Vor dem Eingang blieb ich zögernd stehen und überprüfte bestimmt dreimal die Adresse. Das Ganze sah überhaupt nicht wie ein Ort für ehemalige Obdachlose aus. Äußerlich deutete nichts darauf hin, dass dieses Gebäude anders war als die anderen Appartement-Komplexe in der Umgebung. Als ich eintrat, war die Überraschung dann noch größer. Die Eingangshalle sah aus wie eine Mischung aus dem Foyer einer Bank und einer Hotellobby. Auf der rechten Seite bildeten dunkle Holzpaneele den Hintergrund für weiche Sofas und vor mir sah ich Drehkreuze. Alles sah zu sauber und zu gut ausgestattet aus und entsprach überhaupt nicht meinen klischeehaften Vorstellungen von einer Obdachlosen-Unterkunft.

In der Lobby empfing mich eine Mitarbeiterin von *Common Ground* und führte mich durch das mehrstöckige Gebäude. Sie zeigte mir einzelne Wohnungen, einen Computerraum, ein Atelier und ein Musikzimmer.

„Sie würden staunen, wenn Sie wüssten, wie viele talentierte Leute von der Straße hier bei uns einziehen", bemerkte sie, als wir an einem Übungsraum vorbeigingen, aus dem Saxofonklänge zu hören waren.

Auf jedem Stockwerk kamen wir an Büros von Sozialarbeitern vorbei. Hier und da unterhielten sich Mieter entspannt mit ihren Therapeuten und oft konnte man gar nicht sagen, wer hier Mitarbeiter war und wer Bewohner. Ja, im ganzen Gebäude begegnete ich keinem Menschen, der offensichtlich wie ein ehemaliger Obdachloser aussah. Am Ende des Flurs verließ ein ordentlich rasierter Mann in gestreiftem Hemd, Jacke und Jeans seine Wohnung. Er schloss die Tür sorgfältig hinter sich ab und nickte uns freundlich zu, als er an uns vorüber zum Aufzug ging.

Mir wurde schlagartig klar: Sobald obdachlose Menschen eine Wohnung haben, sind sie wie alle anderen Leute auch.

Obdachlos ist ein Adjektiv, das eine extreme Situation beschreibt und nicht den Charakter eines Menschen.

*Common Ground* hatte einen Weg gefunden, diese Lebensumstände zu verändern und das stigmatisierende Adjektiv zu löschen. Das Prince George wollte nicht nur andeuten, dass dieser Teil der Bevölkerung mit anderen Augen betrachtet werden sollte, sondern es forderte dies regelrecht.

Die Mitarbeiterin, die mich herumführte, hatte mir erzählt, dass alle Bewohner Miete zahlten, aber ich konnte mir nicht so recht vorstellen, wie das möglich war. „Sie haben gesagt, dass alle, die hier leben, dreißig Prozent ihres Einkommens als Miete entrichten. Was aber ist, wenn sie psychisch krank oder behindert sind? Woher beziehen sie ihr Einkommen?"

„Ja, das ist durchaus ein Problem", nickte sie. „Da viele Mieter körperliche oder psychische Einschränkungen haben, steht ihnen eigentlich eine Behindertenrente vonseiten der Regierung zu. Aber die meisten von ihnen waren bisher nicht in der Lage, ohne fremde Hilfe die ganzen Formulare dafür auszufüllen. Darum ist *Housing First* so erfolgreich. Um von der Straße wegzukommen, brauchen Langzeit-Obdachlose viel Hilfe, und das geschieht am besten, wenn sie nicht am Verhungern sind oder unter Schlafmangel leiden."

Als ich nach Charlotte zurückkehrte, gingen mir die Bilder aus New York nicht mehr aus dem Kopf. Die Obdachlosigkeit schien ein großes, unmöglich zu lösendes Problem zu sein und ich wusste nicht einmal genau, wie viele wohnungslose Menschen es in Charlotte gab. Anscheinend fühlte sich niemand zuständig, in Charlotte so etwas ins Leben zu rufen, wie *Common Ground* es tat. Doch wenn sich niemand dazu berufen fühlte, war ich dann wirklich bereit, es zu meiner Aufgabe zu machen?

So verrückt mir das ganze Projekt auch schien, noch verrückter kam es mir vor, es gar nicht erst zu versuchen.

# 11. Der millionenschwere Larry

*Wunder erzählen in kleinen Buchstaben dieselbe Geschichte, die über die ganze Welt geschrieben ist, in Buchstaben, die so groß sind, dass mancher von uns sie nicht sehen kann.*

**C. S. LEWIS**[11]

Wenn ich wirklich mein Grafik-Design-Büro aufgeben wollte, um das Hausprojekt für wohnungslose Menschen zu verwirklichen, dann musste es mir gelingen, Dale von zwei Dingen zu überzeugen: Erstens musste die Unterbringung Obdachloser in Wohnungen künftig zum Aufgabenprofil des UMC gehören und zweitens musste er mich fest anstellen, um diesen Auftrag zu erfüllen.

Als Vorstandsmitglied und ehrenamtliche Helferin hatte ich lange genug mit Dale zusammengearbeitet, um zu wissen, dass er neuen Gedanken gegenüber aufgeschlossen war. Vor Monaten hatte er mir bereitwillig zugehört, als ich ihm meine noch unausgegorenen Pläne für unsere Wohltätigkeitsveranstaltung unterbreitet hatte. Ich hoffte, der Erfolg jenes Abends würde mir die Tür für meinen zweiten Wurf öffnen: meine wachsende Entschlossenheit, das *Common-Ground*-Modell auch nach Charlotte zu bringen.

Als ich Dale wegen des Wohltätigkeitsabends ansprach, hatte ich noch nicht wirklich einen Plan gehabt. Dieses Mal aber würde ich mit Fakten von meinem Besuch in New York aufwarten kön-

---

11 C. S. Lewis: „Miracles." Predigt, gehalten in der St. Jude on the Hill Church, London, 26. November 1942. In: *God in the Dock*. Grand Rapids: William B. Eerdmans, 2014, S. 13.

nen. Ich wollte Dale auf jeden Fall davon überzeugen, dass das UMC ein Wohnungsprojekt in Angriff nehmen sollte.

Ich hatte ja keine Ahnung, dass ich bei Dale offene Türen einrennen würde.

Während ich mich über *Housing First* in der Lobby des Prince George Hotels informierte, saß ein Mann namens Moore (der nicht mit Denver verwandt war) zusammen mit Dale in einem Wohnzimmer in Charlotte und redete eindringlich auf ihn ein. Es ging um einen Zeitungsartikel.

Ein paar Monate bevor Ron und Denver in unsere Stadt gekommen waren, hatte die stellvertretende Direktorin des UMC, Liz Clasen-Kelly, einen Leitartikel im Charlotte Observer geschrieben. Während Dales Stärken in der Leitung des UMC durch seinen pastoralen Hintergrund begründet waren, kam die Begabung von Liz vor allem in der Verwaltung des UMC und in der Öffentlichkeitsarbeit zum Tragen.

Liz hatte sich schon über ein Jahr mit der Frage des *Housing First* beschäftigt, noch bevor ich überhaupt davon gehört hatte. Mehr als einmal hatte sie schon versucht, Dale von einem solchen Projekt im Rahmen des UMC zu überzeugen. Doch er hatte vor allem finanzielle Bedenken. Ein Wohnungsprojekt würde viel mehr Geld kosten als eine Suppenküche und das UMC hatte in manchen Monaten schon Schwierigkeiten, das Budget für die Mahlzeiten aufzubringen.

Doch Liz gab nicht auf. Im Jahr 2006 hatte sie einen Artikel des Journalisten Malcolm Gladwell gelesen, der sie sehr überzeugt hatte. Der Text trug den Titel: „Der millionenschwere Murray." Gladwell schrieb, die Lösung des Problems der Wohnungslosigkeit sei einfacher als dessen Verwaltung. Als Beleg führte er die wahre Geschichte von Murray Barr an, eines Langzeit-Obdachlosen aus Reno in Nevada. Gladwell argumentierte folgendermaßen:

Wenn man alle seine Krankenhausrechnungen in den letzten zehn Jahren, die er auf der Straße verbracht hat, addieren würde – dazu die Kosten für die Behandlung der Drogensucht, Arzthonorare und andere Ausgaben –, dann käme man auf medizinische Kosten, die höher liegen als die jedes anderen Bewohners von Nevada. Wir geben eine Million Dollar aus, wenn wir nichts für Murray tun.

Das schockierte Liz am meisten: Nachdem eine Million Dollar für Krankenhausbehandlungen, für den Entzug und sogar für einen Gefängnisaufenthalt ausgegeben worden war, hatte sich Murrays Situation nicht verbessert. Er war immer noch obdachlos. Das System war offensichtlich nicht erfolgreich, am allerwenigsten bei den Langzeit-Wohnungslosen. Liz erkannte eine überraschende Tatsache: Es kostet weniger Geld, wenn man Obdachlose in Häusern aufnimmt, als wenn man sie auf den Straßen sterben lässt. Darum beschloss Liz, einen eigenen Zeitungsartikel für den Observer zu schreiben.

In dem Artikel legte Liz die Kosten eines Gefängnisaufenthaltes in Charlotte zugrunde (110 Dollar pro Nacht), eines Besuchs in der Notaufnahme des Krankenhauses (durchschnittlich 1029 Dollar) und eines Krankenhausbettes (2165 Dollar pro Nacht). Sie zeigte auf, dass ein obdachloser Mann aus Charlotte ähnliche Kosten verursachte wie Malcolm Gladwells „millionenschwerer Murray". Wie in anderen Städten machten auch in Charlotte die Langzeit-Wohnungslosen nur zehn bis zwanzig Prozent aller Wohnungslosen aus, doch auf sie entfielen über fünfzig Prozent aller Kosten. Menschen wie Murray in einer Wohnung unterzubringen würde die anderen Unterkünfte entlasten. Diese könnten sich dann den anderen achtzig Prozent widmen, die mit weniger Unterstützung den Weg aus der Obdachlosigkeit herausfanden.

Der Mann aus Charlotte, dessen Situation Liz ihrer Argumentation zugrunde gelegt hatte, war Chilly Willy, den ich ja nun unter seinem richtigen Namen William Larry Major kannte. Liz wusste: Wenn es dem UMC gelang, Chilly Willy zu helfen, dann würde sich das Gespräch über eine effektive Hilfe für die Obdachlosen in unserer Stadt in eine neue Richtung entwickeln.

Der Artikel, den Liz geschrieben hatte, enthielt überzeugende

Argumente und brachte Dale ins Nachdenken über den Auftrag des UMC. Was wäre, wenn sie doch mehr tun konnten? Wenn sie versuchen würden, wenigstens ein paar obdachlose Menschen in Wohnungen unterzubringen?

Dale und Liz fingen an zu rechnen, doch das Ergebnis war entmutigend. Nachdem der Zeitungsartikel erschienen war, erhielt Dale einen Anruf von dem Ehepaar John und Pat Moore, die sich immer wieder für Projekte in der Stadt und für humanitäre Aufgaben engagierten. Sie baten ihn um ein Treffen bei sich zu Hause. Obwohl die beiden denselben Nachnamen trugen wie Denver, waren sie nicht mit ihm verwandt.

„Der Artikel von Liz hat mich sehr angesprochen", sagte John zu Dale. „Hier sollte etwas unternommen werden."

„Ich bin ganz Ihrer Meinung", erwiderte Dale, der sich ein wenig unbehaglich fühlte und sich fragte, wohin dieses Gespräch führen würde.

„Aber warum tun Sie dann nichts?", hakte John nach. Wahrscheinlich blickte Dale sich genauso unsicher um wie ich, ob wohl jemand anderes gemeint sein könnte.

„Ich?", fragte er.

„Na ja, Sie und das *Urban Ministry Center*", fuhr John fort. „Ist das nicht Ihre Aufgabe? Wohnungslosen Menschen zu helfen? Wie es aussieht, ist dieses Wohnungsprojekt die beste Hilfe, die Sie diesen Leuten anbieten können."

„Nun, Sie haben zwar recht, aber es wäre ein sehr kostspieliges Unterfangen. Und wir sind ja nur eine Suppenküche und bieten keine Unterkünfte an", entgegnete Dale. „Bisher hatten wir nicht vor, ein Wohnungsprojekt ins Leben zu rufen."

„Aber wenn Sie etwas unternehmen könnten, was würden Sie dann tun?", fragte John, der nicht so schnell aufgab.

„Hm, ich weiß nicht genau", überlegte Dale. „Vielleicht würden wir eine Art Pilotprojekt starten."

„Wie viel würde das kosten?", wollte John wissen.

Dale konnte die Zahlen nur schätzen. „Zweihunderttausend Dollar."

John sah seine Frau an, die nickte. „In Ordnung", meinte er dann, „wir finanzieren das."

Dale war sprachlos. Kein Spender hatte dem UMC jemals einen so hohen Betrag zur Verfügung gestellt, schon gar nicht für ein Projekt, das noch gar nicht existierte. Mit diesem Versprechen für eine komplette Finanzierung gab es keine Ausrede mehr, mit der Umsetzung von *Housing First* noch zu zögern.

Dale und ich saßen uns in seinem Büro gegenüber und schüttelten nur den Kopf. Wie unwahrscheinlich dies alles war! Beide hatten wir jeweils einem Mann namens Moore versprochen, etwas zu unternehmen, um Obdachlose in Wohnungen unterzubringen.

„Das kommt von Gott", meinte Dale.

Anscheinend war er damit vertraut, diese Art von göttlicher Intervention zu akzeptieren. Aber ich war nicht so ganz überzeugt, sondern bestenfalls bereit zuzugeben, dass diese bemerkenswerten Zufälle bei mir zu einer beruflichen Veränderung führen würden.

„Also habe ich jetzt zwei Jobs zu vergeben", erklärte Dale. „Der erste ist hier im Büro. Die betreffende Person hält Kontakt zu unseren Unterstützern und koordiniert die Planung von Veranstaltungen. Wir haben nach True Blessings eine Menge nachzuarbeiten und ich bin der Auffassung, dass diese Veranstaltung jedes Jahr stattfinden sollte."

Ich nickte. Sicherlich war diese Veranstaltung es wert, wiederholt zu werden, aber ich hatte kein Interesse daran, die Planung von Events zu meinem Beruf zu machen. Vielleicht aber war Dale bereit, mir eine Chance zu geben und mich für so etwas Wichtiges wie das Wohnungsprojekt anzustellen. „Und der andere Job?", fragte ich.

„Nun ja, Liz wird mir in Zukunft helfen müssen, das *Urban*

*Ministry Center* zu leiten, und das bedeutet, dass wir jemanden brauchen, der dieses Pilotprojekt in Angriff nimmt." Dabei schaute er mich mit ausdruckslosem Gesicht an.

„Ich möchte diesen Job", sagte ich. Wir lächelten beide.

Einerseits jagte mir dieser Gedanke Angst ein, doch innerlich wusste ich, dass ich mir nichts mehr wünschte. Ich musste Dale klarmachen, dass ich dieses Projekt zwar mit großer Leidenschaft angehen würde, jedoch keine Erfahrung auf diesem Gebiet besaß.

„Du weißt aber schon, dass ich dafür eigentlich nicht qualifiziert bin, oder?", gab ich zu bedenken.

Dale zögerte keinen Augenblick. „Die gute Nachricht für dich dabei lautet, dass es außer dir auch sonst keiner ist."

Den Rest der Weihnachtsferien verbrachte ich damit, mein Grafik-Design-Büro aufzulösen. Als ich meine Kunden anrief, um sie über meine berufliche Veränderung zu informieren, wurde ich ganz kribblig. Es war einfach aufregend, sich endlich wieder frei zu fühlen. Ich hatte den Eindruck, dass Bewegung in mein Leben kam, und konnte es kaum erwarten, etwas Neues zu beginnen, das wirklich von Bedeutung war.

Meine Mutter hatte mir zu Weihnachten einen Kalender geschenkt, in dem für jeden Tag ein Spruch zum Nachdenken stand. Ich blätterte ihn durch und musste lachen, als ich an Tag 218 auf folgenden Satz stieß:

*Starte mit einem großen, verrückten Projekt. So wie Noah.*

Am 11. Januar 2008 fuhr ich zum ersten Mal nicht mehr als ehrenamtliche Helferin zum UMC, sondern als bezahlte Teilzeitkraft. In meinem Vertrag stand offiziell, dass ich für zwanzig Wochenstunden angestellt war, doch Dale und ich wussten beide, dass ich viel mehr arbeiten würde.

Liz mit ihrem aschblonden Pferdeschwanz begrüßte mich an meinem ersten Arbeitstag. Sie trug eine blaue Jeans und lächelte mich fröhlich an. Ihr ganzes Wesen war ein einziges Willkommen. Während ich die Suppe an unsere „Nächsten" austeilte und versuchte, nicht allzu sehr vereinnahmt zu werden, war Liz das genaue Gegenteil. Ihre Bürotür stand immer für alle offen und genauso offen war auch ihr Herz. Obwohl jeden Tag Hunderte von Menschen in das UMC strömten, kannte Liz sie alle mit Namen, genau wie Dale. Doch was noch wichtiger war: Sie gewann schnell das Vertrauen der Menschen und erfuhr deren persönliche Geschichte, wie sie obdachlos geworden waren. Ihr kleines Büro im Erdgeschoss war ständig voller Menschen, voller Taschen und voller Geschichten.

„Ich bin so froh, dass du jetzt bei uns anfängst", strahlte sie. „Stell dir vor, wir könnten für Ruth eine Wohnung finden!"

Gerade einmal ein Meter fünfzig groß, war Ruth trotz ihrer kleinen Figur eine starke Präsenz im UMC. Sie arbeitete im Rahmen des Job-Programms mit und sorgte für Ordnung, während Dutzende Besucher in einer Schlange vor der Dusche warteten. Meistens erschien Ruth in einem viel zu großen T-Shirt und ausgeleierten Jeans zur Arbeit, nachdem sie die Nacht unter einer Highway-Brücke verbracht hatte. Da sie so wenig Schlaf fand und dazu noch unter chronischen Beinschmerzen litt, war Ruth oft schlecht gelaunt gegenüber den „Nächsten", die am Tresen geduldig warteten, bis sie mit dem Duschen an die Reihe kamen. Wenn Ruth nicht gerade ihre Kommandos bellte, saß sie über dem Tresen zusammengesunken und schlief. Ich persönlich hatte Angst vor ihr. Sie hatte eine Art, mich mit zusammengekniffenen Augen anzusehen, die mir das Gefühl gab, überprivilegiert zu sein.

„Oder vielleicht Jay?", fuhr Liz fort. „Wenn wir ihm versprechen könnten, dass er von der Straße wegkommt, dann wette ich, dass er einer Entzugstherapie zustimmen würde."

Der Gedanke ließ mich ins Schwitzen geraten. Ruth und Jay in meiner Verantwortung? Jay war der lautstarke Alkoholiker, der immer auf dem Parkplatz randalierte. Ich konnte mir nicht vorstellen, jeden Tag mit ihm zu tun zu haben. Immer wenn ich ihn an der Vordertür entdeckte, zog ich mich zum Hintereingang zurück, um eine Konfrontation zu vermeiden.

„Und was ist mit Samuel?", fragte ich. Es mussten unbedingt auch ein paar von den friedfertigen Leuten berücksichtigt werden. Samuel war der Mann mit dem netten Lächeln.

„Das wäre toll", bestätigte Liz. „Hast du gewusst, dass Samuel schon seit sieben Jahren in der Obdachlosen-Unterkunft lebt? Er kann nirgendwo anders hin und ist inzwischen so krank, dass der Arzt ihm bei der letzten Untersuchung gesagt hat, er werde das Jahr nicht überleben, wenn er weiterhin so viel abnimmt. Er braucht eine spezielle Ernährung, hat aber keine Chance, da heranzukommen."

Solche Informationen waren für mich stets niederschmetternd. Aber Liz schien es gelernt zu haben, Menschen in Not zuzuhören, ohne selbst dabei kaputtzugehen. Die Hunderte von Menschen im UMC waren für sie wie Familienmitglieder und jeder Bruder und jede Schwester verdiente es, ein Zuhause zu haben.

„Wir sollten auch Raymond nicht vergessen", fuhr sie fort. „Er ist so ein lieber Kerl. In der Obdachlosen-Unterkunft übernachten mehr als dreihundert Männer. Er kann dort einfach nicht schlafen und deshalb übernachtet er seit letztem Jahr in einer Scheune. Ich finde es schrecklich, wenn Menschen wie Vieh leben müssen."

Das Ganze würde offenbar viel schwieriger werden, als ich gedacht hatte.

„Ich habe heute Nachmittag einen Termin", sagte Liz schließlich. „Wenn du willst, kannst du mitkommen. Ein Banker hat mich angerufen. Er hat meinen Artikel gelesen und mir gesagt, dass er etwas gegen die Obdachlosigkeit unternehmen will."

Wir wussten beide nicht, was das bedeutete, und so machten wir uns am späten Nachmittag auf den Weg zu Bill Holt.

Bills Büro lag in einem von drei Gebäuden der Wachovia Bank

in der Innenstadt von Charlotte. Schon seit Jahren wurden die Wachovia Bank und die Bank of America „die reichen Onkel von Charlotte" genannt. Wer in Charlotte etwas Gutes tun wollte, der bat einen von diesen beiden „Onkeln" um Hilfe.

Als wir eintrafen, hatte Bill bereits sein Jackett abgelegt und sich die Ärmel hochgekrempelt. Wir gaben ihm die Hand und er fing noch im Stehen an, über das Thema Wohnungslosigkeit zu reden, wobei er aufgeregt auf den Zehenspitzen auf und ab wippte.

„Ich habe den Artikel von Liz gelesen", begann er, „und ich glaube, ich habe da eine Idee."

Er ging zu seinem Whiteboard und malte dort die Umrisse eines rechteckigen Gebäudes auf, das mit Kreisen gefüllt war, die Menschen darstellen sollten. „Ich denke, wir sollten Wohnungen für diese obdachlosen Menschen bauen; und nun kommt's." Er fügte eine Art Innenhof in sein Rechteck ein und tippte begeistert auf dieses innere Feld. „Wir siedeln in dem Gebäude auch Sozialarbeiter an und andere Leute, die den Bewohnern helfen können."

Dann beendete er seine Ausführungen mit einer schwungvollen Geste und schaute uns erwartungsvoll an. „Und, was denken Sie?"

Liz und ich sahen uns überrascht an.

„Bill, was Sie da gerade gezeichnet haben, nennt man permanentes, unterstütztes Wohnen und ich habe heute damit angefangen, so etwas hier in Charlotte aufzubauen", erzählte ich ihm.

Er grinste bis über beide Ohren. „Nun, ich denke, wir können es möglich machen, dass beide Banken jeweils drei Millionen Dollar dazu beisteuern", sagte er.

Als wir gingen, versprachen wir Bill einen festen Platz in unserem Team – was auch immer das bedeutete. Im Aufzug nach unten schauten Liz und ich uns an und lachten. „Was war das denn?", fragte Liz.

Als die Türen des Aufzugs sich öffneten, kamen mir Denvers Worte wieder in den Sinn.

Die Leute, die Ihnen helfen werden – sie wissen schon, dass sie kommen werden.

# 12. Hoffen und Beten

*Du musst nicht genau wissen, was passiert oder
worauf es hinausläuft. Du solltest aber die Chancen
und Herausforderungen dieses Moments erkennen
und dich ihnen mit Mut, Glauben und Hoffnung stellen.*

**THOMAS MERTON**[12]

Am nächsten Tag ging ich zur Arbeit und dachte immer noch
an Bill und seinen Multimillionen-Dollar-Plan. Von seiner Vision eines Appartement-Komplexes waren wir noch mindestens
zwei Jahre entfernt. Ich konnte mir nicht vorstellen, bereits jetzt
Spenden für ein Gebäude einzuwerben. Zuerst mussten wir ja herausfinden, ob diese Idee in Charlotte überhaupt funktionierte.
An der Tür zu meinem neuen Büro hing mittlerweile ein Plastikschild mit dem Titel unseres neuen Programms und meinem
Namen:

*Wohnraum für Wohnungslose*
*Kathy Izard*

Nun war es offiziell – ich hatte mich also tatsächlich dazu verpflichtet, das zu tun. Ich hatte ein Büro mit Fenster, einen
Schreibtisch, einen Bürostuhl, einen Computer und keine Ahnung, wo ich anfangen sollte.

Den ersten Monat verbrachte ich damit, Informationen zu
sammeln und mich mit der Situation der Wohnungslosen in

---

12 Thomas Merton: *Conjectures of a Guilty Bystander*. New York: Image
Books, 2009, S. 206.

Charlotte vertraut zu machen. Zu meiner Überraschung stellte ich fest, dass es in der Stadt fast dreißig Stellen gab, die auf irgendeine Art und Weise Menschen in Not halfen. Doch ähnlich wie das Thema Bildung ist auch das Thema Wohnungslosigkeit ein komplexer Bereich mit verschiedenen Problemen und Lösungen.

Zunächst einmal fand ich heraus, dass es verschiedene Arten von Wohnungslosigkeit gab. Die vorübergehende Wohnungslosigkeit betraf Einzelpersonen oder Familien, die ihre Wohnung aufgrund einer einmaligen finanziellen Krise verloren hatten, meist verursacht durch einen Jobverlust oder eine Krankheit. Diesen Familien konnte leicht geholfen werden, denn sie brauchten nur ein wenig Unterstützung, um finanziell wieder auf die Beine zu kommen, ihre Miete bezahlen zu können und eine neue Wohnung zu finden. Wenn eine Familie jedoch mehrmals in eine solche Situation geriet, dann lag es meist daran, dass einer der beiden Hauptverdiener in der Familie ein Problem hatte, zum Beispiel eine psychische Erkrankung oder eine Abhängigkeit. Wenn man dieser Familie einen Sozialarbeiter zuteilte, konnte es oftmals gelingen, eine konstante Krisensituation zu vermeiden und den Verlust der Wohnung künftig zu verhindern.

Schätzungen besagten, dass es in Charlotte sechstausend wohnungslose Menschen gab. Unser Projekt richtete sich an Langzeit-Wohnungslose, die nur zehn Prozent aller Fälle ausmachten. Es handelte sich dabei um Personen, die ständig auf der Straße lebten und verschiedene psychische oder körperliche Probleme hatten, die zu Abhängigkeiten und Behinderungen führten. In dieser Personengruppe gab es keine Familien. Normalerweise handelte es sich bei Langzeit-Wohnungslosen um einzelne Männer oder Frauen, die von ihrer Familie entfremdet waren und keine Anlaufstation mehr hatten. Ihnen zu helfen war am schwierigsten und bei ihnen war die Wahrscheinlichkeit am größten, dass sie irgendwann auf der Straße starben. Ich war schockiert, als ich erfuhr, dass in Charlotte im Jahr 2007 siebenunddreißig obdachlose Menschen auf der Straße gestorben waren. Das entsprach in etwa der Mordrate in einigen Großstädten. Wie konnte das geschehen? Es war schwer zu begreifen, wie ein Mensch jahrelang auf der Straße leben konnte.

Im ersten Monat meiner neuen Tätigkeit nahm ich an einer Fortbildung zum Thema Armut teil, um besser verstehen zu können, wie Menschen, die obdachlos geworden waren, dachten und fühlten.

„Stellen Sie sich einmal vor, es hätte eine Schneekatastrophe oder einen Stromausfall gegeben", sagte der Leiter unserer Fortbildungsveranstaltung. „Sie haben keinen Strom, kein heißes Wasser im Haus und können kein Essen kochen. Der Kühlschrank funktioniert nicht und Sie können Ihren Computer nicht benutzen und Ihr Handy nicht aufladen."

Es war nicht so schwer, sich das vorzustellen. Als Lauren neun Monate alt war, war der Hurrikan Hugo über Charlotte hinweggezogen und wir hatten zehn Tage lang keinen Strom gehabt. Es war eine elende Situation gewesen. Ich hatte mit Lauren zum YMCA fahren müssen, um sie baden zu können, und jede Mahlzeit war ein Riesenproblem gewesen.

„Und nun stellen Sie sich vor, das würde eine Woche oder länger so weitergehen", fuhr unser Ausbilder fort. „Nachts können Sie nicht schlafen, weil es im Haus eisig kalt ist, und Sie verbringen den ganzen Tag mit der Frage, woher Ihre nächste Mahlzeit kommen soll und wie Sie etwas so Einfaches wie ein Telefonat erledigen können."

Alle nickten zustimmend, denn viele hatten selbst ihre Erfahrungen mit Hugo gemacht.

„Das ist schwer, oder? All die Dinge, die wir für so selbstverständlich halten – wie essen, schlafen, in Kontakt mit anderen bleiben – werden nun zum Mittelpunkt unseres Tages. Wir verbringen all unsere Kraft damit, nur diese Dinge erledigt zu bekommen, und dazu sind wir erschöpft, weil wir kaum geschlafen haben, stimmt's?"

Er machte eine Pause und wir alle nickten wieder und erinnerten uns an ähnliche Erlebnisse. „Was wäre, wenn in einer solchen

Situation jemand käme und mit Ihnen über Ihre Altersvorsorge reden wollte?"

„Ich würde auflegen, wenn ich ein Telefon hätte!", sagte ein Mann.

Der ganze Kurs lachte. „Richtig!", antwortete unser Anleiter. „Wir werden doch nicht mit jemandem über unsere ferne Zukunft sprechen wollen, wenn wir gerade im Moment in einer absoluten Krise stecken? Uns wäre es doch egal, was in der Zukunft ist, für uns zählt nur der Augenblick, nicht wahr? Über die nächsten vierundzwanzig Stunden hinaus könnten wir nicht denken."

Alle stimmten ihm zu.

„So ist es auch mit der Wohnungslosigkeit", fuhr er fort. „Nur dass diese Situation für manche Menschen nicht nur ein paar Tage oder Wochen anhält, sondern Jahre. Und wer auf der Straße lebt, der will nicht über einen Highschool-Abschluss reden, mit dem er irgendwann mal einen Job bekommen kann. Er braucht jetzt etwas. Nicht erst in einem Jahr."

Das alles war wie eine Offenbarung für mich.

Ein obdachloser Mensch wird nie sagen, dass er eine Behandlung braucht, eine Fortbildung oder eine Lebensstrategie. Nur eines kann seine unmittelbaren, erdrückenden, alles verschlingenden Probleme lösen: ein Zuhause. Unser Programm *Wohnraum für Wohnungslose* würde das erste Projekt in unserer Stadt sein, das Langzeit-Wohnungslosen genau das anbot.

Dale und ich trafen uns, um unsere Strategie abzusprechen. Auf der Grundlage der Erfahrungen, die andere Städte gemacht hatten, wussten wir, dass ein Sozialarbeiter effektiv mit fünfzehn Personen arbeiten konnte. Wir würden also aus den Hunderten von „Nächsten" fünfzehn Männer und Frauen auswählen, sie in vorhandenen Wohnungen unterbringen und einen Sozialarbeiter vollzeitlich engagieren, damit er sich um die Bewohner kümmerte.

Dale und ich waren der Meinung: Wenn wir dieses Pilotprojekt zwei Jahre lang durchführten, dann hätten wir genug Daten gesammelt, um potenzielle Spender von seiner Wirksamkeit zu überzeugen. Das bedeutete, dass ich zwei Jahre Zeit hatte, bevor ich mich mit Bill und seinem Sechs-Millionen-Plan beschäftigen und all die Betten bereitstellen musste, die ich Denver versprochen hatte.

„Zuerst müssen wir aber einen Sozialarbeiter einstellen", meinte Dale. „Und dann können wir bestimmt ein paar leer stehende Wohnungen finden, die wir mieten könnten."

Doch beides war schwieriger, als wir dachten.

Von den Dutzenden Bewerbern auf unser Stellenangebot schien nur Joann Markley zu begreifen, dass es hier um einen Job ging, der einen rund um die Uhr forderte und für den es keine klar umrissene Stellenbeschreibung gab.

Als ich einen Bewerber fragte, was er tun würde, wenn es mitten in der Nacht einen Notfall bei den Bewohnern unseres Pilotprojektes gab, schaute er verdutzt drein. „Den Notruf wählen?"

Joann dagegen beantwortete die Frage ohne zu zögern mit: „Ich würde aufstehen und ihm helfen."

Wir stellten sie sofort ein. Joann hatte für einen sozialen Dienst in der Umgebung von Charlotte gearbeitet und war fasziniert von dem Gedanken, dass sie bei der Verwirklichung unseres neuen Projektes mithelfen durfte. Schon beim Bewerbungsgespräch wurde klar: Joann hatte vor nichts Angst. Als wir unsere nächste Aufgabe in Angriff nahmen – die Suche nach Wohnungen für unsere potenziellen Kandidaten –, brauchte ich ihren Mut.

Wie in jeder anderen Stadt gab es auch in Charlotte Viertel, die wir uns leisten konnten, und solche, die für uns nicht infrage kamen. Und natürlich gab es in den Vierteln, in denen die Mieten für uns erschwinglich waren, offensichtliche Anzeichen von Gangs und Drogenhandel an den Straßenecken. Doch all das störte Joann gar nicht. Wo ich Gefahren witterte, sah sie Chancen.

Wenn wir die Stadt nach leer stehenden Wohnungen durchstreiften, war sie es, die mutig in die Büros der Vermieter marschierte, während ich im Auto wartete und die Türen verriegelte. Allmählich wurde mir klar: Ich war nie weiter aus meiner Komfortzone herausgekommen als bis zum Gelände des *Urban Minis-*

*try Centers*. Und ich hatte mich nicht nur dort hinter dem Tresen versteckt, sondern auch zu Hause in meinem eigenen Viertel. In Charlotte gab es mehr als vierundsiebzig Postleitzahlen-Bereiche, doch bis zu dem Monat, in dem ich mich mit Joann auf den Weg gemacht hatte, war ich vielleicht nur in zehn von ihnen gewesen. Jenseits meiner Insel gab es eine große Stadt, in der ich schon seit fast zwanzig Jahren lebte und über die ich dennoch nichts wusste.

„Hast du denn gar keine Angst?", fragte ich Joann.

„Am Anfang hatte ich schon welche", gab sie zu. „Aber man lernt, dass man keine zu haben braucht. Klar gibt es böse Menschen, aber es gibt noch viel mehr gute. Meistens merkt man, dass arm sein nicht dasselbe ist wie gewalttätig oder kriminell. Das Fernsehen will uns das nur glauben machen."

In jenen ersten Monaten war Joann meine beste Lehrerin. Während wir die Stadt nach Wohnungen durchkämmten, redeten wir über unser Projekt, wie sie mit den Bewohnern arbeiten würde und welches Ergebnis wir uns erhofften.

Gemeinsam fuhren wir durch Stadtviertel, von deren Existenz ich nichts gewusst hatte, und suchten nach leeren Wohnungen, die unseren besonderen Erfordernissen entsprachen: niedrige Miete, niedrige Nebenkosten und ein freundlicher Vermieter, der bereit war, einem ehemals obdachlosen Menschen eine Chance zu geben. Bald schon mussten wir erkennen, dass diese Kombination in Charlotte nicht zu finden war.

Einmal kam ich von einer solchen frustrierenden Wohnungssuche nach Hause und hatte auf dem Anrufbeantworter eine Nachricht von Lynn Pearce Tate, die gegenüber von uns wohnte. Sie sagte, sie habe gehört, dass ich mich um Wohnraum für Wohnungslose bemühte, und wollte sich mit mir zum Gebet treffen.

Ich hörte mir ihre Nachricht an und löschte sie.

Mich zum Beten mit ihr treffen? Wohl kaum. Ich hatte mich immer unwohl gefühlt, wenn Leute sagten, sie beteten für mich.

Als Erwachsene war Religion für mich etwas, das ich tunlichst mied. Die erzwungenen Gottesdienstbesuche und die nicht erhörten Gebete meiner Kindheit – damit wollte ich nichts mehr zu tun haben. Es war nett von Lynn, dass sie mir helfen wollte, aber Gebete waren nicht das, was ich brauchte. Ich brauchte Wohnungen.

Doch wie bei Denver ging mir auch die Stimme von Lynn nicht mehr aus dem Kopf. Ja, ich fühlte mich sogar schuldig, weil ich sie nicht zurückgerufen hatte. Um mein Gewissen zu beruhigen, rief ich sie schließlich an und verabredete mich mit ihr. Frühmorgens, als ich meine Töchter zur Schule gebracht hatte, ging ich zu ihr, erzählte jedoch niemandem von diesem Besuch.

Lynn ist eine muntere, kontaktfreudige Person mit kinnlangem braunen Haar. Sie führte mich ins Wohnzimmer, als wollten wir einen Buchklub gründen.

„Wie läuft es denn so mit deiner Wohnungssuche für die Obdachlosen?", wollte sie von mir wissen.

Beinahe hätte ich „Gut" gesagt, doch dann rutschte mir eine ehrliche Antwort heraus: „Es ist kaum zu schaffen."

Es tat gut, die Wahrheit zuzugeben. Ich hatte den Job erst vor ein paar Monaten angenommen, doch allmählich erkannte ich, was für eine riesige Aufgabe es war. Es war schwer, viel schwerer, als ich angenommen hatte, und wir hatten noch keiner einzigen Person helfen können.

Lynn nickte, als habe sie das alles schon geahnt.

„Ich habe herausgefunden, dass ich die Gabe des Gebets habe", sagte sie, ohne zu zögern oder verlegen zu wirken. „Ich habe über das nachgedacht, was du gerade unternimmst, und dachte, ich könnte vielleicht helfen."

Die Worte „Gabe des Gebets" ließen mich unbehaglich auf dem Sofa hin und her rutschen. Lynn schien ganz zuversichtlich zu sein, doch mir war es rätselhaft, wie oder warum sie meinte, einen direkten Draht zu Gott zu haben.

„Wir können anfangen, indem wir uns einfach an den Händen halten", sagte sie ruhig und nahm meine Hände in ihre. Dann schloss sie die Augen und begann laut zu beten.

Unsere Hände waren nur lose miteinander verbunden, aber ich konnte meine Augen nicht schließen. Ich versuchte mich bei all dem wohlzufühlen. Lynn und ich kannten uns zwar schon seit Jahren, aber nicht auf diese Weise. Unser Gebetstreffen erschloss definitiv eine neue Dimension unserer Freundschaft. Ein oder zwei Minuten hörte ich ihr nicht wirklich zu, sondern beobachtete nur ihren ruhigen Gesichtsausdruck, während sie mit Gott redete. Doch dann ließ ich mich einfach mitnehmen, schloss die Augen und versuchte, ebenso gelassen zu sein wie sie.

Als ich ihren Worten endlich zuhörte, war sie auch schon fertig. „Gott, bitte hilf Kathy, Kraft und Weisheit für diese Aufgabe zu finden. Amen."

Das war alles. Nur zwei Minuten und schon war es vorbei.

Das Seltsame war: Auch meine Unruhe schien sich gelegt zu haben. Ich spürte eine enorme Erleichterung. Meine Befürchtung, dass dieses Gebetstreffen äußerst befremdlich werden würde, hatte sich nicht bewahrheitet. Das Ganze hatte etwas Beruhigendes gehabt – wie eine gute Entspannungsübung. Es hatte nicht abschreckend auf mich gewirkt und schließlich konnte ich für mein Wohnungsprojekt ja jede erdenkliche Hilfe gebrauchen.

Lynn und ich trafen uns in jenem Frühjahr mehrmals, doch ich erzählte niemandem davon. Nicht einmal Charlie. Ich fürchtete, er würde mich auslachen, weil ich glaubte, dass ein Gebet mir helfen würde, diese unmögliche Aufgabe zu vollbringen.

Und ehrlich gesagt wusste ich selbst nicht, was eigentlich mit mir geschah und warum ich immer wieder zu Lynn ging, obwohl ich an den Gott ihrer Gebete nicht glaubte. Aber mir gefiel das Gefühl, das mir diese Gebete gaben. Lynns Zuhause war wie ein privater Beichtstuhl für mich. Hier konnte ich ehrlich sagen, was alles nicht gut lief. Ich konnte zugeben, dass dieser berufliche Wechsel nicht das brachte, worauf ich gehofft hatte, und dann nickte Lynn verständnisvoll und betete voller Zuversicht für mich.

Diese Erfahrung half mir, meine schon fast pathologische Selbstgenügsamkeit ein klein wenig loszulassen. Ich begann zu glauben, dass ich ja vielleicht in all dem nicht ganz allein war.

Im April fanden Joann und ich endlich ein paar Wohnungen. Sie waren einfach perfekt: Es waren mehrere Einzimmerwohnungen, die ebenerdig in einem ruhigen Stadtviertel lagen, mit riesigen Eichenbäumen vor dem Haus. Wir konnten dort bis zu zwölf Bewohner in einem Gebäude unterbringen. Ich war begeistert und sah schon vor meinem inneren Auge, wie die Mieter sich draußen auf dem Rasen zum Grillen trafen. Es war nun drei Monate her, seit ich die neue Aufgabe übernommen hatte, und nun holten wir unsere ersten „Nächsten" von der Straße.

Endlich konnten wir etwas tun.

Doch kurz bevor wir den Mietvertrag unterschrieben, erhielt ich einen Anruf von unserem Anwalt. Er hatte eine schreckliche Nachricht: Die Wohnungen sollten einer Zwangsvollstreckung zum Opfer fallen. Der Mann, mit dem ich verhandelt hatte, war ein Betrüger. Er versuchte, schnell noch eine riesige Mietsumme einzustreichen, bevor die Bank ihm sein Haus wegnahm.

Ich war am Boden zerstört – monatelang hatten wir gearbeitet und nun mussten wir wieder von vorn beginnen. Es kam mir wie eine riesige Sackgasse vor. Schlimmer noch, es war in meinen Augen ein enormes Versagen. Ich würde dieses Pilotprojekt nie in Gang bekommen und das bedeutete, dass ich keine Chance hatte, jemals so etwas wie das Prince George aufzubauen.

In jener Woche traf ich mich wieder mit Lynn zum Gebet. Ich war völlig entmutigt und wusste nicht, welchen Schritt ich als Nächstes unternehmen sollte. Lynn hörte mir zu und hielt meine Hand.

An dieses Gebet kann ich mich noch gut erinnern.

„Gott, bitte hilf Kathy zu erkennen, dass jedes Mal, wenn du eine Tür schließt, du dafür ein Fenster öffnest."

In derselben Woche traf ich mich mit einer Freundin, die ich noch von meinem ersten Job in einer Werbeagentur kannte. Wir hatten schon fast ein Jahr nichts mehr voneinander gehört und so war ich überrascht, als sie mich anrief. Nachdem wir uns gegenseitig das Neueste aus der Werbebranche erzählt hatten, erwähnte ich, wie schwierig es war, unser Wohnungsprojekt auf die Beine zu stellen.

Unerwartet gab sie mir einen Rat: „Zu meiner Gemeinde gehört ein Mann, der eine gemeinnützige Stiftung betreibt. Ich könnte mir vorstellen, dass er für solche Projekte wie deines ein Herz hat. Du solltest ihn mal anrufen."

Sie meinte, er könnte uns vielleicht beim Kauf von Möbeln unterstützen, wenn wir geeignete Wohnungen gefunden hatten. Ich schrieb seinen Namen auf einen Zettel: Mark Bass. Doch weil ich mich im Moment mehr darauf konzentrierte, Wohnungen zu finden, statt Möbel zu kaufen, nahm ich erst zwei Tage später Kontakt zu ihm auf. Am Montag, den 28. April 2008, rief er mich zurück.

Ich war nicht so geübt darin, Leute um Unterstützung zu bitten, also druckste ich etwas herum, erklärte, woher ich seine Nummer hatte, und erzählte ein wenig von unserem Projekt.

„Brauchen Sie Wohnungen oder brauchen Sie Geld?", wollte er von mir wissen.

Verwundert richtete ich mich in meinem Bürostuhl auf. „Nun ja, beides. Warum?"

„Weil ich dachte, Sie rufen wegen der Wohnungen an", sagte er. „Ich habe nämlich welche."

Ich konnte kaum glauben, was ich da hörte. „Und Sie könnten sich vorstellen, sie an uns zu vermieten?"

„Natürlich. Lassen Sie uns darüber reden."

Am nächsten Tag traf ich mich mit Mark bei seinen Wohnungen. Der erste Anblick machte mich nicht sonderlich optimistisch. Zwar sahen die Wohnungen ähnlich aus wie jenes perfekte Gebäude, das wir dann wieder verloren hatten: eingeschossig und mit einem kleinen Garten. Doch bei den meisten der sechzehn Wohneinheiten waren die Fenster und Türen mit Brettern verschlossen. Es sah so aus, als würde Mark einen Hurrikan befürchten und sich übermäßig gut davor schützen. In den letzten

Monaten hatten Joann und ich mehrere solcher verbarrikadierter Gebäude besichtigt. Immer verbargen sich hinter den Brettern Ratten, Graffiti und Kakerlaken.

Mark nahm die Bretter ab und sagte: „Bitte entschuldigen Sie diese Vorkehrungen. Es ist die einzige Möglichkeit, die Wohnungen vor Einbrüchen zu schützen, bis die ersten Mieter einziehen."

Als wir hineinkamen, hätte ich vor Freude fast geweint.

Die Wände waren frisch tapeziert, die Teppichböden in hervorragendem Zustand, die Küchen waren modern eingerichtet, und was mich am meisten überraschte im Vergleich zu anderen Wohnungen, die wir uns angesehen hatten: Hier gab es eine Heizung und Klimaanlagen. Diese Wohnungen hier waren nicht nur zehnmal schöner als jene, die von der Bank beschlagnahmt werden sollten und denen ich so sehr nachgetrauert hatte, Mark verlangte auch weniger Miete und freute sich, dass er uns eine Chance geben konnte. Wie es schien, besaß er einen tiefen Glauben und war der Ansicht, dass es seine Berufung war, Menschen zu helfen, damit sie wieder auf eigenen Beinen stehen konnten.

Als ich die neu gefundenen Wohnungen wieder verließ, rief ich Dale an, um ihm von dem idealen Vermieter zu erzählen, der uns gerade in den Schoß gefallen war. Dale war hocherfreut, aber nicht sonderlich überrascht.

„Gott handelt so", sagte er lachend.

Wirklich? Wie konnte Dale da so sicher sein? Ich erinnerte mich an meinen Vater und sein zuversichtliches Gebet vor Maddies Herzoperation.

Gott schickt dir vielleicht nicht genau das, was du erwartest, aber er ist immer bei dir.

Wie es schien, hatte Gott mir dieses Mal genau das geschickt, was ich brauchte.

Endlich hatten wir tatsächlich *Wohnraum für Wohnungslose.*

# 13. Müll oder Schatz?

*Oft sieht es im Rückblick so aus, als ob das Unerwartete kommt, um uns zu prägen; es sind diese unvorhergesehenen Wege, die wir selbst höchstens aus Versehen eingeschlagen hätten. Doch je älter wir werden, desto eher sind wir bereit, diesen Wegen zu folgen, um uns selbst zu überraschen.*

**ANNA QUINDLEN**[13]

Es hatte fast fünf Monate gedauert, bis wir diese Wohnungen gefunden hatten. Eigentlich hätte ich also genug Vorlaufzeit gehabt, um alles gründlich zu planen. Doch am Samstag, den 17. Mai 2008, als wir die Einweihung feierten und die ersten Mieter in ihre Wohnungen einzogen, war ich ein nervliches Wrack. Es waren nicht der Lkw, die Umzugskartons oder die Helfer, die mir Sorgen machten, sondern die vier Leute, die an diesem Tag in ihre Wohnung zogen.

Vier Menschen, die ich nun unter meine Fittiche nehmen sollte.

Es war alles andere als einfach gewesen, die richtigen Personen für unser Projekt auszuwählen. Nachdem ich nun jeden Tag im UMC gearbeitet hatte, waren unsere „Nächsten" für mich nicht länger ein Meer aus grauer Kleidung und anonymen Gesichtern. Inzwischen kannte ich außer Chilly Willy noch viele andere mit Namen und wusste etwas mehr über ihre Vorgeschichte. Sollten wir Tyrone eine Wohnung anbieten, der obdachlos war, seit er vor drei Jahren zu alt für den Aufenthalt in einer Pflegefamilie

---

13 Anna Quindlen: *Lots of Candles, Plenty of Cake. A Memoir of a Woman's Life.* New York: Random House, 2012, S. 87.

geworden war? Oder sollten wir Diane helfen, die schizophren war und in den letzten drei Jahren immer wieder in der Notunterkunft aus und ein gegangen war? Doch wenn wir diese beiden in unser Projekt aufnahmen, hätten wir keinen Platz mehr für Patrick, der unter Epilepsie litt. Er lief fast immer mit einem Verband um den Kopf herum, weil er auf den Bürgersteig fiel, wenn er seine Anfälle bekam.

Nachdem wir wochenlang diskutiert hatten, entschlossen wir uns schweren Herzens, Chilly Willy keine unserer ersten vier Wohnungen anzubieten, obwohl seine Geschichte ja eigentlich erst den Anstoß zu unserem *Housing-First*-Programm in Charlotte gegeben hatte. Dale, Liz und Joann waren sich einig, dass Chilly Willy einfach zu unberechenbar war. Unsere ersten vier Mieter mussten jedoch den Beweis liefern, dass ein Wohnungsprogramm für Obdachlose hier genauso gut funktionierte wie in New York. Am Ende wählten wir drei Männer und eine Frau aus, die wir gut kannten und die alle Gefahr liefen, aufgrund von gesundheitlichen Problemen auf der Straße zu sterben. Sie alle waren außerdem hochmotiviert, in einer Wohnung zu leben.

So wie Liz es erhofft hatte, war Ruth die erste Frau, die wir in einer Wohnung unterbrachten. Sie hatte nicht nur schwere Nervenschmerzen in beiden Beinen, sondern war auch Diabetikerin und der Zucker war bisher nicht ärztlich kontrolliert worden. Außerdem waren kürzlich Gallensteine bei ihr festgestellt worden. Die beiden Männer, über die Liz und ich an meinem ersten Arbeitstag gesprochen hatten, erhielten ebenfalls eine Wohnung. Raymond konnte nun endlich die Scheune verlassen, in der er gehaust hatte, und Samuel sollte nun das erste Mal seit zweitausendfünfhundert Nächten nicht mehr in der Notunterkunft übernachten. Obwohl ich Bedenken hatte, den wilden, alkoholkranken Jay in das Programm aufzunehmen, stimmte er einer 28-Tage-Entzugstherapie zu, jetzt, da er endlich einen Ort hatte, den er sein Zuhause nennen konnte.

Alle vier waren dankbar und zugleich skeptisch, als sie einen

Platz in unserem Programm erhielten. Sie wünschten sich zwar sehnlichst, endlich von der Straße wegzukommen, aber ich glaube, wir alle wussten noch nicht so ganz genau, was wir ihnen da zusammen mit ihren Hausschlüsseln anboten. Joann sollte sich als unsere Sozialarbeiterin um die vier kümmern, ihnen einen Zugang zu Sozialleistungen vermitteln und ihnen wie eine Anwältin zur Seite stehen, wenn es um medizinische und psychische Probleme oder um Abhängigkeiten ging. Ich dagegen würde mich um eine weitere Ausdehnung des Programms bemühen und versuchen, noch mehr Wohnungen zu finden, in denen wir Menschen unterbringen konnten. Letztendlich trug ich die Verantwortung für den Erfolg oder das Scheitern unseres Projektes. Würden die vier nach zwei Jahren immer noch in ihren Wohnungen leben? Und konnte dieser Versuch als erfolgreiches Pilotprojekt für weitere Hunderte von Menschen gelten? Das waren die Fragen, die ich mir stellte.

Die Logistik für den Tag des Einzugs war leichter zu bewältigen als dieses langfristige Ziel. Mein gelber Schreibblock war vollgeschrieben mit dem, was bis dahin erledigt sein musste: vier Wohnungen – vier Küchen, Schlafzimmer und Bäder – waren auszustatten. Unsere neuen Mieter besaßen außer ihren Kleidern fast nichts, also musste für den Einzug alles eingekauft werden, vom Toilettenpapier über das Besteck bis zu Kleiderbügeln.

Ich hatte bei einem Discount-Warenhaus ein Einkaufskonto eröffnet, sodass unsere Freunde und Unterstützer dort Bettzeug sowie Bad- und Küchenutensilien kaufen konnten, bis jede der vier Wohnungen komplett ausgestattet war.

Charlie, unsere vier Töchter und zwanzig weitere Helfer bildeten unser Umzugsteam. Der Lastwagen mit den gespendeten Möbeln fuhr direkt zu den Wohnungen. Dort wollten wir uns mit den vier neuen Bewohnern treffen. An jenem Morgen warf ich hektisch alle möglichen Dinge in mein Auto, die wir vielleicht noch brauchen könnten. Müllbeutel, Küchenrollen, Besen. Sollten wir Folien auf die Regalbretter kleben? War das unseren Bewohnern überhaupt wichtig?

Lauren beobachtete mich und schüttelte nur den Kopf. „Es wird schon alles klappen, Mama, ehrlich!"

Ich fuhr aus der Einfahrt und Charlie folgte mir zusammen mit Kailey, Emma und Maddie in einem anderen Auto, das zudem noch voller weiterer Kartons war. Im Kopf ging ich meine Checkliste durch, als Lauren ins Handschuhfach griff und eine CD herauszog. Sie steckte sie in den Player und suchte nach dem richtigen Lied. Als ich die ersten Takte hörte, drehte ich mich zu ihr um – mit offenem Mund – und konnte nur staunen.

Sie lächelte und drehte die Lautstärke weiter auf. „Das passt doch, oder?"

„I'm Amazing" von Keb'Mo' tönte durch die Lautsprecher und wir sangen beide kräftig mit. Ich hatte dieses Lied für eine Dia-Show verwendet, die ich damals bei „True Blessings" abspielte. Während unsere tausend Gäste in den Saal geströmt waren, hatte dieses Lied den Hintergrund gebildet für Fotos vom UMC und all dem Erstaunlichen, was dort passierte. Die Fußballmannschaft, das Kunstprojekt, die Gartenarbeit. Damals hatte ich gedacht, dass dies alles genug war. Mehr als genug. Doch jetzt, heute, würde es noch mehr geben. Vier Menschen würden nicht mehr obdachlos sein.

Mir kamen die Tränen, als Lauren und ich gemeinsam mit Keb'Mo' sangen, wie dankbar wir waren „für die einfachen Dinge", über die wir sonst nie nachdenken.

Ich war so dankbar für diesen neuen Weg, der mich aus meiner sicheren Welt herausgeholt hatte. Ich hatte zwar keine Ahnung, was auf mich zukommen würde, aber der Tag heute war auf jeden Fall wunderbar.

An diesem Tag konnte keiner von uns aufhören zu lächeln, ich am allerwenigsten. Als wir Raymond, Samuel, Ruth und Jay beim Einzug halfen, nahmen wir erst so richtig wahr, wie wenig sie besaßen und wie sie dieses Wenige in ihr neues Zuhause trugen. Keine Koffer oder Kisten. Nur grüne Müllbeutel, in denen ihr ganzer Besitz steckte. Gespendete Kleider und Schuhe, ein paar Toilettenartikel, vielleicht ein zerknittertes kleines Foto. Alle vier waren über vierzig Jahre alt und diese wenigen Plastiktüten enthielten ihr ganzes Leben.

Ruth, Raymond, Samuel und Jay wanderten durch ihr neues Zuhause und konnten es kaum glauben. Marks Wohnungen waren einfache Zweizimmer-Appartements. Auch ein kleiner Garten vor der Eingangstür gehörte dazu. Die neuen Bewohner liefen immer wieder staunend hinein und wieder heraus.

„Ist das mein eigener Garten?", fragte Raymond. „Na so was! Da kann ich ja ein paar Tomaten anpflanzen!"

„Kommt rein und schaut euch mein Haus an", lud Ruth alle Helfer zu sich ein.

„Ich kann's gar nicht glauben, dass ich hier Filme anschauen kann und mich nicht deswegen mit den anderen in der Unterkunft herumstreiten muss", meinte Samuel und schüttelte verwundert den Kopf.

Am Abend fiel ich erschöpft ins Bett, aber ich konnte nicht gleich einschlafen. Zuerst gingen mir immer noch die glücklichen Bilder dieses Tages wie ein Film durch den Kopf, unterlegt mit dem Soundtrack von Keb'Mo'.

Raymond, wie er seine eigene Badewanne bestaunte. Samuel, der immer wieder seinen Kühlschrank auf- und zumachte. Ruth, die ihr weiches Sofa testete.

Es war wirklich ein bemerkenswerter Tag gewesen.

Doch um zwei Uhr morgens wachte ich mit einem panischen Gefühl auf. Ich war es gewohnt, nachts aufzuwachen, weil ich mir um meine Töchter Gedanken machte, die im besten Teenager-Alter waren: Waren sie zu Hause? Hatten sie sich an die vereinbarte Zeit gehalten? Doch in dieser Nacht lag ich wach, weil ich mir Sorgen um meine neue Familie machte; jetzt hatte ich vier weitere „Teenager" in meinem Leben. Was wäre, wenn Raymond, der mit dem neuen Ofen noch nicht vertraut war, Marks Wohnungen in Brand setzte? Oder wenn Jay, der gerade erst einen Entzug hinter sich hatte, in seinem Appartement eine Party feierte? Wie sollte ich das unseren Spendern, den Moores, erklären?

Am Montagmorgen kam ich voller Sorge ins UMC und rechnete fast schon damit, dass Joann mir irgendeine Schreckensnachricht überbringen würde. Doch ich konnte sie nicht finden. Ruth war an ihrem üblichen Platz und überwachte die Schlange vor der Dusche. Sie winkte mir zu.

Ruth winkte sonst nie. Sie lächelte auch, schien hellwach und trug eine saubere, ordentliche Bluse und eine Halskette. Halskette? Schmuck hatte ich bei Ruth noch nie gesehen.

Zögernd ging ich auf sie zu und begrüßte sie. „Hallo, Ruth!"

Unerwartet fand ich mich in einer kräftigen Umarmung wieder. Auch das war noch nie vorgekommen. „Kathy!"

„Wie waren deine ersten beiden Nächte?", wollte ich wissen.

„Hast du gesehen, wie es gestern geregnet hat?", fragte sie zurück. Ich nickte und hatte keine Ahnung, worauf sie hinauswollte.

„Gestern hat's geregnet und ich bin nicht nass geworden!", rief sie.

Ich fand heraus, dass es am Wochenende keine Partys gegeben hatte und auch sonst keine Zwischenfälle. Raymond vertraute mir an, dass er das ganze Wochenende damit verbracht hatte, seine Badewanne mit einem Schaumbad zu füllen, sich hineinzulegen, bis das Wasser kalt war, und dann das Ganze noch einmal zu machen. Ich schaute mir die Fotos vom Einzug an und wählte eines aus, das ich mir eingerahmt auf den Schreibtisch stellte. Es zeigte, wie all unsere Helfer Ruth umringten, die strahlend lächelte. Das sollte mich immer daran erinnern, dass Ruth ab jetzt nicht mehr nass wurde, wenn es regnete. Und dass Raymond freiwillig nass wurde, in seiner eigenen Badewanne.

Ich schwor mir innerlich, dass in zwei Jahren, im Jahr 2010, ein Foto auf meinem Tisch stehen würde, auf dem Dutzende weitere Menschen lächelten – trockene Ruths und frisch geduschte Raymonds, die dann einen Ort hatten, den sie ihr Zuhause nennen durften.

Im selben Monat, in dem ich Ruth mit ihren zwei Mülltüten beim Einzug in ihr neues Zuhause geholfen hatte, räumte ich auch zwei Dutzend Mülltüten aus dem Haus meiner Mutter. Es hatte über ein Jahr gedauert, aber nun war unser Elternhaus verkauft und unsere Mutter zog in ein Seniorenheim. Meine Schwestern und ich waren überzeugt, dass dieser Schritt richtig war, denn es wurde für unsere Mutter immer schwieriger, sich um das Haus mit seinen vielen Zimmern zu kümmern. Mutter war davon jedoch nicht überzeugt.

Ihrer Meinung nach hatten wir sie gerade zu einer Obdachlosen gemacht.

Ich reiste etwas früher nach El Paso, um das Haus zu räumen, und meine Schwestern hatten sich für den tatsächlichen Umzug eine Woche später angekündigt. Organisieren und sortieren waren meine Stärken. Angesichts der Berge von Besitz, die sich innerhalb von vierzig Jahren angehäuft hatten, war ich sicher, dass ich am besten in der Lage war zu unterscheiden, was Müll war und was noch zu gebrauchen war.

Man sah es meiner Mutter an, dass sie über diesen Umzug, dem sie vor einigen Monaten zugestimmt hatte, nicht glücklich war. Sie hatte zwar versprochen, schon mit dem Aufräumen anzufangen, doch als ich mich in der Küche umsah, merkte ich, dass sie gar nichts unternommen hatte.

Ich seufzte und fragte mich, wie wir alles in einer Woche schaffen sollten, die Räumung der Wohnung und den Umzug. „Ich wusste einfach nicht, wo ich anfangen sollte", gestand mir meine Mutter.

Meine Mutter liebte dieses Haus und alles darin. Es war seit 1969 nahezu unverändert geblieben. Sogar die Kücheneinrichtung war immer noch avocadogrün, denn Mutter hatte immer jemanden gefunden, der ihrem neuen Geschirrspüler oder Kühlschrank diese Farbe hatte verpassen können. Mein Zimmer war eines der wenigen, das sich verändert hatte. Allysons und Louises Zimmer sahen immer noch genauso aus wie damals, als die beiden dreizehn waren. Doch in meinem Zimmer hatte mein Vater nach meiner Hochzeit sein Büro untergebracht. Folglich musste ich immer in einem der Zimmer meiner Schwestern übernachten, wenn ich meine Mutter besuchte. Es hatte mich immer gestört, dass mein Zimmer diesem Zweck geopfert worden war. Warum nicht Louises Zimmer? Sie war doch schon viel länger aus unserem Elternhaus ausgezogen als ich.

Dieser letzte Besuch im Haus meiner Kindheit war noch viel wichtiger als alle vorhergehenden.

Während ich durch die Räume ging und überlegte, wo ich anfangen sollte, wurde mir klar, dass dieses Haus sich schon lange nicht mehr wie mein Zuhause, meine Zuflucht, angefühlt hatte.

In meinem ehemaligen Zimmer war das Bett unter dem Fenster durch einen riesigen Schreibtisch aus Holz ersetzt worden. Vaters Tennistrophäen waren von seinem Arbeitszimmer im Erdgeschoss verschwunden und hier oben gelandet. Wie gern hätte ich mich in den Stuhl meinem Vater gegenüber hingesetzt und ihm von den letzten Monaten berichtet. Von Denver, meinem neuen Job, dem denkwürdigen Tag der Einweihung vor einer Woche.

Ich tue etwas, Dad. Endlich tue ich was.

Ich hoffte, dass er das irgendwie wusste.

Mein begehbarer Kleiderschrank stand offen und ich ging hinein. Mein Cheerleader-Kostüm aus der siebten Klasse hing dort neben meinen alten Ballettröckchen und meiner Highschool-Jacke mit dem Schriftzug der Schule. Ich stieg auf ein Regalbrett, um nach meinem geheimen Versteck oben auf dem Schrank zu schauen. Mein kleines Kissen lag immer noch dort oben und Snoopy lächelte mir entgegen.

Plötzlich spürte ich ein heftiges Heimweh. Ich langte nach oben, holte Snoopy herunter und drückte ihn an mich. Es war Zeit, dass ich ihn mit nach Hause nahm – nach Charlotte. Snoopy begleitete mich hinunter in die Küche, wo es dann endlich ans Ausräumen ging. Als ich ein Schränkchen neben dem Telefon öffnete, kamen mir etliche Rollen Geschenkpapier, Bänder und Tüten voller Karten entgegen und fielen zu Boden – die Grußkarten-Sammlung meiner Mutter. Andrea, meine Freundin aus

Kindertagen, besaß inzwischen den Kartenshop in El Paso und meine Mutter war ihre beste Kundin, die mindestens zweimal die Woche dort einkaufte. Zu jedem Geburtstag oder Jubiläum, zu Ostern, zu Weihnachten, zum Muttertag oder zum Valentinstag schickte meine Mutter unseren Töchtern, Charlie und mir jeweils eine Karte. Das waren allein schon fünfundzwanzig Karten an unsere Familie. Dann waren da noch meine beiden Schwestern, die Tanten und Onkel samt ihren Kindern und Enkeln. In dem Schränkchen waren Dutzende von Tüten mit Karten aus Andreas Laden. Mutter hatte immer einen Vorrat für alle Fälle. Sie war wie eine Pfadfinderin – allzeit bereit.

Diese Angewohnheit ärgerte mich ein wenig. Warum verbrachte sie so viel Zeit damit? Es kostete sie jede Woche Stunden, um diese Karten zu kaufen, zu schreiben und zu verschicken. Ihre Hingabe war für mich verblüffend. Ich wusste, sie würde am liebsten jede Karte und jedes Geschenkband mit in ihr neues Heim nehmen, aber da musste ich rigoros sein. Es kam gar nicht infrage, dass wir all das verpackten und mitnahmen. Sie würde sowieso auch weiterhin Karten kaufen.

Sortieren. Ausmisten. Behalten. Wegwerfen. Sortieren. Ausmisten. Behalten. Wegwerfen.

Mein Frust wuchs, während ich eine Schublade und ein Schränkchen nach dem anderen öffnete. Sie förderten noch mehr Grußkarten und Dekorationen zutage. Manche Geschenkpapierrollen waren noch ganz neu und nicht angebrochen. Andere waren zur Hälfte verbraucht und zerknittert. Die gebrauchten Rollen warf ich in den Müll, die neuen hob ich auf.

Die Müllbeutel häuften sich und schließlich schleppte ich sie an meiner Mutter vorbei hinaus in die Garage.

„Was ist da drin?", fragte sie alarmiert.

„Ach, nur Müll aus der Küche", erwiderte ich vage.

Es war schon erstaunlich, wenn man bedachte, dass jeder neue Bewohner unseres Wohnprogramms in Charlotte nur zwei Tüten voll mit Schätzen hatte, ich aber in jedem Zimmer meiner Mutter mindestens zwei davon füllen konnte.

Ich ging nach oben in Mutters Schlafzimmer und begann den Toilettentisch auszuräumen. Es gab nur zwei Schubladen, eine davon enthielt Mutters Sachen, die andere die von Vater. Ich wusste, dass Vaters Sachen immer noch darin waren, obwohl er schon vor neun Jahren gestorben war. Zuerst machte ich Mutters Schublade auf. Ich dachte, ich könnte den Inhalt schnell sortieren und dann entscheiden, was behalten und was weggeworfen wurde. Doch plötzlich starrte mich aus einer Ecke Vaters Handschrift an. Überrascht hielt ich inne. Seine akkurate Schrift war einfach unverkennbar. Vater schrieb sehr präzise, die Buchstaben waren gleichmäßig angeordnet und in einem ruhigen, sicheren Schwung etwas nach rechts geneigt.

Ich berührte seine Schrift auf der obersten Karte und nahm dann den ganzen Stapel heraus, der durch ein Gummiband zusammengehalten wurde. Ohne die Karten zu zählen, wusste ich, dass es über dreißig sein mussten. Es waren unauffällige weiße Standardkarten, wie sie von Floristen verschickt werden. Ein Dutzend rote Rosen hatte jede einzelne von ihnen begleitet. Immer dieselbe Blume, dieselbe Farbe und dasselbe Dutzend, das mein Vater meiner Mutter seit der Collegezeit jedes Jahr zum Hochzeitstag schickte. Auf jeder Karte stand: „Alles Liebe, Leighton."

Jede Karte von meinem Vater handgeschrieben. Jede Karte von meiner Mutter aufbewahrt. Über dreißig Jahre lang.

Ich setzte mich auf den Stuhl vor dem Toilettentisch. All dies war einfach bemerkenswert: dass mein Vater jede Karte von Hand geschrieben hatte. War er immer beim Blumengeschäft vorbeigefahren, bevor der Strauß verschickt wurde? Dass mein Vater nie darin nachgelassen, sondern jedes Jahr ein Dutzend Rosen geschickt hatte, um meine Mutter an seine Liebe zu erinnern, selbst in den allerschwierigsten Jahren. Dass meine Mutter jede Karte aufbewahrt hatte und der kleine Stapel zum Zeugen ihrer Liebesgeschichte geworden war.

Charlie schickte mir Blumen zum Hochzeitstag, zum Geburtstag und zum Muttertag, immer von meinem Lieblingsfloristen. Es waren immer andere Arrangements – mal Hortensien, mal

Tulpen, mal Rosen –, verschiedene Farben und verschiedene Blüten, je nach Jahreszeit. Ich freute mich immer sehr darüber. Es gefiel mir, dass ich nie im Voraus wusste, welcher Strauß an meiner Haustür eintraf, aber ich wusste, dass er es nie vergaß. Auch Charlies Karten waren immer wieder anders. Sie wurden vom Personal des Blumengeschäfts getippt, je nachdem, was Charlie ihnen diktierte. An unserem ersten Hochzeitstag lautete die Botschaft: „Das war doch gar kein so schlechtes Jahr, oder? In Liebe, von mir."

Oder ein anderer Spruch, der mir sehr gefallen hatte und sich auf unsere erste Verabredung bezog: „Willst du vielleicht mit mir ein Bier trinken gehen? In Liebe, von mir."

Inzwischen hatten wir unseren Hochzeitstag schon über zwanzig Mal gefeiert, aber keine einzige Karte hatte ich aufgehoben. Meine Töchter würden nie eine Schublade mit Zeugnissen unserer Liebesgeschichte darin finden. Nur wir beide wussten davon. Charlie und mir fiel es leicht, uns von Dingen zu trennen. Unser Haus war ordentlich und sauber. Es lagen keine Stapel irgendwo herum. Doch als ich diesen wunderbaren kleinen Stapel Karten ansah, den meine Mutter aufgehoben hatte, bedauerte ich plötzlich, dass ich Charlies Karten weggeworfen hatte. Und ich bedauerte auch einiges andere, von dem ich mich im Lauf der Jahre getrennt hatte. Es machte mich traurig, dass ich manches für Müll erklärt hatte, bevor es die Chance hatte, ein Schatz zu werden.

Ich dachte über meine Töchter nach und ihre künftigen Liebesgeschichten. Würden diese auch so romantisch sein, mit Blumen und Karten? Oder würden nur ein paar SMS Zeugen ihrer Liebe sein? Sie würden wohl kaum zu ihren Kindern sagen: „Schaut mal, das ist die erste SMS, die euer Vater mir geschrieben hat!"

Ich hielt die Karten in der Hand, die eine dreißigjährige Liebe widerspiegelten. Meine Kindheit mochte von einer enormen Unsicherheit geprägt gewesen sein. Ich mochte traurig gewesen sein, weil ich meine Mutter nur selten so erlebt hatte, wie sie eigentlich sein konnte. Aber ich war immer von einer Liebe umgeben gewesen, die wahrhaft außergewöhnlich war. Und diese Liebe hatte dieses alte Haus zu meiner Heimat gemacht.

Vorsichtig legte ich die Karten in die Schublade zurück. Mutter würde sie bestimmt lieber selbst einpacken.

# 14. Ein Gebet zu einem unbekannten Gott

*Der Mensch wird kaputt geboren.*
*Er lebt durch ständige Reparaturen.*
*Und Gottes Gnade ist der Leim dazu.*

**EUGENE O'NEILL**[14]

„Hallo, Jay", sagte ich, als ich in mein Auto stieg.

Jay nickte mir schüchtern zu und schnallte sich an. Der wilde Typ, dem ich im *Urban Ministry Center* lieber aus dem Weg gegangen war, war frisch rasiert und trug ein Wollhemd. Nie zuvor hatte ich Jay so sauber und so ruhig gesehen. Bevor er in unser Wohnprojekt aufgenommen worden war, hatte Jay Schwierigkeiten im Umgang mit anderen Menschen gehabt und sein Alkoholproblem hatte dazu geführt, dass er sich immer wieder sinnlos betrank. Nun, nach zwei Monaten, in denen er ausreichend Schlaf bekommen und nüchtern geblieben war, war Jay ein gelassener, dankbarer Passagier in meinem Wagen. Kaum vorzustellen, dass dies derselbe Mann war, der nur Monate zuvor betrunken auf dem Parkplatz des UMC herumgeschrien hatte.

Joann hatte mich gebeten, mit Jay einkaufen zu fahren. Ich war zwar gerne bereit zu helfen, fühlte mich aber zugleich nicht so wohl dabei. Jay und ich kannten uns nicht so gut und der Ausflug zum Supermarkt würde uns wahrscheinlich an die Grenzen unserer Konversationsfähigkeiten bringen. Jay würde es bestimmt

---

14 *The Great God Brown*, 4.1. in Eugene O'Neill: *Selected Letters of Eugene O'Neill*. New York: Limelight, 1994, S. 264, Nr. 2.

nichts ausmachen, schweigend mitzufahren, aber ich fühlte mich verpflichtet, die peinliche Stille zu durchbrechen und ein Gespräch mit ihm zu führen.

„Wie ist Ihre Wohnung denn so?", fragte ich.

„Gut, Ma'am", antwortete Jay mit leuchtenden Augen, die ihn aussehen ließen wie ein glückliches Kind, das gerade sein bestes Geheimnis preisgibt. „Wirklich schön."

Jay wohnte neben Samuel, ich dachte, das könnte auch ein Gesprächsthema sein.

„Und wie geht's Samuel?"

„Gut."

„Ist er ein guter Nachbar?"

„Ja, Ma'am. Echt gut."

Mir fiel nichts mehr ein, was ich ihn fragen konnte, also fuhren wir schweigend weiter bis zum Supermarkt.

*Franks Supermarkt* war anders als die Geschäfte in meinem Viertel. Es gab keinen Coffee Shop am Eingang, keine Delikatessen mit exklusiven Käsesorten. Die Obst- und Gemüseabteilung war nicht überladen mit so etwas Exotischem wie Kiwis und Mangos. Nur das Nötigste wie Äpfel, Orangen, Zwiebeln, Kartoffeln und Tomaten. Die Regale waren nicht überfüllt mit Produkten und in den Gängen standen keine bunten Werbetafeln, die die Kunden aufforderten, sich für die nächsten Feiertage einzudecken. Es war ein ganz praktisch eingerichteter Laden und viele Regale waren sogar leer. Ich hatte in meiner Gegend noch nie ein so leeres Geschäft gesehen, höchstens nach dem Hurrikan Hugo.

Jay zog eine zerknitterte Liste aus der Hosentasche und begann sie methodisch abzuarbeiten. Etwas befangen folgte ich ihm durch die Gänge, doch die Stimmung wurde lockerer, als ich ihm ein paar Fragen über seine Einkäufe stellte.

„Ist das hier Grünkohl?"

„Klar", antwortete er und sah mich belustigt an. „Kennen Sie das nicht?"

„Nein, Jay, ich komme aus West Texas. Ich habe noch nie Grünkohl gesehen oder gegessen."

„Was?", lachte er. „Sie machen wohl Witze?"

„Nö. Meine Mutter hat so was nicht gekocht und ich auch nicht. Hab es auch noch nie bestellt."

„Was! Da haben Sie aber was verpasst!", rief er und fing an zu erklären, wie er den Kohl zubereitete, genau wie seine Mutter es getan hatte, mit Speck und Zwiebeln angebraten.

Wir gingen weiter durch den Laden und kauften noch manches andere, was ich nicht kannte: Schwarzaugenbohnen, Schweinshaxen. Schon die Fleischtheke war für mich eine Offenbarung. Rinderzunge? Gab es das in meinem Supermarkt überhaupt zu kaufen? Am aufschlussreichsten war für mich jedoch die Art und Weise, wie Jay einkaufte. Wenn ich in den Supermarkt ging, warf ich alles so schnell wie möglich in den Einkaufswagen, verglich keine Preise und nahm auch Dinge mit, die nicht auf meiner Liste standen. Maddie und Emma versuchten immer wieder, Sachen in den Wagen zu schmuggeln, wenn ich nicht hinsah, in der Hoffnung, dass die Schoko-Crispies und die Käsebällchen unbemerkt von mir die Kasse passierten.

Jay dagegen kaufte sehr bewusst und überlegt ein. Schließlich wurde mir klar, dass er innerlich immer wieder rechnen musste, ob das Geld in seiner Tasche für den Einkauf auch reichte. An der Kasse belohnte er sich für seine Sparsamkeit mit einer Packung Zigaretten.

Wir packten die Einkäufe in den Kofferraum und stiegen wieder ins Auto.

„Jay, ich habe den Eindruck, dass es Ihnen ganz gut geht, seit Sie die Behandlung abgeschlossen haben."

„Ja, Ma'am, das stimmt", sagte er und lächelte wieder wie jemand, der ein schönes Geheimnis zu erzählen hat.

Wir fuhren eine Weile schweigend weiter.

„Wissen Sie, als ich noch ein Kind war, hat meine Schwester zu meiner Mutter gesagt, dass sie manchmal Stimmen in ihrem Kopf hört", begann er plötzlich zu erzählen. „Meine Mutter hat dann meine Schwester in ein Hospital bringen lassen. Als sie wieder zurückkam, habe ich sie kaum wiedererkannt. Ich weiß nicht, was die dort mit meiner Schwester gemacht haben, aber ich hab meiner Mama lieber nicht erzählt, dass ich auch Stimmen hörte. Ich hab einfach angefangen zu trinken. Da wurden die Stimmen leiser."

Ich warf Jay einen Blick zu, doch er schaute aus dem Fenster. Dieser kurze Einblick in seine Welt sagte einfach alles über Armut, psychische Erkrankungen und Obdachlosigkeit. Der Alkohol ertränkte die Stimmen, bis sie einen völlig kaputt machten. Ich wusste, dass auch meine Mutter Stimmen gehört hatte. Aber jetzt dachte ich das erste Mal darüber nach, dass sie sich nie dem Alkohol zugewandt hatte, um dem zu entkommen. Stattdessen hatte sie ihre Bibel aufgeschlagen. Unser Leben wäre wohl noch viel komplizierter gewesen, wenn meine Mutter sich anders entschieden hätte.

Jays neu erworbene Nüchternheit war eine deutlich spürbare Veränderung und auch die anderen Teilnehmer unseres Projektes *Wohnraum für Wohnungslose* durchliefen eine ähnliche Verwandlung. So wie die Bewohner des Prince George nicht mehr wie Obdachlose aussahen, kehrten auch unsere vier Bewohner in jenen ersten Wochen in eine Art „Normalzustand" zurück. Sie alle sahen nach einem Monat wirklich gut aus. Es war erstaunlich, was ausreichend Schlaf, regelmäßiges Essen und Körperhygiene so alles bewirkten. Ihr Blick war klar, die Haare gekämmt, sie trugen saubere Kleidung und tranken nicht mehr so viel. Das alles machte sie zu vier erstaunlich durchschnittlichen Mietern.

Allmählich begannen sie Joann bei Problemen um Hilfe zu bitten, die sie in ihrer Zeit der Obdachlosigkeit gar nicht angehen konnten. Ruth ging zum ersten Mal in ihrem Leben zum Zahnarzt. Raymond bekam seine erste Brille. Jay hatte einen Termin beim Psychiater und erhielt endlich Medikamente, die ihm gegen die Stimmen in seinem Kopf halfen. Doch die Veränderung, die Samuel durchmachte, war wohl die dramatischste.

Nachdem Samuel sieben Jahre lang in der Notunterkunft übernachtet hatte, hatte er zahlreiche gesundheitliche Probleme. Mit Joanns Hilfe erhielt er nun endlich die medizinische Versorgung, die er brauchte, und nahm zum ersten Mal seit Jahren regelmäßig seine Medikamente ein. Auch seine Ernährung verbesserte sich jetzt, da er selbst kochte und ergänzende Mittel zu sich nahm. Samuel war der erste unserer vier Bewohner, der ein Interesse daran äußerte, etwas Produktives mit seiner Zeit anzufangen. Weil er sich nun nicht mehr in einem Kampf ums Überleben befand und sich nicht ständig fragen musste, woher er seine nächste Mahlzeit nehmen sollte, hatte er Zeit nachzudenken und sich ein anderes Leben vorzustellen. Samuel überlegte, ob er wieder zur Schule gehen sollte.

Joann half ihm bei der Anmeldung an der örtlichen Volkshochschule, wo er einen Mathematikkurs besuchen wollte, sein erster Schritt in Richtung Highschool-Abschluss. Samuel bedauerte es, keinen Schulabschluss zu besitzen, und wollte sich jetzt darum bemühen. Er ging schon ein paar Wochen zu dem Mathematikkurs, als ich ihn im UMC sah.

Es war Mittagszeit und er saß an einem Tisch im Speisesaal und unterhielt sich mit einigen unserer „Nächsten", die ihn offensichtlich schon seit einer Weile kannten. Samuel war ordentlich rasiert, trug ein weißes Wollhemd, knielange karierte Shorts und Basketball-Schuhe. Seinen Rucksack hatte er lässig über die Schulter geschwungen, denn dieser war jetzt nicht mehr mit Kleidern und Essen gefüllt, sondern nur mit zwei Mathebüchern. Samuel schien die Aufmerksamkeit zu genießen, hatte er doch einen regelrechten Berühmtheitsstatus.

Ich lächelte, als ich ihn so sah. Er war so stolz auf den neuen Weg, den er eingeschlagen hatte. Lauren würde sich in wenigen Wochen an der Vanderbilt University in Nashville einschreiben. Und obwohl es Hochsommer war, trug sie das Sweatshirt, das wir ein Jahr zuvor im Buchladen gekauft hatten, als wir ihre Traumuniversität besichtigt hatten. Immer wenn sie von Nashville sprach, leuchteten ihre Augen und ihr Gesicht wurde von einem verheißungsvollen Lächeln erhellt, genau wie bei Samuel.

Eine UMC-Mitarbeiterin, die Samuel schon seit Jahren kannte, kam auf mich zu.

„Ich kann es gar nicht glauben, dass das hier wirklich Samuel ist", meinte sie und schüttelte den Kopf. Wir beobachteten Samuel eine Weile und dann fügte sie noch hinzu: „Ich habe immer gedacht, er sei ein hoffnungsloser Fall."

Das war die große Lektion, die wir in jenem Sommer lernten: Niemand ist ein hoffnungsloser Fall.

Bis dahin hatte ich mir nicht vorstellen können, dass bei einem wohnungslosen Menschen die Unterbringung in einer Wohnung eine solche Veränderung herbeiführen konnte. Als ich Denver versprach, für Betten zu sorgen, hatte ich an eine etwas komfortablere Lebenssituation für die auf der Straße lebenden Menschen gedacht – an humanere Umstände. Ich hatte nicht den Glauben gehabt, dass jemand sich so verändern würde, wenn er die Chance dazu erhielt.

Jeden Tag bewiesen diese vier „Nächsten", dass ich mich getäuscht hatte. Ein Zuhause zu haben war nicht einfach nur schön, sondern es bedeutete eine grundlegende Veränderung. So wie Denver sich von einem Obdachlosen, der dreißig Jahre lang auf der Straße gelebt hatte, in einen Bestseller-Autor verwandelt hatte, steckte in jedem anderen Menschenleben, mit dem wir in Berührung kamen, ein ähnliches Potenzial.

Samuel und seine drei Mitbewohner zeigten uns, dass eine Wohnung Hoffnung bedeutet. Auf den Beweis dafür mussten wir keine zwei Jahre warten, den hatten wir jetzt schon.

Es war, als hätte man ein Heilmittel gegen den Krebs gefunden. Da würde man ja auch nicht zwei Jahre warten, bis man es anderen Menschen zur Verfügung stellte.

Darum beschlossen Dale und ich, unseren Zeitplan zu beschleunigen. Wir würden zweigleisig fahren: unser Pilotprojekt fortsetzen, jedoch nur mit dreizehn Kandidaten, nicht mit fünfzehn. Auf diese Weise würden wir etwas Geld einsparen und könnten gleichzeitig mit der Planung für unser eigenes Gebäude fortfahren.

Das Pilotprojekt auf dreizehn Personen herunterzuschrauben machte die Entscheidung, wer einen Platz bekommen sollte, noch schwieriger. Bis auf Weiteres würden nur noch neun weitere Personen das hoffnungsvolle Geschenk einer Wohnung erhalten, das Raymond, Samuel, Ruth und Jay bereits bekommen hatten.

Wir versuchten systematisch vorzugehen und bei jedem Kandidaten bestimmte Faktoren zu berücksichtigen: die Jahre auf der Straße, Gesundheitsrisiken, den Hintergrund. Doch hinter all den harten Fakten war so viel Emotionales verborgen. Es gab so viel, Hunderte von Lebensgeschichten, die wir erst erfuhren, als wir uns mit allen potenziellen Kandidaten trafen. Joann führte die meisten Gespräche und versuchte herauszufinden, wo die Bedürfnisse am größten waren. Nach einem besonders erschütternden Gespräch kam Joann zu mir ins Büro und ließ sich mir gegenüber in einen Stuhl fallen. „Ich weiß, dass es nicht meine Aufgabe ist, das zu entscheiden", sagte sie, „aber wenn ich die Wahl hätte, dann wäre das mein Kandidat. Er hat was Besonderes."

Sie sprach von Eugene Coleman, der schon seit der Eröffnung des UMC im Jahr 1994 regelmäßig dorthin kam. Bestimmt hatte ich ihm schon Dutzende Male Suppe ausgeteilt, aber weil ich mich hinter dem Tresen versteckte, hatte ich nicht gemerkt, dass er sich für genauso unsichtbar hielt wie ich.

„Hast du mal 'ne Zigarette für mich?"

Eugene Coleman schaute von seinem Schlafplatz auf, einem dreckigen Loch unter einer Highway-Brücke nahe dem Stadtzentrum von Charlotte. Er hatte eine Zigarette, aber er wollte sie nicht mit diesem Typen teilen. „Sorry, nein", entgegnete er und drehte sich in seinem Schlafsack wieder um, versuchte, den Kopf auf seinen Arm zu legen. Es war zwar mitten am Tag, aber Coleman brauchte ein bisschen Schlaf. Die Nächte waren grausam: Züge donnerten vorbei, Autos fuhren über die Brücke. Das Schlimmste aber war, dass man immer ein Auge offen halten musste, damit einem keiner mitten in der Nacht das bisschen wegnahm, was man besaß. Coleman war schon so oft zusammengeschlagen worden, als er versuchte, seinen Schlafplatz zu verteidigen, dass er es gar nicht mehr zählen konnte. So war es eben, wenn man auf der Straße lebte, und so sah sein Leben aus, so lange er sich zurückerinnern konnte.

Coleman war eines von zwölf Kindern. Er wuchs in Winnsboro, South Carolina, auf und war der erste Junge nach fünf Töchtern. Doch als die Zahl der Kinder, die alle ernährt werden mussten, auf ein Dutzend wuchs, verlor er seinen besonderen Status. Er hatte keinen Vater und die Schule langweilte ihn. Also kehrte Coleman mit fünfzehn seinem Zuhause den Rücken und lebte bei seinem Onkel Leroy. Die beiden reisten durch die Südstaaten und arbeiteten auf dem Bau. Irgendwo unterwegs zeugte Coleman einen Sohn, Elkin Eugene Smith, aber weil er immer noch von Baustelle zu Baustelle zog, verlor er schließlich den Kontakt zu ihm.

Allmählich arbeitete Coleman sich nach oben und wurde Vorarbeiter in einer Firma, die Kartons herstellte. Ihm gefiel die körperliche Arbeit und wenn ihm der Gabelstapler zu schwerfällig vorkam, wandte er oft die schnellere Methode an und stemmte die Ware mit seinem starken Rücken. Durch die schwere Arbeit zog sich Coleman einen Leistenbruch zu, der operiert werden musste. Eigentlich war es ein Routineeingriff, doch für Coleman war es der Beginn einer langen, dunklen Abwärtsspirale.

Als er aus der Narkose erwachte, merkte er sofort, dass etwas nicht stimmte. Er konnte von der Hüfte an abwärts nichts mehr spüren. Die Ärzte teilten ihm mit, er sei vorübergehend gelähmt. Die Spinalanästhesie war schiefgegangen. Nach drei oder vier

Wochen im Krankenhaus konnte er endlich wieder schmerzfrei sitzen und wurde nach Hause entlassen. Doch in seinem Leben war nichts mehr wie vorher.

In seiner Mobilität stark eingeschränkt und abhängig von Schmerzmitteln, entwickelte Coleman ein tiefes Misstrauen gegen Ärzte. Er schwor, sich niemals mehr operieren zu lassen.

Zurück in der Firma konnte Coleman nicht mehr wie bisher der fleißige Vorarbeiter sein. Die Schmerzen ließen nicht nach und er nahm mehr Medikamente als vorgeschrieben, um sie zu betäuben. Ein paar Monate später entwickelte sich ein neues Problem: an seiner linken Schulter wuchs eine Zyste. Zuerst bemerkte sie nur Coleman, doch ihre Größe verdoppelte sich von Monat zu Monat. Bald schon fragten ihn seine Vorgesetzten, was er da an der Schulter habe, und jedes Mal versprach Coleman, sich darum zu kümmern. Doch er tat es nicht. Auf keinen Fall würde er damit zum Arzt gehen und eine weitere Operation riskieren. Allmählich wurde das Ganze schmerzhaft und er konnte seine Schulter kaum noch gebrauchen.

Die Zyste wuchs immer weiter und mit ihr Colemans Lügen. Sich selbst und anderen gegenüber. An manchen Tagen ging er nicht zur Arbeit und linderte die Schmerzen, indem er trank und Pot rauchte. Seine Flucht in die Drogen betäubte auch seine Angst, wieder ins Krankenhaus zu müssen und die Zyste entfernen zu lassen, die inzwischen so groß war wie ein Baseball.

Die Abwärtsspirale, die mit der misslungenen Leistenoperation begonnen hatte, erreichte ihren Tiefpunkt, als Coleman seine Arbeit, sein Einkommen und schließlich auch seine Wohnung verlor. In den frühen 1990er-Jahren wurde er obdachlos. Danach kam er jeden Tag zum Essen ins *Urban Ministry Center*, sprach aber kaum mit anderen Leuten. Er fand sich mit seiner Obdachlosigkeit ab und lebte unter einer Brücke, ein Ort, den er „das Loch, in dem ich lebe" nannte.

Coleman meinte, es könne nicht noch schlimmer kommen, bis er eines Tages zufällig in einer Zeitung, die er von der Straße aufgelesen hatte, eine Todesanzeige fand. Sie galt Elkin Eugene

Smith, seinem Sohn, der im Alter von siebzehn Jahren erschossen worden war.

Danach wurde das Loch noch schwärzer und noch tiefer.

Ohne Kalender, ohne Familie und ohne Lebenssinn verging ein Jahr nach dem anderen. Doch alles änderte sich an dem Tag, als ein Fremder ihn um eine Zigarette bat. Als Coleman sich umdrehte und versuchte, es sich in seinem Schlafsack gemütlich zu machen, hörte er den Mann noch sagen: „Ich muss den Zug bekommen."

Wenige Minuten später ratterte der Zug vorbei – ein Geräusch, das Coleman seit Jahren jeden Tag mehrmals hörte. Doch dieses Mal war es anders. Neben dem ohrenbetäubenden Lärm des Zuges konnte er Schreie hören. Coleman rannte die Schienen entlang, um nachzusehen, was los war. Doch bald schon wünschte er sich, er hätte das nicht getan. Der Mann, der ihn nach einer Zigarette gefragt und gesagt hatte, er müsse noch den Zug bekommen, war auf die Schienen gestürzt und überrollt worden. Der Anblick der blutüberströmten, in der Mitte zerteilten Leiche erschütterte Coleman zutiefst. Es war ein Wendepunkt.

In der darauffolgenden Nacht lag Coleman wach und betete zu einem Gott, an den er eigentlich gar nicht glaubte: „Herr, ich will nicht genauso hier draußen sterben."

Doch er hatte keine Ahnung, wie er sich aus seinem Loch befreien sollte. Er wusste nur eines, dass er Hilfe brauchte. Und er bat nicht gern um Hilfe. In der Suppenküche hatte er das Gerücht gehört, das UMC bringe Obdachlose in Wohnungen unter. Schon seit Jahren ging Coleman zum UMC, aber diese Information war ihm neu. Das war bestimmt alles nur Quatsch. Vielleicht ein paar reiche Leute, die auf dem Rücken der Armen Geld verdienen wollten. Aber er wollte die Chance trotzdem nutzen. Hier draußen wollte er jedenfalls nicht sterben.

„Entschuldigen Sie, Ma'am, haben Sie eine Minute Zeit?", fragte er Joann. „Sind Sie die Dame, die die Leute von der Straße holt?"

Ich habe immer noch das Foto, das Coleman an dem Tag zeigt,

an dem er in seine Wohnung einzog: Kurze Dreadlocks schauen unter seiner Baseballmütze hervor. Nach zwanzig Jahren auf der Straße sind seine Augen blutunterlaufen, aber er lächelt übers ganze Gesicht und zeigt dabei seine fehlenden Zähne. Gerade hat Joann ihm seinen Wohnungsschlüssel übergeben. Dieser ist nichts Besonderes, ein silberfarbener Standardschlüssel, der an einem einfachen Edelstahlring befestigt ist.

Coleman hat seinen Schlüssel fasziniert betrachtet. „Ich kann mich gar nicht mehr erinnern, wann ich das letzte Mal einen Schlüssel für irgendwas hatte", hat er gesagt.

Dann hält er den Schlüssel mit zwei Fingern seiner rechten Hand hoch und lächelt, während ich das Foto schieße.

Seine Worte hat die Kamera nicht festgehalten, aber ich werde sie nie vergessen.

„Das ist ein Kodak-Moment!", ruft Coleman.

Colemans Geschichte war eine der ersten, die mir halfen, wirklich zu verstehen, warum manche Menschen obdachlos werden. Bevor ich ihn kennenlernte, glaubte ich mehr oder weniger an den Mythos, dass manche Menschen sich für die Obdachlosigkeit entscheiden, dass sie lieber draußen leben wollen oder dass sie irgendetwas getan haben, womit sie diese Situation verdient haben. Coleman aber hatte sich aus der Situation, in der er aufgewachsen war, herausgearbeitet, er hatte einen guten Job, bis ein ärztlicher Behandlungsfehler sein Leben für immer veränderte.

Sicher gab es auch in seiner Geschichte Momente, in denen er sich anders hätte entscheiden können, doch alles hatte mit einem unliebsamen Zusammenstoß mit dem Unerwarteten begonnen. So viel hatte ich jetzt begriffen.

# 15. Allein zu Hause

*Vielleicht ist ein Zuhause kein Ort,*
*sondern einfach eine unwiderrufliche Situation.*

**JAMES BALDWIN**[15]

Die „Nächsten" im UMC waren keine Fremden mehr für mich, nun, da ich jeden Tag dort war und ihre Lebensgeschichten erfuhr. Chilly Willy begrüßte mich regelmäßig auf dem Parkplatz. So wie Jay flüchtete auch er in den Alkohol, um die inneren Stimmen und Erinnerungen darin zu ertränken. Wenn er einen guten Tag hatte, verkündete er stolz, er werde jetzt für immer nüchtern bleiben, doch wenn er getrunken hatte, mussten alle unter seinem gestörten Verhalten leiden.

Eines Tages hatte Chilly wieder einmal zu tief ins Glas geschaut und sein Rausch verzog sich so langsam. Ich saß mit ihm draußen auf einer Bank und wusste nicht so recht, wie ich das Gespräch beginnen sollte, aber mir war klar, dass er einen Zuhörer brauchte. Die wenigen Einzelheiten, die ich über sein Leben wusste, hatte ich teilweise von seinem Bruder Johnny erfahren und teilweise von Liz. Chilly hatte einmal eine Freundin gehabt, die umgebracht worden war, aber auch hier wusste ich nichts Genaueres. An jenem Tag aber war Chilly Willy in einer aufrichtigen Stimmung und bereit, meine Informationslücken zu füllen.

„Wissen Sie, mein Vater war Prediger."

Ich war überrascht. „Wirklich?"

---

15 James Baldwin: *Giovanni's Room*. New York: Vintage International, 2013, S. 92.

„Ja." Chilly schüttelte den Kopf und schaute weg. „Aber mit mir konnte er nichts anfangen."

Wir schwiegen beide eine Weile.

„Ich hatte auch eine Frau. Sie hieß Crystal. Sie war im zweiten Monat schwanger, als sie von einem Auto überfahren wurde und starb. An manchen Tagen ist alles, was ich mir wünsche, eine gute christliche Frau und eine Gitarre." Er sprach das Wort „Gitarre" lang gezogen aus, in seinem typischen Südstaaten-Akzent. Dann lachte er. „Aber sehen Sie mich doch an. Welche gute christliche Frau würde mich heiraten?"

Wieder waren wir beide still. Es war schwer vorstellbar, dass dieser sanfte Bär von einem Mann, der sich nach Liebe sehnte, derselbe war wie der einst Siebzehnjährige, der ins Gefängnis musste.

„Mama!"

Meine Zwillinge Maddie und Emma, die inzwischen im Teenageralter waren, kamen vom Parkplatz aus auf uns zu. Sie hatten einen Ferienjob im UMC: Post sortieren, Akten abheften und Essen austeilen. Heute waren sie mit einem Wandgemälde fertig geworden, das sie in meinem Zimmer gemalt hatten. Die ganze Wand gegenüber von meinem Schreibtisch war nun ein riesiges, farbiges Kaleidoskop mit den Worten *Amazing! Keb'Mo'* in der Mitte.

Sie hatten sich entschlossen, diese Erinnerung an meine Bürowand zu malen, damit ich jenen denkwürdigen „True-Blessings"-Abend und den Tag, an dem die ersten Bewohner in unsere neuen Wohnungen einzogen, nie vergessen würde.

„Hallo, ihr hübschen Mädchen!", rief Chilly Willy. „Bekomme ich eine Umarmung?" Maddie und Emma lächelten und legten jeweils einen Arm um Chilly Willy. Nun hatte er an jeder Seite einen Zwilling.

„Ist das eure Mama?", wollte er wissen.

„Ja!", sagte Maddie.

„Dann müsst ihr immer machen, was sie sagt", erwiderte Chilly Willy ernst. „Ich habe in eurem Alter nicht auf meine Mama gehört, und jetzt seht ihr, was aus mir geworden ist."

Leider gehörte Chilly Willy nicht zu den Kandidaten, die wir für unser Wohnungsprojekt auswählten. Wir befürchteten, dass er immer noch zu unberechenbar war, um in einer Wohnanlage zu leben, die nicht rund um die Uhr von einem Sicherheitsdienst betreut wurde so wie das Prince George in New York, das ich besucht hatte. Allmählich füllten sich die leeren Plätze in unserem Pilotprojekt. Coleman, Teddy, Johnny, Edna, Chuck, Debra, TJ, James und Christine ließen das Leben auf der Straße hinter sich und zogen in ihr Zuhause ein.

Unser Projekt wurde ohne großes Aufsehen in Marks Wohnungen und in zwei anderen Gebäuden in einem anderen Stadtteil verwirklicht. Wir kündigten unsere Präsenz in der Umgebung nicht an, und zwar aus einem bestimmten Grund: Alle dreizehn Bewohner waren jetzt keine Obdachlosen mehr; sie hatten ein Zuhause gefunden. Nun waren sie Menschen wie alle anderen auch, ohne mit dem Stigma wohnungslos behaftet zu sein. In aller Stille bemühten sie sich darum, ihr Leben wieder neu aufzubauen.

Sie lebten wie alle, sie aßen, sie schliefen und versuchten sich daran zu erinnern, was es bedeutet, sich wieder wie ein Mensch zu fühlen.

Coleman nahm am Programm für Suchtkranke des UMC teil und wurde der erste Absolvent, der zugleich unserem Wohnungsprojekt angehörte.

Als Raymond von einem lokalen Radiosender um ein Interview gebeten wurde, stellte man ihm die Frage: „Was gefällt Ihnen an Ihrem neuen Zuhause am besten?"

„Der Briefkasten!", lautete Raymonds Antwort. „Ich finde es toll, dass ich in meinem eigenen Briefkasten Post bekomme! Selbst wenn es nur Werbung ist. Ich fühle mich dadurch endlich wieder wie ein Mensch."

Wahrscheinlich hatte ich insgeheim gedacht, dass alles so einfach war. Einziehen. Ein neues Leben beginnen. Post bekommen. Glücklich sein bis ans Lebensende. Doch Raymond machte mir klar, dass es eben nicht so einfach war.

Er war im Vorgarten und kümmerte sich um seine neu ge-pflanzten Tomaten, als ich unseren Wohnungen einen Besuch ab-stattete. Er saß auf den Steinstufen und sah eindeutig einsam aus.

„Alles in Ordnung?", fragte ich.

Raymond zuckte mit den Schultern und sein Schweigen sprach Bände. Sonst hatte er immer etwas zu erzählen gehabt. Joann kümmerte sich um einen anderen Bewohner, also versuchte ich nach Kräften, Raymond zu helfen.

„Möchten Sie mit mir reden?"

Raymond zögerte, schien dann aber zu dem Schluss zu kom-men, dass ich ein akzeptabler Ersatz für Joann war. „Ich vermisse das UMC, das ist alles."

Ich war gelinde gesagt überrascht. Wie konnte es sein, dass Raymond all diese Leute, das Schlangestehen und die Probleme eines Lebens auf der Straße vermisste?

„Dort hatte ich Freunde", meinte er schlicht.

„Raymond, Sie können das UMC doch jederzeit besuchen", versicherte ich ihm.

Das UMC war nur knapp zweieinhalb Kilometer von Ray-monds Wohnung entfernt. Zu Fuß oder auch mit dem Bus konn-te man es gut erreichen. Wir waren davon ausgegangen, dass unsere Bewohner das Zentrum für Kunst- oder Gartenprojekte besuchen würden – auch das war ein Grund, warum die Nähe der Wohnungen so ideal war.

Doch Raymond schüttelte den Kopf. „Ich kann dort nicht mehr hingehen. Ich fühle mich zu schuldig."

„Aber warum denn?", fragte ich verblüfft.

„Meine Freunde leben immer noch auf der Straße. Ich hab jetzt ein Zuhause, aber sie nicht", erklärte er. „Und ich kann ihnen auch nicht helfen."

Nun verstand ich. Raymond hatte zwar ein Zuhause gefunden, aber seine Familie verloren.

So schwer das Leben auf der Straße ist, es verbindet die Leute auch. Menschen, die nichts besitzen, teilen doch etwas miteinander. Auch wenn sie ihre wahre Identität nicht preisgeben, kennen sie sich untereinander mit ihrem Straßennamen: Chilly Willy, Tanzender Bär, Peanut. Auf der Straße ist es nicht anders als in der Schule oder bei der Arbeit: Es bilden sich Gruppen und es entstehen Freundschaften. Die Menschen teilen kleine Dinge wie Zigaretten miteinander oder auch große Dinge wie einen Schlafplatz.

Von dieser „Straßenfamilie" hatten wir nur dreizehn Männer und Frauen in Wohnungen unterbringen können. Sie alle hatten aber Dutzende von Freunden und manchmal auch Verwandte auf der Straße. Raymond und die anderen zwölf Teilnehmer des Wohnungsprojektes hatten alle den gleichen Mietvertrag unterschrieben. Dieser besagte, dass sie keine Mitbewohner bei sich aufnehmen durften. Diese Vorschrift sollte eine gewisse Ordnung in den Wohnungen sicherstellen. Wenn ein Mieter es anderen, die nicht zum Projekt gehörten, erlaubte, bei sich einzuziehen, riskierte er eine Kündigung.

Wir hatten dreizehn Personen ausgewählt, die diese „Wohnungslotterie" praktisch gewonnen hatten. Sie alle kannten sich zwar von der Straße, aber sie waren nicht unbedingt miteinander befreundet. Außerdem hatte jeder von ihnen noch damit zu kämpfen, dass er sich an dieses neue Leben gewöhnen musste. Als ich Kandidaten für unser Projekt auswählte, dachte ich nicht darüber nach, dass wir damit eine Gemeinschaft auseinanderrissen oder dass sich eine neue Gemeinschaft erst bilden musste. Raymond hatte jetzt zwar ein Zuhause, doch abgesehen von den anderen Teilnehmern unseres Programms würde niemand, mit dem er sich neu befreundete, jemals verstehen, woher er kam. Wie konnte Raymond denn erklären, dass er vorher in einer Scheune gelebt hatte? Wie konnte er sich mit Leuten anfreunden, die nicht die geringste Vorstellung von dem hatten, was er in den letzten Jahren durchgemacht hatte?

Raymond hatte seit seinem Einzug kontinuierlich Fortschritte gemacht. Doch jetzt, seit er nicht mehr jeden Morgen mit dem Gedanken aufwachte, wie er den nächsten Tag überleben sollte, hatte er Zeit, über sein Leben nachzudenken.

Und dieses Leben war zum jetzigen Zeitpunkt von einer gewissen Einsamkeit geprägt.

So wie ich nicht auf die schnellen Fortschritte unserer Bewohner in bestimmten Bereichen gefasst gewesen war, so hatte ich auch nicht damit gerechnet, dass sie so sehr damit zu kämpfen hatten, das Stigma der Obdachlosigkeit hinter sich zu lassen. Obwohl Raymond nun drinnen in Sicherheit war, schämte er sich über die Maßen darüber, wie er dorthin gekommen war. Seine Euphorie über den Einzug war einem Gefühl der Isolation und Depression gewichen.

Allmählich wurde mir bewusst, dass es zwar ein ungeheurer Fortschritt war, dreizehn Menschen von der Straße zu holen, es aber ein großer Unterschied ist, ob man nur ein Dach über dem Kopf hat oder in dem Haus wirklich lebt.

„Hallo, Mama", begrüßte ich meine Mutter bei unserem wöchentlichen Telefonat. „Was gibt's Neues?"

„Ich habe mich jetzt beim Museum zu der China-Reise angemeldet", berichtete meine Mutter.

„Wirklich?", entfuhr es mir. Der Gedanke machte mich einerseits stolz und jagte mir andererseits auch Angst ein.

Ich war beeindruckt, dass meine Mutter sich jetzt diesen lebenslangen Traum erfüllte. Seit dem Tod meines Vaters war sie immer selbstständiger geworden. Wir hatten alle befürchtet, dass sie wieder in die Klinik müsste, wenn er nicht mehr da war, doch das war nicht passiert. Unserer Mutter ging es zwar gut, doch gelegentlich hatte sie noch zu kämpfen und so konnte ich die Sorge, dass sie jederzeit ins Krankenhaus eingeliefert werden könnte, nicht so ganz ablegen. Was sollten wir tun, wenn der lange Flug nach China ein chemisches Ungleichgewicht bei ihr auslöste, während sie in Shanghai war?

„Es fahren nette Leute aus El Paso mit und wir werden sogar die Terrakotta-Armee besichtigen!"

„Wow, Mama, das ist ja ein Abenteuer! Es wird bestimmt super", sagte ich, während ich mich insgeheim fragte, wie lange es im Notfall dauern würde, bis ich oder meine Schwestern mit dem Flieger in Peking ankommen würden. „Und was hast du heute vor?", fragte ich.

„Nun ja, ich muss einkaufen gehen und mir wieder ein paar Vorräte für meine Tüten besorgen", antwortete sie.

Als meine Mutter das Buch *Genauso anders wie ich* gelesen hatte, hatte sie ihre eigene Kampagne zur Hilfe für die Obdachlosen gestartet. Seither hatte sie in ihrem Auto immer Plastiktüten dabei, die jeweils eine Flasche Wasser und kleine Konservendosen enthielten. Wenn sie an der Ampel jemanden sah, der andere um Hilfe bat, dann überreichte sie ihm eine solche Tüte.

„Und danach gehe ich wahrscheinlich in mein Büro", fuhr sie fort.

Ich lächelte. Ihr Büro war das Kartengeschäft von Andrea. Meine Mutter ging dorthin, um Karten zu kaufen, und setzte sich dann hinten im Laden an einen der Tische, die eigentlich für Kunden gedacht waren, die Hochzeitseinladungen aussuchen wollten. Manchmal brachte meine Mutter sogar ihr Mittagessen mit – einen Smoothie oder einen Milchshake. In ihrer neuen Wohnung hatte sie zwar auch einen Schreibtisch, aber dort fühlte sie sich immer noch nicht zu Hause. Seit meine Mutter im Seniorenheim lebte, verbrachte sie die meiste Zeit des Tages lieber außerhalb dieser vier Wände. Sie lief zwar nicht davon, aber sie sah zu, dass sie jede freie Minute woanders sein konnte.

Meine Mutter ging immer noch zum selben Kosmetikstudio wie früher; mit dem Auto war es eine Viertelstunde zu fahren, obwohl es ein solches Angebot auch im Seniorenheim gab. Ihr Tagesablauf bestand darin, dass sie sich selbst ihr Frühstück machte und dann im Lauf des Vormittags das Haus verließ, um zum Kosmetikstudio zu fahren, zur Bank, zum Nagelstudio, zum Supermarkt, zur Post, zum Kartengeschäft oder in die Gemeinde – egal wohin, Hauptsache, sie musste nicht im Heim bleiben.

Unsere wöchentlichen Telefonate begannen meistens damit, dass sie von ihrem Buchklub erzählte oder von ihrer Bridge-Gruppe und dann eine Bemerkung über ihre neue Wohnung fallen ließ.

Immer wieder wies sie diskret darauf hin, dass sie die Jüngste und Aktivste im ganzen Haus war. „Gestern habe ich meine zweiundneunzigjährige Freundin besucht, die am anderen Ende des Flurs wohnt."

Sie erzählte kaum etwas über die anderen Bewohner, nur welches Alter sie hatten. Ich warf ihr vor, durch den Altersvergleich wolle sie vor allem sich selbst jünger erscheinen lassen.

„Wie läuft es mit deinem Projekt?", fragte sie schließlich.

„Eigentlich ganz gut", sagte ich. „Ein paar unserer Bewohner haben sich allerdings noch nicht so recht eingelebt. Obwohl es hier für sie besser ist, als obdachlos zu sein, fällt es ihnen schwer, sich an das Leben in ihrer neuen Wohnung zu gewöhnen. Es fühlt sich alles noch fremd an für sie."

„Das kann ich gut verstehen", erwiderte meine Mutter.

Als ich später auflegte, merkte ich, dass ich noch viel zu lernen hatte. Wie es schien, hatten meine Mutter und Raymond mir eine wichtige Lektion über das Wohnen beigebracht. Es braucht mehr als nur vier Wände und ein Bett, damit ein Ort für einen Menschen zum Zuhause wird.

# 16. Weihnachts-Wunder

*Weihnachten wird es nicht nur durch hübsch eingepackte Geschenke, sondern durch unsere schönen, missglückten Versuche, einander zu lieben.*

**BECCA STEVENS**[16]

Es gab also einige schwierige Lektionen für mich zu lernen. Außerdem erkannte ich allmählich, dass dieses Projekt viel größer war, als ich es geplant hatte. Nachdem unser Experiment mit dem Titel *Wohnraum für Wohnungslose* nun schon sieben Monate lief, wuchs bei uns allen die Überzeugung, dass wir eine eigene Wohnanlage errichten sollten. Dale und ich wussten jedoch auch, dass die Suche nach einem geeigneten Grundstück, der Bau von Wohnungen und die Organisation eines Programms für hundert Mieter Fachwissen erforderlich machte, das weder er noch ich besaßen.

„Dafür braucht es mehr als eine Grafikdesignerin und einen Pastor", sagte ich zu ihm.

Bisher gehörte zu unserem „Team" nur noch Bill Holt, der Banker mit dem Drei-Millionen-Dollar Traum. Dale und ich überlegten, ob wir Leute kannten, die die gesuchten Fähigkeiten mitbrachten. Es fielen uns einige ein: Matt Wall (Immobilienmakler), Jerry Licari (Geschäftsführung), Downie Saussy (Bau), Hugh McColl III (Finanzen) und David Furman (Architektur). In den nächsten paar Jahren waren sie für mich die „Fünf Jungs".

Unsere erste gemeinsame Unternehmung bestand darin, alle möglichen Grundstücke unter die Lupe zu nehmen. Das war

---

16 Becca Stevens: *Love Heals*. Thistle Farms, 11. Dezember 2013.

genau die richtige Expedition für unser Dream Team. Wir unternahmen eine Einkaufstour für ein Grundstück im Wert von mehreren Hunderttausend Dollar, obwohl wir nicht wussten, wie wir das bezahlen sollten, und wir sahen uns in Vierteln um, wo man uns ganz bestimmt nicht haben wollte. Zu sechst saßen wir in einem SUV, fuhren langsam an den Grundstücken vorbei und gaben unsere Kommentare ab.

Die Meinung von David, dem Architekten, hatte dabei das meiste Gewicht. Ich war der Ansicht, dass wir das kaufen sollten, was ihm gefiel, bis ich merkte, dass ihm ein über achttausend Quadratmeter großer Schrottplatz voller verrosteter Autos gefiel, mit einem riesigen Mobilfunkmast, der mehr als fünfzig Meter über die Schrotthaufen ragte.

„Das ist doch wohl nicht dein Ernst, oder?", fragte ich ihn. „Mit dem Sendemast?"

„Mir gefällt's!", erwiderte er. „Das hat was von Hinterhofkunst!"

„Zumindest ist es das günstigste Grundstück", meinte Dale. „Und es liegt ganz in der Nähe zu unseren schon vorhandenen Wohnungen, was bedeutet, dass wir die Umgebung gut kennen."

Matt erhielt den Auftrag, sich weiter zu erkundigen und ein Kaufgebot vorzubereiten.

Als ich in mein Büro zurückkehrte, sah ich das Zitat, das ich aus dem letzten Weihnachtskalender abgeschrieben und an meinen Computerbildschirm geklebt hatte:

*Starte mit einem großen, verrückten Projekt.*
*So wie Noah.*

Genau danach sah es aus. Unser Team stellte ein vorläufiges Budget auf, das den Grundstückskauf, den Bau und die anfänglichen Kosten umfasste: zehn Millionen Dollar. Zehn Millionen.

Ich wusste nicht, was ich für utopischer hielt – den Schrottplatz oder das Budget.

Im Herbst 2008 drückte die Wirtschaftskrise im ganzen Land allmählich auf die Stimmung. Wir konnten nur davon träumen, eines Tages zehn Millionen Dollar aufzubringen, und trotzdem brauchten wir jetzt schon 500.000 Dollar, um das Grundstück zu kaufen.

Dale und ich saßen in seinem Büro und grübelten.

„Was ist mit der Stadt?", fragte ich. „Müsste in ihrem Haushalt nicht irgendeine Summe für so etwas vorgesehen sein?"

Dale schüttelte den Kopf. „Wir haben keinen richtig guten Draht zur Stadt. Wenn wir sie um Fördergelder bitten, müssen wir erst das Grundstück haben."

„Und um das Grundstück zu kaufen, brauchen wir das Geld!", führte ich seinen Gedanken zu Ende. „Um Spendengelder einzuwerben, brauchen wir ein Baugrundstück, und um ein Baugrundstück zu kaufen, brauchen wir Geld, aber das Geld kriegen wir erst, wenn ..."

„... ein Wunder geschieht", sagte Dale. Eine Weile saßen wir ratlos da, bis Dale eine Idee kam. „Ich könnte ja mal Dave Campbell anrufen."

Dave war im Vorstand einer Familienstiftung und hatte auch an „True Blessings" teilgenommen, als Denver die Zuhörer aufgerufen hatte, für die Wohnungslosen „Betten zu bauen". Dale verabredete sich mit Dave und als wir ankamen, war ich so aufgeregt, dass ich kaum ein Wort herausbrachte. Noch nie hatte ich jemanden um Geld gebeten, schon gar nicht um eine sechsstellige Summe. Wir hatten eine Zeichnung von David Furman dabei, der auf dem Schrottplatz-Grundstück einen dreistöckigen Appartement-Traum für uns entworfen hatte.

Dale erzählte bewegende Geschichten von unserem Wohnungsprojekt: von Samuel, der die Volkshochschule besuchte, und von Jay und Coleman, die ihre Alkoholabhängigkeit überwunden hatten und saubere Kleidung trugen. Wir präsentierten viele Fakten, die unsere Meinung untermauerten, dass es billiger war, Langzeit-Obdachlose in Wohnungen unterzubringen, als sie auf der Straße sterben zu lassen oder sie immer wieder in die Notaufnahme oder ins Gefängnis zu bringen.

Unser potenzieller Spender schien beeindruckt und nickte zustimmend, bis Dale seine Bitte vorbrachte: 500.000 Dollar.

„Mir gefällt die Arbeit, die Sie da machen, Dale", sagte Dave schließlich. „Aber wir können Sie nicht unterstützen. Das Jahr ist fast zu Ende und wir haben unsere Gelder schon anderweitig verplant."

Diese Antwort war für uns niederschmetternd. Insgeheim hatten wir beide gehofft, dass Dave irgendwie die Antwort auf unsere Gebete sein würde. Das Grundstück würde im nächsten Jahr vielleicht nicht mehr zur Verfügung stehen. Wir hatten zwar jetzt die Chance, es zu kaufen, aber irgendwann würde die Frist verstreichen. Was wir brauchten, war ein Wunder.

Neun Tage später erhielt ich eine unerwartete Nachricht. Sofort rief ich Dale im Büro an: „Ich habe gerade eine E-Mail von Dave Campbell bekommen. Er möchte noch mehr Informationen!"

Vielleicht hatten wir doch noch eine Chance. Dale und ich überprüften noch einmal gründlich alle unsere Zahlen, bevor wir seine Fragen beantworteten.

Ungeduldig warteten wir auf Daves Reaktion. Ein paar Tage später kamen noch mehr Fragen. Wir schickten noch mehr Daten und Antworten per E-Mail. Weitere Wochen vergingen. Nichts geschah.

Dann kam Dale eines Morgens in mein Büro und sagte: „Ich habe gerade mit Dave telefoniert." Er hielt inne, um die Spannung noch zu steigern. „Sie schicken uns einen Scheck über 500.000 Dollar."

Dave hatte zwar gesagt, er würde den Scheck mit der Post schicken, doch Dale fragte, ob wir ihn nicht bei ihm abholen könnten, um den Menschen, die uns dieses Wunder ermöglicht hatten, persönlich zu danken.

Am 11. November 2008 – fast genau ein Jahr nach unserem

ersten „True-Blessings"-Abend mit Ron und Denver – betraten wir einen Konferenzraum, um den ersten Scheck für unseren Wohnungstraum abzuholen, den wir vor einem Jahr noch gar nicht gehabt hatten. Ohne viel Aufhebens überreichte Dave Campbell uns freundlich einen schlichten weißen Umschlag.

Wir hatten das Gefühl, dass jetzt eigentlich eine Band spielen, ein Chor singen und Konfetti vom Himmel fallen müsste. Doch für Dave war es nur ein ganz normaler Bürotag. Für uns war es ein einzigartiger Moment in unserem Leben. Und ein vorgezogenes Weihnachtswunder.

Jedes Jahr schrieben meine Töchter Briefe an den Weihnachtsmann. Und selbst als sie schon alt genug waren, um zu wissen, wer der Weihnachtsmann wirklich war, ließ ich sie immer noch ihre Weihnachtswünsche als Brief an den Nordpol adressieren.

„Wer nicht daran glaubt, der erhält auch nichts!", pflegte ich ihnen zu sagen.

Doch der Hauptgrund, warum ich sie jedes Jahr diese Briefe schreiben ließ, war, dass diese einfach so lustig waren. Mehr als einmal schrieb Kailey:

> Lieber Weihnachtsmann, zu Weihnachten wünsche ich mir:
> einen kleinen Bruder
> einen rosa Barbie-Jeep

Kailey war stets enttäuscht, wenn keines von beiden an Weihnachten unter dem Christbaum lag. Es kam mir verdächtig vor, dass Maddies und Emmas Wunschlisten so ähnlich waren. Schon länger hatte ich die Vermutung, dass Maddie für Emma die Liste schrieb und auf diese Weise ihre Chancen verbesserte, das zu bekommen, was sie sich wünschte.

Lauren, unsere Älteste, hatte die meiste Erfahrung darin, den Weihnachtsmann um etwas zu bitten, und sie nutzte dafür die witzigsten Strategien. Hier einer meiner Lieblingsbriefe von ihr:

Lieber Weihnachtsmann, dieses Jahr wünscht Lauren sich zu Weihnachten:

1. auf die Größe von Däumelinchen zu schrumpfen
2. Maulkörbe für die Zwillinge
3. industrielle Lösungsmittel
4. Kekse
5. einen iPod (diesen Wunsch bitte unbedingt erfüllen)

Lauren war klug genug zu wissen, dass ich ihr mindestens einen Wunsch auf ihrer Liste erfüllte, und so setzte sie darauf, dass es eher der iPod sein würde als die industriellen Lösungsmittel.

In meinem ersten Jahr als Leiterin des Projektes *Wohnraum für Wohnungslose* bat ich unsere neuen Bewohner, eine Wunschliste für Weihnachten 2008 zu schreiben. Für die meisten von ihnen war es das erste Weihnachten seit Jahren, an dem sie ein Dach über dem Kopf hatten. Manche, wie zum Beispiel Coleman, hatten viele Weihnachten auf der Straße verbracht.

Statt die Bewohner zum traditionellen Truthahnessen ins UMC einzuladen, planten Joann und ich ein eigenes Festessen nur für unsere Mieter. Seit wir durch Raymond erkannt hatten, wie einsam sie sich manchmal fühlten, hatten wir uns bemüht, die Gemeinschaft unter ihnen zu fördern. Joann und ich organisierten Geburtstagsfeiern, Picknicke und sogar Ausflüge zum Fischen in einen Park unserer Stadt.

Weihnachten war für unsere neue Familie das erste große Fest und wir wollten etwas Besonderes daraus machen. Jemand hatte uns dreizehn kleine Tannenbäume gespendet und ein Buchklub lud unsere Bewohner zum Basteln von Weihnachtsdekoration ein. Zudem wurde jede der Wohnungen mit Kleinigkeiten aus einem Discounterladen festlich geschmückt. Wir versprachen unseren Bewohnern, dass der Weihnachtsmann ihnen an Heiligabend Geschenke von ihrer Wunschliste bringen würde.

Nun standen Emma, Maddie und ich in der Herrenabteilung eines Kaufhauses und gingen die dreizehn Wunschlisten durch. Sie enthielten sehr schlichte Dinge: Socken, Unterwäsche, eine warme Jacke.

„Mama, wir können den Männern doch nicht nur Unterwäsche schenken!", meinte Emma, als sie die Wünsche las. Joann hatte den Bewohnern gesagt, sie dürften sich alle „etwas Besonderes" wünschen. Diese Dinge zu besorgen, machte uns durchaus mehr Spaß. Ein Sweatshirt der Footballmannschaft Carolina Panthers. Eine James-Bond-DVD. Ein Paar Ohrringe.

„Mama, braucht Samuel Größe XL oder XXL?", fragte Maddie, während sie ein Panthers-Shirt hochhielt. Das war ein sehr beliebter Wunsch und so hatten wir schon mehrere Shirts im Einkaufswagen liegen.

Während wir noch überlegten, rief meine Mutter an.

„Hallo Mama, wir kaufen gerade Weihnachtsgeschenke für die Leute aus unserem Wohnprojekt ein", sagte ich zu ihr. „Können wir vielleicht später telefonieren?"

„O, das ist ja toll!", rief meine Mutter. „Ich helfe euch. Wie wäre es, wenn das unser diesjähriges Projekt für dich und deine Schwestern ist?"

Im Lauf der Jahre hatten meine Schwestern und ich festgestellt, dass wir nicht mehr viele Dinge brauchten. So hatten wir uns entschlossen, uns zu Weihnachten nichts mehr gegenseitig zu schenken, sondern stattdessen gemeinsam mit unserer Mutter für ein soziales Projekt zusammenzulegen.

„Kauf doch bitte jedem Bewohner irgendetwas Besonderes von den Green-Mädels", schlug meine Mutter vor. Ich lächelte. Obwohl ich schon seit über zwanzig Jahren verheiratet war, war ich immer noch ein Green-Mädel.

Mit der Extra-Unterstützung meiner Familie kauften wir also

jedem Bewohner alles, was auf seiner Liste stand, und schenkten ihm zusätzlich noch einen Gutschein aus dem Supermarkt, mit dem er sich die Zutaten für ein besonderes selbst gekochtes Gericht besorgen konnte. Wir legten alle Einkäufe auf unserem Esstisch auf einen Haufen und die Zwillinge fertigten dreizehn hübsch verpackte Geschenke an, wobei sie darauf achteten, dass alle ungefähr gleich groß waren.

„Mama, ich glaube, wir müssen noch etwas für TJ und Chuck besorgen", meinte Maddie. „Ihre Geschenke sehen nicht gleich groß aus."

„Und Edna hat wirklich mehr bekommen als Ruth, für sie müssen wir also auch noch etwas kaufen", fügte Emma hinzu.

Kailey backte Kekse für alle Bewohner und so fuhren wir an Heiligabend mit unseren vier Töchtern und mit zwei Autos voller Geschenke zu den Wohnungen.

Als wir vorfuhren, wartete Raymond schon auf uns.

„Willkommen! Willkommen!", rief er unseren Mädchen zu, als wir ausstiegen. Gemeinsam gingen wir zu seiner Wohnung und sahen, dass er die ganze Haustür mit Silberfolie verziert und Weihnachtskarten daraufgeklebt hatte. „Frohe Weihnachten!", rief er.

„Frohe Weihnachten, Raymond!", sagten die Mädchen und umarmten ihn, als sie die Wohnung betraten.

„Habt ihr schon meinen Baum gesehen?", fragte er.

Wir bewunderten seinen kleinen Tannenbaum, der sich unter dem Gewicht des selbst gebastelten Schmucks beugte. Der Baum war so klein, dass er Raymond kaum bis zur Hüfte reichte, doch in seinen Augen war er schöner als der im Rockefeller Center von Manhattan.

„Schaut euch das an!", sagte Raymond und deutete auf die festliche Dekoration in seinem Wohnzimmer. „Ich kann es gar nicht glauben, echt nicht." Die Tränen schossen ihm in die Augen, während er mit meinen Töchtern sprach. „Letztes Jahr habe ich noch in einer Scheune gelebt. Ich bin so gesegnet", sagte er und wischte sich über die Augen. „Ich bin so gesegnet."

Am Abend packten wir als Familie jeder schon mal ein Geschenk aus. Es war eine Tradition, mit der wir begonnen hatten, als Lauren und Kailey noch klein waren und es nicht erwarten konnten, die Geschenke erst am Morgen des ersten Weihnachtstages auszupacken. Wie es in unserer Familie üblich war, suchte jeder sich ein Geschenk aus und packte es aus, während die anderen zusahen.

„Jetzt mach bitte unseres auf!", sagte Kailey und drückte mir eine kleine Schachtel in die Hand.

Die Mädchen drängten sich in Vorfreude aneinander und sahen zu, wie das Geschenkband zu Boden fiel und ich mich mit dem Klebeband abmühte. Maddie hüpfte aufgeregt von einem Bein aufs andere. Sie konnte kein Geheimnis für sich behalten und jetzt wurde es zu viel für sie.

„Es ist für euer Gebäude, Mama!", verriet sie.

„Maddie! Psst!", ermahnten sie Lauren und Kailey.

„Lass sie doch erst mal auspacken, bevor du ihr das verrätst!", rief Emma.

Im Päckchen waren zweihundert Dollar – das Weihnachtsgeld, das die vier von meiner Mutter bekommen hatten. Meine Mutter schickte ihnen immer Geld, sodass sie als die „Izard-Mädels" ebenso ein soziales Projekt unterstützen konnten wie die „Green-Mädels".

„Wir wissen, dass ihr Geld sammelt. Damit könnt ihr zwar kein Zimmer oder so was kaufen, aber vielleicht ja einen Türgriff", verkündete Lauren stolz.

Ich packte sie alle und umarmte sie fest. Ich hatte einfach die beste Familie aller Zeiten. Und vier Tage später bekam ich mein zweitschönstes Weihnachtsgeschenk. Am 29. Dezember 2008 wurde das UMC zum stolzen Besitzer des Schrottplatzes unter dem Mobilfunkturm. Matt Wall hatte mit den Verkäufern verhandelt und noch vor Jahresende schlossen wir den Vertrag ab.

Nun war es offiziell. Es war Wirklichkeit geworden. Wir würden ein Zuhause für wohnungslose Menschen errichten.

Zwei Wochen später hätte ich das Schrottplatz-Weihnachtsgeschenk am liebsten wieder umgetauscht.

Im Vertrag hatten wir einen niedrigeren Kaufpreis ausgehandelt, der uns einen finanziellen Spielraum für die Beseitigung des ganzen Schrotts ließ. Unter den Bergen rostiger Autoteile verbarg sich jedoch ein noch schwierigeres Problem: ganze Fässer Öl, deren Inhalt jahrelang in den Boden gesickert war.

Die umfangreichen Entsorgungsmaßnahmen waren jedoch nur ein Teil dessen, was uns in jenem Winter Kopfschmerzen bereitete. Wir hätten es nie für möglich gehalten, dass in der Nachbarschaft die Verwandlung eines Schrottplatzes in eine neue Wohnanlage so unbeliebt sein würde.

Daniel Grier vertrat die Vereinigung der Anwohner in jenem Stadtviertel, die sich zu einer Bürgerinitiative zusammengeschlossen hatten. Ich traf mich eines Morgens mit ihm in dem Restaurant, in dem wir auch mit unseren Bewohnern Weihnachten gefeiert hatten. Die Bauzeichnungen von David Furman hatte ich dabei. Sie sollten ihm vor Augen malen, dass das neue dreistöckige Gebäude eine deutliche Verbesserung war gegenüber einem Schrottplatz voller Autos und Müll.

Ich erklärte ihm all die Besonderheiten, von denen ich dachte, dass sie Daniel und den Mitgliedern seiner Vereinigung gefallen würden: ein Sicherheitsdienst, der rund um die Uhr anwesend war, ein Kunstatelier, eine Bücherei, ein Computerraum und Gärten.

„Darauf werden unsere Mitglieder sich nie einlassen", sagte Daniel. „Ja, sie werden sogar jeden einzelnen Schritt dorthin bekämpfen."

Ich war verblüfft. Wie konnte jemand nur denken, dass dies hier keine Verbesserung gegenüber dem rostigen Schrottplatz war?

Daniel erklärte es mir vorsichtig. Es war nicht das Gebäude, das sie ablehnten, es waren die Menschen, die einziehen sollten.

„Aber sobald sie eingezogen sind, sind sie ja keine Obdachlosen mehr. Dann haben sie ja eine Wohnung", erwiderte ich. „Und es werden Sozialarbeiter da sein, die ihnen helfen, so gefestigt zu sein wie alle anderen Leute hier in der Gegend, vielleicht sogar noch mehr."

Daniel deutete auf die Zeichnungen. „Glauben Sie wirklich, dass irgendjemand das hier in einer guten Wohngegend zulassen wird? So etwas wird normalerweise nur in ärmeren Stadtteilen gebaut."

Mir war klar, dass Daniel recht hatte. In den meisten Stadtteilen würde unser Projekt nicht gut ankommen. In Charlotte herrschte diesbezüglich dieselbe Mentalität wie in anderen Städten: „Ihr könnt so was gerne bauen, aber bitte nicht bei uns." Rein theoretisch fanden die Leute Sozialwohnungen gut, aber sie wollten sie nicht in ihrer Nähe haben.

Was Daniel aber noch nicht wusste, war: Unser Schrottplatz war bereits als Bauland ausgewiesen. Ob die Nachbarn es also billigten oder nicht – wir konnten dort bauen. Trotzdem ging ich in den folgenden Wochen und Monaten immer wieder zu Versammlungen, um die Menschen zu überzeugen, dass wir ihr Viertel nicht ruinieren würden. Doch ohne Erfolg.

Die dreizehn Bewohner unseres bisherigen Wohnprojektes lebten ruhig und unauffällig in derselben Gegend und auch sie lasen die Protestschilder, die aufgestellt worden waren. Als Raymond in „Franks Supermarkt" einkaufte, nur wenige Häuserblocks von unserem neu erworbenen Schrottplatz entfernt, wurde er von einer Frau angesprochen, die vor ihm an der Kasse anstand.

„Haben Sie das schon gehört?", fragte sie ihn. „Die wollen in unserem Viertel ein ganzes Gebäude mit Obdachlosen füllen!"

Raymond nickte nur und tat so, als sei er empört.

# 17. Mit Zeitungen fing es an

*Sag mir, was du zu tun gedenkst mit deinem einzigen wilden und kostbaren Leben?*

**MARY OLIVER**[17]

Bis April 2009 wurde der Tonfall immer rauer. Glücklicherweise stand meine Nummer nicht im Telefonbuch, aber meine E-Mail-Adresse war der Bürgerinitiative bekannt. Eine Frau, die dazugehörte, machte ihrem Unmut Luft und schickte mir regelmäßig noch spätabends Mails, in denen sie ihren extremen Widerstand gegen unser Projekt im Allgemeinen und gegen mich im Besonderen deutlich machte. Der Stadtrat erhielt diese Schreiben von ihr in Kopie. Eine besonders verstörende Mail endete mit den Worten: „Sie sind nicht Jesus Christus!"

Entsetzt starrte ich auf meinen Bildschirm. Wie hatte es nur so weit kommen können, dass Menschen dieses Projekt und mich hassten? Ich hatte mich doch nicht auf einen Kreuzzug begeben. Ich versuchte nur, ein Versprechen einzulösen, etwas Gutes zu tun und Menschen ein Dach über dem Kopf zu geben.

Ich merkte, wie ich immer mehr an meine Grenzen kam, und war kurz davor, das Handtuch zu werfen. Mir wurde klar, dass ein Scheitern gar nicht so unwahrscheinlich war – also Grund Nummer eins aufzugeben. Das Ganze machte auch gar keinen Spaß mehr und erforderte unglaublich viel Arbeit – ein weiterer Grund aufzugeben.

Ich wollte niemandem, nicht einmal Charlie, erzählen, in wel-

---

17 Mary Oliver: „The Summer Day." In: *New and Selected Poems*, Bd. 1. Boston: Beacon Press, 2004, S. 94.

che Richtung sich die Dinge entwickelt hatten, denn ich fürchtete, die anderen würden mich zum Aufhören überreden, und ich selbst stand sowieso schon kurz davor. Meine Freundinnen machten sich bereits Sorgen um mich – eine schenkte mir sogar eine Elektroschock-Pistole, weil sie meinte, so etwas könnte ich in der Umgebung unseres geplanten Wohnprojektes vielleicht brauchen.

Zu allem Überfluss verschlechterte sich auch noch die wirtschaftliche Situation im Land. Nun war die Aussicht auf zehn Millionen Dollar an Spenden völlig unrealistisch. Seit den wundersamen 500.000 Dollar hatten sich in den letzten sechs Monaten keine weiteren Spenden mehr ergeben. Dale, Hugh, Downie und ich hatten bei mehreren Firmen und Stiftungen angeklopft, doch wir erhielten keine vielversprechenden Zusagen. Schließlich waren wir nun einmal kein typisches soziales Projekt.

Die Ausgaben für den Kauf und die Sanierung des Grundstücks hatten unseren Fonds schrumpfen lassen, ohne dass wir Aussicht auf weitere Unterstützung hatten. Unsere größte Hoffnung ruhte zwar auf Bill Holts Traum von einer Großspende durch eine der Banken, doch die Wells Fargo Bank hatte die Wachovia Bank übernommen und dadurch war die Umsetzung dieser Idee sehr viel komplizierter geworden. Die Wells Fargo Bank war dabei, Jobs und Zuständigkeiten neu zu organisieren, und so war es überhaupt nicht klar, wer eine so große Spende autorisieren durfte.

Einige Bewohner unseres bisherigen Projekts hatten in diesem Frühjahr mindestens genauso viele Probleme wie ich. Zwar erwies sich unser Pilotprojekt als erfolgreich, aber wir bemerkten auch seine Schwachstellen. Da wir das Geld für den Bau eines eigenen Gebäudes nicht aufbringen konnten, hatte unser Programm ein riesiges Defizit – wir konnten die Bewohner nicht schützen. Einrichtungen wie das Prince George besaßen einen Sicherheitsdienst, der überwachte, wer das Gebäude betrat oder verließ. Die Drehkreuze, die ich am Eingang gesehen hatte, waren nicht dazu da, die Bewohner im Gebäude zu halten. Sie dienten dazu, gefährliche Personen draußen zu halten.

Joann und ich mussten erkennen, dass die am meisten gefährdeten Teilnehmer unseres Projektes Frauen waren, die häusliche Gewalt erlebt und sich getrennt hatten oder sich aus dem Drogenmilieu befreien wollten. Gewaltbereite Expartner und Drogendealer fanden unweigerlich heraus, wo unsere Bewohner lebten, selbst wenn wir versuchten, sie in anderen Wohnungen unterzubringen. Wir brauchten eigentlich einen Sicherheitsdienst rund um die Uhr, um unsere Mieter in ihrem neuen Zuhause zu schützen.

Am traurigsten machte mich in jenem Frühjahr die Geschichte von Christine, die zu einer der beliebtesten Bewohnerinnen unseres Projektes geworden war. Christine war kaum 1,50 Meter groß und fast ebenso rund; sie hatte schwarzes Haar, das an den Spitzen recht amateurhaft rotbraun gefärbt war. Als Christine in ihre neue Wohnung zog, liefen ihr vor Freude unaufhörlich die Tränen übers Gesicht und sie umarmte jeden, der ihr über den Weg lief. Sie konnte es kaum fassen, dass sie diese bescheidenen Quadratmeter nun ihr Eigen nennen durfte. Mit ihrem bellenden Lachen und ihrer rauchigen Stimme war sie immer die Lauteste und Netteste bei unseren gemeinsamen Treffen.

Ihre Freundlichkeit hatte ihr auch geholfen, draußen auf der Straße zu überleben, denn sie freundete sich mit kräftig gebauten Männern an, die für sie zu „Beschützern" wurden. Doch leider wurde sie von diesen auch misshandelt. Christine aber war der Auffassung, dass es besser war, vom eigenen Freund verprügelt zu werden als von einem Fremden.

Als Christine in ihre Wohnung zog, gestand sie uns: „Ich bin so froh, dass ich dieses Leben jetzt hinter mir lassen kann."

Christine war eine vorbildliche Mieterin. Sie half ihrem Nachbarn beim Kochen und hörte selbst mit dem Trinken auf. Nach ein paar Monaten sah es jedoch so aus, als sei Christine wieder in ihre alten Gewohnheiten zurückgefallen, und wir wussten nicht, warum.

„Ich mache mir Sorgen um sie, Kathy", sagte Joann zu mir. „Sie verheimlicht uns irgendetwas. Und ehrlich gesagt, sie sieht wieder ganz furchtbar aus."

Christines Augen, die sonst einen so klaren Blick gehabt hatten, wirkten jetzt wieder rot unterlaufen und verschwommen und vor der Mittagszeit machte sie in der Regel niemand die Tür auf.

„Irgendjemand lebt dort bei ihr", erzählte mir Raymond. „Ich habe ihr gesagt, dass wir es nicht gut finden, wenn sie Mist baut."

Unsere dreizehn Bewohner, die jetzt schon über ein Jahr zusammenlebten, kümmerten sich stets umeinander. Joann und ich mussten kaum je irgendwelche Regeln durchsetzen – das taten die Bewohner von allein. Mehrere von ihnen hatten Christine auf den Mann angesprochen, der durch ihre Hintertür hinein- und herausschlich.

Da unser ganzes Projekt ein Experiment war, befürchteten alle Bewohner, sie könnten einen Fehler machen, der auch die anderen ihre Wohnung kosten würde. Wir hatten ihnen deutlich gemacht: Wenn wir beweisen konnten, dass *Housing First* funktionierte, dann würden wir in Zukunft noch Dutzenden weiteren Menschen helfen können. Wir alle befürchteten, eine Verhaftung oder ein ähnlicher Vorfall würde sämtliche Bemühungen zunichtemachen. Nicht selten machte ich mir Sorgen, dass eine negative Schlagzeile all die guten Erfahrungen des vergangenen Jahres überschatten könnte. Eine Drogenrazzia, eine Prügelei oder ein Feuer in einer der Wohnungen – das alles könnte die Vorstandsmitglieder des UMC dazu bringen, das ganze Projekt zu torpedieren oder gar einzustellen.

Und es sah ganz danach aus, als würde Christine uns ein solches Problem bescheren.

Der „Jemand", den Raymond bemerkt hatte, war Christines Exfreund von der Straße und er stellte kein geringes Problem dar. Als ich ihn das erste Mal sah, stand ich gerade vor unserem Wohnkomplex und schaute auf mein Smartphone. Ich merkte nicht, dass er mir auf dem Bürgersteig im Innenhof entgegenkam. Als das ein Meter achtzig große Muskelpaket an mir vorüberrauschte, drehte ich mich um und sah seinen enorm breiten Rücken um die Ecke verschwinden. Unsere kleine Enklave hatte nicht viele Besucher, darum war ich mir gleich sicher, dass er der

Mann war, über den sich die anderen Mieter beschwert hatten. Sein Äußeres wirkte auf andere einschüchternd. Dass niemand etwas gegen seine Anwesenheit unternahm, auch Christine nicht, das konnte ich nachvollziehen.

Christine schwor uns, er würde nicht bei ihr leben; er sei nur „ein Freund, der ab und zu vorbeikommt". Doch die Kleider in Christines Schrank verrieten etwas anderes. Warum sollte sie plötzlich Schuhgröße 45 tragen?

„Sollen wir die Polizei holen?", fragte Dale, als wir uns zusammensetzten, um die Situation zu besprechen.

Joann schüttelte den Kopf. „Dann müssten wir Christine dazu bringen, gegen ihn Anzeige zu erstatten, und das wird sie nicht tun."

„Sollen wir ihr kündigen?", warf ich in den Raum.

„Bei unserem Projekt gibt es auch eine zweite, dritte und vierte Chance", erwiderte Joann. „Ich möchte ihr die Chance geben, das Richtige zu tun. Aber sie hat so viel Angst vor ihm, dass sie es wahrscheinlich nicht tun wird."

Und Christine tat es auch nicht.

Eines Morgens dann rief Joann mich an und hatte schlechte Nachrichten: „Sie ist weg."

„Christine?", fragte ich, obwohl ich es schon geahnt hatte.

„Ja, aber da ist noch etwas", fuhr Joann fort. „Die Geräte aus der Küche sind auch verschwunden. Mitten in der Nacht ist offenbar ein Lkw gekommen und hat alles mitgenommen, auch Christine."

Ich konnte nicht glauben, dass Christine so etwas getan hatte, also fuhr ich hin, um mich selbst davon zu überzeugen. Die kahlen, beschädigten Wände in der Wohnung, die Mark Bass uns anvertraut hatte, bestätigten, was Joann mir telefonisch schon mitgeteilt hatte: Christine und ihr Muskelprotz hatten den Herd gewaltsam aus der Wand gerissen und zusammen mit dem Kühlschrank und den eigenen Sachen mitgenommen.

Ich fürchtete mich geradezu davor, es Mark mitteilen zu müssen, doch er war erstaunlich verständnisvoll. Wir kamen überein, dass das UMC die Geräte ersetzen würde, und Mark war immer noch bereit, einem neuen Bewohner eine Chance zu geben. Mit diesem Ergebnis, das so viel besser war, als ich erwartet hatte, hätte ich eigentlich zufrieden sein können. Doch der Gedanke daran, was mit Christine passiert war, verfolgte mich.

War sie noch am Leben? War sie Opfer eines Verbrechens geworden?

Hatte der riesige Muskelprotz diese kleine Frau vielleicht zu Tode geprügelt?

In den nächsten Monaten hielt ich im UMC immer wieder Ausschau nach Christine und hoffte, dass sie eines Tages in Joanns Büro auftauchen würde. Vielleicht würde sie ja endlich Anzeige gegen ihren Freund erstatten und wir könnten sie wieder in einer Wohnung unterbringen.

Doch ich habe Christine nie wiedergesehen. Ihr Verschwinden erinnerte mich auf brutale Weise daran, dass wir in unserem eigenen Gebäude unbedingt rund um die Uhr einen Sicherheitsdienst brauchten, wenn wir den Bewohnern eine dauerhafte Lebensveränderung ermöglichen wollten.

Der Verlust von Christine ließ mich auch erkennen, dass ich nicht einfach aufgeben durfte, bevor wir unser Ziel erreicht hatten. Dieser Job gab mir zwar alle erdenklichen Gründe zu kapitulieren – ich würde wahrscheinlich scheitern und es war alles zu mühsam. Doch jetzt hatte ich einen noch wichtigeren Grund zu bleiben: Die Sache lag mir einfach zu sehr am Herzen. Das Problem der Wohnungslosigkeit war nichts Abstraktes mehr; es war zu etwas Persönlichem geworden.

Denvers Besuch damals hatte mich verändert. Ich konnte das Problem nicht mehr übersehen. Und da es mir nun bewusst geworden war, musste ich einfach hinschauen. Immer wenn ich den Parkplatz des UMC betrat, war ich von dem überwältigt, was vorher für mich unsichtbar gewesen war. Ich konnte nicht über diesen Parkplatz gehen, ohne mir Gedanken darüber zu machen, was geschehen würde, wenn die Tore sich um 16:30 Uhr schlossen.

Ich durfte nicht aufgeben, egal, wie schwer mein Job auch war. Im Vergleich zu der Situation eines wohnungslosen Menschen war er jedenfalls leicht.

„Ich nehme das gebratene Hühnchen mit Krokettenbällchen und Grünkohl, Maisbrot, gesüßten Tee und zwei Stück Süßkartoffel-Pastete zum Mitnehmen", sagte Raymond. „Nur die Pastete zum Mitnehmen, das andere esse ich hier."

Joann sah mich an und lächelte. Wir saßen mit den Bewohnern unseres Wohnungsprojektes an einem langen Tisch im nahe gelegenen Bistro und hielten unsere monatliche Geburtstagsfeier ab. Gigi hatte mir beigebracht, dass man den Zusammenhalt einer Familie am besten stärkte, indem man zusammen aß und miteinander redete. Und so planten wir nun jeden Monat ein gemeinsames Essen. Unsere erste Unternehmung dieser Art war für mich sehr erhellend gewesen. Ich merkte, dass die meisten unserer dreizehn Projektteilnehmer seit Jahren nicht mehr in einem Restaurant gegessen hatten. Ein oder zwei hatten Probleme, die Speisekarte zu lesen, und der Gedanke, gemeinsam an einem Tisch zu sitzen, war sehr gewöhnungsbedürftig. Die Dame, die uns bediente, schaute unsere nach Alter, Geschlecht und ethnischer Herkunft sehr gemischte Gruppe neugierig an. Aber wie die meisten Südstaatler war sie ein sehr höflicher Mensch.

„Was darf ich Ihnen zu trinken bringen? Möchten Sie süßen oder ungesüßten Eistee?"

Bald schon wurden wir zu Stammkunden und das Personal begrüßte uns stets warmherzig. Sie wussten zwar immer noch nicht, was für eine Gruppe wir waren, aber sie hießen uns trotzdem herzlich willkommen. Während wir auf unser Essen warteten, unterhielten wir uns über lokale oder landesweite Nachrichten, Sport und natürlich über das Wetter. Alle besaßen einen Fernseher und schauten sich viele Sendungen an.

„Hast du von dem Waldbrand in Kalifornien gehört?"

„Was meinst du, wer kommt ins Halbfinale?"

„Heute bekommen wir 36 Grad!"

Am Anfang bestellte sich nur das Geburtstagskind Pastete zum Mitnehmen, doch schließlich nahmen alle jeweils zwei Stück mit nach Hause.

Unsere kleine Gruppe verband irgendwann mehr als nur die Tatsache, dass sie an einem Wohnungsexperiment teilnahmen. Sie wurden Freunde. Raymond nahm Teddy auf den Arm, der nie ein Wort sagte. James neckte Ruth, weil sie immer so viel redete. Chuck war der Intellektuelle, der das Wall Street Journal las und mehr von Außenpolitik verstand als ich.

In dem Gebäude von Mark Bass lebten alle außer Coleman. Als wir Coleman unterbringen wollten, waren Marks Wohnungen schon alle belegt, darum mussten wir eine weitere Wohnung anmieten, die jedoch rund sechzehn Kilometer entfernt lag. Zuerst war Coleman begeistert, weil er dachte, die Umgebung sei schöner, doch dann wurde die Entfernung zum Problem.

Coleman war einsam. Einsamer noch als Raymond. Er brauchte einen Freund.

Die Lösung kam von einer Gemeinde, die von unserem Projekt erfahren hatte.

„Wir haben ein paar ehrenamtliche Mitarbeiter, die eine Seelsorgeausbildung gemacht haben", erklärte mir der Pastor am Telefon. Die Mitarbeiter hatten zwar nicht Theologie studiert, aber sie waren durch ihre Fortbildung trotzdem in der Lage, anderen Menschen Unterstützung zu bieten. „Das Problem ist: Wir haben in unserer Gemeinde nicht genug Leute, die sich melden, weil sie Hilfe brauchen. Ich habe jetzt all diese Mitarbeiter, die gern helfen wollen, aber keiner will ihre Hilfe annehmen."

Coleman war der erste Teilnehmer unseres Projektes, dem ein solcher ehrenamtlicher Seelsorger zur Seite gestellt wurde.

Scott Mercer war 1992 mit seiner Frau Julie und den vier Kindern nach Charlotte gezogen. Er arbeitete ganztags für eine Versicherungsgesellschaft, engagierte sich darüber hinaus jedoch sehr für seine Familie und die Gemeinde. Seine wahre Berufung fand er jedoch nicht, als er im Gottesdienst saß, sondern auf seiner Veranda.

Scott las morgens gerne Zeitung. Der Austräger, so dachte er, war wohl ein sehr sorgfältiger Mensch, denn die Zeitung lag jeden Morgen sauber zusammengefaltet auf den Stufen und immer perfekt an derselben Stelle. Darüber wunderte er sich, denn normalerweise wurde die Zeitung von der Straße aus im hohen Bogen auf das Grundstück geschleudert. Eines Morgens um 5:30 Uhr erblickte Scott eine Gestalt in seinem Vorgarten. Als er genauer hinsah, erkannte er voller Verwunderung seinen Nachbarn Jack Merrill, einen älteren Mann, der sich hinunterbeugte, die Zeitung aufhob und sie mit großer Sorgfalt auf Jacks Veranda legte. Dann ging er leise zum nächsten Haus weiter. Tatsächlich war Jack nicht der Zeitungsbote, sondern hob sie nur von der Einfahrt auf und legte sie seinen Nachbarn an die Haustür. Scott war gerührt über diese freundliche Geste, sie überraschte ihn jedoch nicht. Denn Jack und seine Frau Babs waren in der Nachbarschaft wohlbekannt und die Kinder meinten, dass Mr Merrill einer ihrer besten Spielkameraden sei.

Ein paar Jahre später erkrankte Jack an Leukämie und musste ins Krankenhaus. Als Scott das erfuhr, bot er ihm an, den Zeitungsdienst für ihn zu übernehmen, bis es ihm wieder gut ging. Jack war äußerst dankbar dafür, erklärte Scott dann aber, dass das Ablegen der Zeitungen auf der Veranda nur ein Teil seines Dienstes war.

Zum korrekten Abliefern gehörte noch etwas anderes: „Du darfst die Zeitungen nicht nur hinlegen, Scotty", sagte Jack zu ihm. „Du musst dabei auch für jede Familie ein Gebet sprechen."

Scott war verblüfft. Er betete nie für sich selbst, geschweige denn für andere.

„Das ist der springende Punkt", meinte Jack. „Das habe ich von einem meiner Professoren an der Universität in Birmingham gelernt. Er sagte, man solle jeden Tag mit einer freundlichen kleinen Geste und mit Dankbarkeit beginnen."

Da Scott sich nun schon angeboten hatte, für Jack einzuspringen, erklärte er sich auch bereit, diesen zweiten, weniger beliebten Dienst mit zu übernehmen.

Am Anfang kam es ihm seltsam vor, doch mit der Zeit wirkte sich das morgendliche Ritual positiv auf seine Seele aus. Während er die Zeitungen auf die jeweilige Veranda legte, genoss er die Verbindung, die er dadurch zu seinen Nachbarn und zu Gott aufbaute.

Im November 2006 verstarb Jack. In der Trauerfeier kam auch sein berühmter Zeitungsdienst zur Sprache und sein Leben wurde als eine „Predigt in Aktion" bezeichnet. Aus Dankbarkeit Jack gegenüber übernahm Scott nun dauerhaft die Aufgabe, die Zeitungen zu platzieren und dabei ein Gebet zu sprechen. Scott hatte immer gedacht, der höchste Dienst für Gott bestünde darin, als Missionar ins Ausland zu reisen, doch diese schlichte freundliche Geste am Morgen in seiner eigenen Straße veränderte sein Denken. Vielleicht musste Scott ja nicht erst in ein Dritte-Welt-Land reisen, um anderen helfen zu können. Er konnte schon jetzt in seiner eigenen Stadt damit beginnen.

Als Scott sich auf das erste Treffen mit Coleman vorbereitete, wusste er nicht, was ihn erwarten würde. Würden er und Coleman so unterschiedlich sein, dass sie keinen Draht zueinander fanden? Wie sollte er sich mit jemandem unterhalten, der mehr als zwanzig Jahre lang obdachlos gewesen war? Doch Scott und Coleman fanden schnell heraus, dass sie gemeinsame Interessen hatten: Sport, den Einsatz für andere Menschen und eine Leidenschaft für gutes Essen.

Sie trafen sich jede Woche und schauten sich ein Baseballspiel an oder aßen sonntags zusammen mit Scotts Frau und den Kindern zu Mittag. Es dauerte nicht lange, bis Coleman fest zur Familie Mercer gehörte.

Allmählich fasste Coleman Vertrauen zu Scott und erzählte ihm Dinge aus seinem Leben, von denen nur wenige Menschen wussten: Er war einem Menschen begegnet, der für ihn genauso zu einem Engel wurde wie Scott.

Ein Jahr zuvor, als ein Fremder ihn um eine Zigarette gebeten hatte, der anschließend von einem Zug überrollt worden war, hatte Coleman gebetet: „Gott, ich möchte nicht hier draußen sterben." Danach war er zum Essen ins UMC gegangen. Dort war ein Mitarbeiter auf ihn zugekommen und hatte die riesige Zyste an Colemans Schulter berührt, die inzwischen die Größe einer kleinen Melone angenommen hatte. „Mensch, du musst was dagegen unternehmen", hatte er gesagt.

Vielleicht war es, weil Coleman gerade erlebt hatte, wie ein Mann vom Zug überfahren wurde – auf jeden Fall glaubte er allmählich, dass die Geschwulst an seiner Schulter ihn eines Tages töten könnte. Er tat, was er vorher noch nie getan hatte: Er gestand dem Mitarbeiter seine Ängste.

„Ich kann nicht wieder ins Krankenhaus gehen", erklärte Coleman und erzählte dem Mann die ganze Geschichte von seiner Leistenbruch-Operation, den Schmerzen und der Lähmung.

„Ich mache dir einen Vorschlag", sagte daraufhin der Mitarbeiter. „Wie wäre es, wenn du mich bei ein paar Arbeiten unterstützt und ich dir dafür helfe, einen wirklich guten Arzt zu finden, der dir das Ding da entfernt?"

Noch immer skeptisch, willigte Coleman ein. Insgeheim aber nahm er sich vor, den Arzttermin platzen zu lassen, den der freundliche Helfer ihm vermittelte.

Coleman traf sich nun jeden Morgen mit dem UMC-Mitarbeiter und half ihm bei verschiedenen Arbeiten. An einem Tag waren sie etwas früher fertig und hielten an einem Imbiss an, um dort zu Mittag zu essen. Colemans neuer Chef gab die Bestellung auf, während Coleman zur Toilette ging. Als er wieder herauskam, stand eine afroamerikanische Frau, um die fünfzig, direkt vor der Tür und blockierte fast den Ausgang.

„Ma'am, das hier ist die Herrentoilette", sagte Coleman, „hier sollten Sie besser nicht reingehen."

„Ich weiß", erwiderte die Frau. „Ich habe auf Sie gewartet, denn ich habe eine Botschaft von Gott für Sie."

Coleman hatte keine Ahnung, warum die Frau so etwas zu ihm

sagte, und wollte ihr lieber aus dem Weg gehen. Er versuchte an ihr vorbeizukommen, aber in dem engen Flur war das nicht so einfach.

„Geh voran, alles wird gut werden", versicherte ihm die Frau in rätselhaften Worten.

Coleman bekam eine Gänsehaut. Meinte sie etwa die Operation? Hatte sein neuer Freund sie auf ihn angesetzt?

„Wenn Sie gestatten", fuhr die Frau fort, „darf ich auch noch für Sie beten?" Und dann legte sie dort in dem engen Toilettenflur des Imbisses die Hand auf Colemans Arm, neigte den Kopf und sprach ein Gebet. Als es zu Ende war, so erzählte Coleman, hatte er den Eindruck, als ob das Gewicht seiner enormen Zyste plötzlich abgenommen hätte und er sich so leicht wie eine Feder fühlte.

Kaum hatte die Frau ihr Amen geflüstert, war sie auch schon wieder weg und ließ ihn allein und verwundert im Flur zurück. Langsam ging Coleman wieder zu seinem Freund, der die ungewöhnliche Begegnung beobachtet hatte.

„Wer war das denn?", fragte er.

Darauf wusste Coleman auch keine Antwort. Als er gerade erzählen wollte, was er erlebt hatte, da klingelte das Handy seines Freundes. Es war das Krankenhaus. Ein Termin war ausgefallen und Coleman konnte am übernächsten Tag zur Operation kommen. Ob er das möglich machen könne?

Coleman dachte an die mysteriöse Frau, ihre Zusicherung und ihr Gebet.

„Ich glaube, ich kann das", antwortete Coleman.

Dieses Mal gab es keine Komplikationen – nur ein weiteres kleines Wunder. Der Eingriff erfolgte ambulant, doch weil Coleman kein Zuhause hatte, wäre er nach der Operation wieder auf der Straße gelandet. Coleman befürchtete, an einer Infektion zu sterben, weil er die Wunde in seinem schmutzigen Lager unter der Brücke nicht richtig versorgen konnte. Als es Zeit war, das Krankenhaus wieder zu verlassen, wurde ihm mitgeteilt, er werde vorübergehend in einem Pflegeheim aufgenommen, das für Fälle wie seinen eingerichtet worden war. Dort verbrachte Coleman drei Tage. Und obwohl die Operation eine Narbe hinterlassen hatte, die von einer Schulter zur anderen reichte, konnte er am vierten Tag gehen und hatte keine Probleme mehr mit der Operationswunde.

Seit Coleman zu dem Gott betete, an den er eigentlich gar nicht glaubte, schienen sich die Dinge für ihn positiv zu entwickeln. Erst der fremde Mann, der ihm Arbeit anbot, dann die Frau, die für ihn betete, danach eine erfolgreiche Operation, das Treffen mit Joann, die Aufnahme in das Wohnprojekt, der Alkoholentzug und schließlich die Freundschaft zu Scott Mercer.

Das genügte, damit ein Mann wieder anfing, an etwas zu glauben.

# 18. Das erste Ja

*Wenn du etwas wirklich willst, dann hilft dir
das ganze Universum dabei, es zu verwirklichen.*

**PAULO COELHO**[18]

Auch ich fing wieder an, an etwas zu glauben. Wenn ich Colemans Geschichte ein Jahr zuvor gehört hätte, dann wäre ich bei dem Wort Gebet wahrscheinlich zusammengezuckt. Aber damals kannte ich ja Lynn Pearce Tate und Scott Mercer noch nicht, ja nicht einmal Coleman. Es war die Zeit, bevor Bill Holt in mein Leben kam, der denselben Traum hatte wie ich und genau wie ich etwas unternehmen wollte gegen die Probleme, die mir den Schlaf raubten. Doch dieses Projekt, das nun vor mir lag, war weitaus größer, als ich es mir vorgestellt hatte, und ich spürte, dass es auch von jemand anderem als mir geplant worden war.

Es wurde nun Zeit, das zweite Versprechen einzulösen, das ich Denver gegeben hatte.

David Furmans Bauzeichnungen waren fertig, aber wir hatten immer noch keinen Namen für unser Projekt. Es war sechzehn Monate her, dass ich Denver bei seiner Abreise gefragt hatte: „Darf ich das Ganze nach Ihnen benennen?"

Damals wusste ich noch nicht einmal, was „das Ganze" überhaupt war. Das war jetzt anders.

Ich lud John und Pat Moore ins *Urban Ministry Center* ein, denn ich wollte ihnen berichten, welche Fortschritte unser Pilotprojekt gemacht hatte. Sie kamen gemeinsam mit ihrem erwachsenen

---

18 Paulo Coelho: *The Alchemist.* Ins Amerikanische übersetzt von Alan R. Clarke. New York: HarperOne, 2015, S. 64.

Sohn Kent, der sich auch im UMC engagierte. Er leitete dort einen Chor, die „Voices of Love".

Als ich die Moores auf den neuesten Stand gebracht hatte, was unser Projekt *Wohnraum für Wohnungslose* betraf, breitete ich die frisch entworfenen Pläne unseres Architekten vor ihnen auf dem Tisch aus. David hatte gemeinsam mit seinem Kollegen Steve Barton einen großen Traum zu Papier gebracht: ein dreistöckiges Gebäude in L-Form, mit einem Innenhof, auf dem ein Pavillon stand. Der Plan beinhaltete all das, was ich im Prince George in New York gesehen hatte: einen Computerraum, eine Bibliothek, ein Atelier, einen Garten zur gemeinsamen Nutzung, gesicherte Eingänge, einen Sanitätsraum und ein Beratungszentrum. Die Appartements waren lichtdurchflutet und der Speisesaal hatte sogar auf beiden Seiten dreistöckige Glaspaneele. Es sollte 85 Appartements geben, jedes davon bescheidene 34 Quadratmeter groß, mit Küchenzeile und Badezimmer.

Als ich die Zeichnungen mit John und Pat durchging, wünschte ich, ich könnte sie mit meinem bloßen Willen ins Leben rufen.

Nun wurde es Zeit, unseren Gästen zu sagen, warum wir sie hergebeten hatten.

„Aus Dankbarkeit für alles, was Sie getan und wozu Denver uns inspiriert hat, möchten wir unser Gebäude das *Moore-Haus* nennen", erklärte ich ihnen. „Nach Ihnen dreien."

John sah erschrocken aus und Pat kamen die Tränen. Kent lachte. „Das möchte ich ja sehen, wie das funktioniert! Die beiden haben es bisher nie zugelassen, dass irgendetwas nach ihnen benannt wurde."

Eine Minute verging, in der weder John noch Pat ein Wort sagten. Ich fürchtete schon, dass sie meinen könnten, wir wollten noch etwas von ihnen.

„Es geht uns nicht um mehr Geld", versicherte ich ihnen. „Wir wären gar nicht so weit gekommen, wenn Sie nicht an unser Pilotprojekt geglaubt hätten. Das ist einfach nur die Art und Weise, wie wir Ihnen unsere Anerkennung und unseren Dank aussprechen möchten."

Die beiden saßen an unserem Konferenztisch, hielten sich an den Händen und hatten Tränen in den Augen, als sie unsere Pläne betrachteten. Ich wusste, dass sie eher zurückhaltende Menschen waren; vielleicht fühlten sie sich unwohl dabei.

Schließlich ergriff Pat das Wort. „Ich denke, wenn Denver auch damit geehrt werden soll, dann wäre das für uns in Ordnung."

Und so wurde das *Moore-Haus* geboren.

Denver Moore, John und Pat Moore. Sie kamen aus verschiedenen Bundesstaaten, von den entgegengesetzten Enden des wirtschaftlichen Spektrums; sie waren nicht miteinander verwandt, aber sie teilten dieselbe Vision und denselben Nachnamen.

Konnte das ein Zufall sein?

Allmählich begann ich zu glauben, dass Gott hier seine Hand im Spiel hatte.

Nachdem nun der Name des Gebäudes feststand, galt es, das letzte Hindernis zu nehmen: die Finanzierung. Dale und ich gingen auf große Gemeinden zu und auf Menschen, die schon einmal für unsere Projekte gespendet hatten, doch überall stießen wir vor allem auf Skepsis. Niemand hielt es für möglich, dass wir die restlichen 9,5 Millionen Dollar zusammenbekommen würden. Hugh McColl III und ich suchten Dutzende von Firmen und Stiftungen auf, doch alle unsere Gesprächspartner lächelten nur höflich, wenn sie erfuhren, dass wir bisher nur einen einzigen Spender hatten, der unser Projekt unterstützte.

Auch unsere Anfragen bei der Stadt und beim Staat North Carolina führten ins Leere. Die Stadt Charlotte lehnte unseren Antrag auf 500.000 Dollar Unterstützung ab, weil die Anwohner gegen unser Projekt waren. Die Bürgerinitiative und ihre Vertreter im Stadtrat wollten das *Moore-Haus* überall haben, nur nicht in ihrem Viertel.

Um finanzielle Unterstützung durch die Stadt zu erhalten, musste man einen langen Bewerbungsprozess durchlaufen, der am Ende zu einer Abstimmung im Stadtrat führte. Zu jenem Zeitpunkt waren jedoch nur zwei der elf Vertreter dort bereit, für uns zu stimmen. Ein Antrag beim Staat North Carolina war noch komplizierter. Er erforderte einen langwierigen legislativen Prozess. Wir aber brauchten das Geld jetzt. Und die benötigte Summe war so riesig, dass selbst bei einer großzügigen Spende von 25.000 Dollar immer noch eine gewaltige Lücke übrig blieb. Wir brauchten Leute, die bereit waren, sich mit Millionen Dollar zu engagieren – die also ein wenig unkonventionell in ihrem Spendenverhalten waren.

Bill Holt hatte den Traum, seine Bank um Unterstützung zu bitten, nicht aufgegeben, obwohl sie nun zur Wells Fargo Bank gehörte. Trotz der Fusion und all der Turbulenzen, die mit der Bankenkrise einhergingen, hielt Bill uns regelmäßig mit optimistischen Updates auf dem Laufenden. Die Termine, die wir abmachten, wurden jedoch aufgrund der praktischen Herausforderungen der Bankenfusion immer wieder abgesagt und verschoben.

Doch durch all das ließ Bill sich nicht abschrecken. Er hatte den Glauben, dass schon alles gut werden würde, wenn wir nur Geduld aufbrachten. Seit die Bankenfusion im Oktober 2008 angekündigt worden war, hatten Bill und andere beständig hinter den Kulissen weitergearbeitet. Allerdings blieb uns nicht mehr viel Zeit, um diesen Traum von einer Millionenspende durch eine Bank Wirklichkeit werden zu lassen. Andere potenzielle Spender würden uns nicht ernst nehmen, wenn wir nichts vorzuweisen hatten außer dem Grundstück.

Schließlich aber hatte das Warten ein Ende. Im März 2009 ernannte die Wells Fargo Bank ihren Geschäftsführer für die Region Ost. Diese Person würde über unser Schicksal entscheiden.

Bill rief uns an mit der Nachricht, dass Laura Schulte den Job bekommen hatte. Eine schnelle Google-Suche deutete darauf hin, dass es vielleicht einen Hoffnungsschimmer für uns gab. Laura kam aus Kalifornien und eines der sozialen Projekte, die sie dort gefördert hatte, war LAMP – eine Organisation, die in Los Angeles Obdachlose in Wohnungen unterbrachte.

Als wir weiterlasen, stiegen unsere Hoffnungen. LAMP war die Organisation, die auch in dem Buch von Steve Lopez *Der Solist* erwähnt wurde. Das Buch war verfilmt worden und erzählt die wahre Geschichte von Nathaniel Ayers, einem talentierten Musiker, der an Schizophrenie litt, obdachlos wurde und später in einer der Wohnungen von LAMP eine Unterkunft fand. Gerade hatten wir Steve Lopez als Redner für unseren nächsten „True-Blessings"-Abend gewinnen können, inzwischen der dritte.

Zumindest war Laura Schulte also mit unserem Anliegen vertraut und wir konnten darauf hinweisen, dass Steve Lopez unseretwegen nach Charlotte kam.

Zweimal bereiteten wir uns auf eine Präsentation unserer Arbeit vor, doch aufgrund von Lauras vollem Terminkalender musste ein Treffen mit ihr jedes Mal verschoben werden. Endlich bekamen wir für den 15. April 2009 einen neuen Termin.

Dale, Bill Holt und ich fuhren mit dem Aufzug ins oberste Stockwerk, wo sich die Büros der Geschäftsführung befanden. Von dem in schwindelnder Höhe angesiedelten Konferenzraum aus konnte man ganz Charlotte durch die bodentiefen Fenster bewundern. Ich dachte daran, wie viele Entscheidungen schon in diesem Raum getroffen worden waren, und fragte mich, ob sie alle eine so persönliche Tragweite hatten wie in unserem Fall. Laura Schulte ahnte wahrscheinlich nicht, welche Bedeutung dieser Tag für uns hatte. Sie wusste nicht, dass wir unsere Präsentation schon Dutzende Male gehalten hatten in der Hoffnung, dass irgendjemand Ja sagen würde.

Bill begann mit einigen Hintergrundinformationen über das *Moore-Haus*, dann erzählte Dale die Geschichte des UMC und erwähnte auch die Verbindung, die wir zu Steve Lopez hatten. Mein Part bestand darin, um die wahnwitzige Summe von drei Millionen Dollar zu bitten.

Während Bill und Dale redeten, versuchte ich die in mir aufkommende Panik zu unterdrücken. Als ich an der Reihe war, begann ich mit dem bemerkenswerten Erfolg unseres Pilotprojekts und unserem Traum, diese Lösung noch auszuweiten, sodass wir mehr als dreizehn Menschen helfen konnten. Dann hörte ich mich die absurde Bitte formulieren: „Wir würden die Wells Fargo

Bank gerne bitten, uns bei der Bewältigung dieser Aufgabe zu helfen, mit einer Gabe von drei Millionen Dollar."

Ich wartete.

Die Worte standen im Raum. Am liebsten hätte ich sie wieder zurückgenommen.

Sag irgendwas, flehte ich innerlich, aber sag bitte nicht Nein.

Ein Freund, der viel Erfahrung im Fundraising hat, brachte mir einmal bei, dass jede Antwort auf eine Bitte um Geld ein Gewinn ist, Hauptsache, es ist kein Nein. Wenn du um 100.000 Dollar bittest und 100 Dollar bekommst, dann ist es immer noch ein Gewinn. Wir brauchten einen Gewinn. Wir brauchten wenigstens etwas von der Wells Fargo Bank.

Laura fing an zu reden, doch ich konnte ihr nicht folgen. Ich fühlte mich wie benommen und mir war fast schlecht vor Aufregung. Ich versuchte mich zu konzentrieren. Sie lächelte. Sie nickte. Sie zog ihr Team zurate.

Und was war ihre Antwort? Sie sagte: „Ja."

Laura Schulte sagte Ja zu drei Millionen Dollar für das seltsamste aller Projekte. Sie sagte Ja zu Menschen, die seit langer Zeit kein Dach mehr über dem Kopf hatten. Und sie sagte nicht deshalb Ja, weil sie dachte, dass aus all diesen Obdachlosen einmal Bankkunden werden könnten, die ein Konto eröffneten. Und auch nicht, weil ihre Entscheidung die Bilanz ihrer Bank verbessern könnte.

Schließlich hörte ich doch noch, was Laura Schulte sagte. Sie sagte Ja, „weil es das Richtige ist".

Sie stand auf. Wir auch. Dann verließ sie den Raum. Einfach so.

Unsere Märchenfee ging hinaus und ahnte nicht, dass sie durch die Erfüllung unseres Wunsches einfach alles verändert hatte. Ich bin sicher, dass sie an jenem Tag noch viele andere Entscheidungen traf. Doch aus unserer Sicht war das die einzig wichtige. Etwas Größeres gab es nicht.

Wir gingen einer hinter dem anderen aus dem Konferenzraum und drückten den Fahrstuhlknopf. Bill, Dale und ich sahen uns an und schlossen einen stillen Pakt, dass wir warten würden, bis sich die Türen des Aufzugs schlossen. Wir standen in der Kabine, als ob nichts gewesen wäre, während die Türen sich langsam aufeinander zu bewegten.

So als ob wir jeden Tag eine Zusage über drei Millionen Dollar bekämen.

Als die Türen sich endlich geschlossen hatten, atmeten wir erleichtert aus, glücklich und in dem Bewusstsein, wie absolut unwahrscheinlich dies alles gewesen war. Selbst in seinem starken Glauben an Gott hatte Dale nicht wirklich damit gerechnet. Ich fing an zu weinen, sah Bill an und merkte, dass auch ihm die Tränen kamen. Hier stand der Mann, der das alles vorhergesagt hatte. Es war genau 459 Tage her, seit Liz Clasen-Kelly und ich in seinem Büro gesessen und von seinem Plan gehört hatten, seinen Arbeitgeber um drei Millionen Dollar zu bitten. Damals war es ein kühner Traum gewesen und nun wurden wir alle Zeugen, wie er in Erfüllung ging.

Wir erreichten die Lobby, als kämen wir aus einem Märchenland und wären nun zurück in der Realität. Am liebsten hätte ich allen Leuten davon erzählt, hätte die Zeitungen darüber informiert und eine morgendliche Schlagzeile daraus gemacht. Aber das durften wir nicht. Es war Teil unserer Absprache. Wir mussten Anträge ausfüllen, uns einer gründlichen Prüfung unterziehen und die Bedingungen strukturiert festhalten. Die Wells Fargo Bank musste sich mit der Wachovia-Stiftung absprechen – ein Schritt, der sich als viel komplizierter herausstellte, als wir uns das vorstellen konnten. Das alles würde noch Monate dauern, doch jener Tag war der Anfang unseres Aufstiegs aus einem tiefen Finanzierungsloch.

Ich berichtete niemandem von dieser guten Nachricht außer Charlie. Als ich das denkwürdige Treffen in meinem Gedächtnis in allen Einzelheiten zu rekonstruieren versuchte, war es für mich noch schwerer zu glauben. Beim Abendessen hörte sich Charlie geduldig meinen begeisterten Bericht an und dachte über alles nach. „Das ist toll, Kathy", sagte er zwischen zwei Bissen. „Ich bin wirklich sehr stolz auf euch alle."

Seine Reaktion war etwas gedämpft und ich fragte mich, warum.

Charlie war selbst im Finanzbereich tätig, darum konnte er nicht umhin, innerlich mitzurechnen, während ich meine fantastische Geschichte erzählte. So erstaunlich die gute Nachricht auch war, so begriff er doch recht schnell die harten Fakten. Nur wollte er nicht derjenige sein, der sie mir sagte.

Erst etwa eine Stunde nach dem Abendessen wurde es auch mir klar. Wir saßen im Arbeitszimmer und schauten fern, als meine Euphorie allmählich einer leichten Panik wich.

Wir hatten nun Zusagen in Höhe von 3,5 Millionen Dollar.

Nur Zusagen.

Noch nichts auf dem Konto.

Es fehlten also immer noch 6,5 Millionen. Für obdachlose Menschen. Während einer Rezession. In einer Stadt, wo die beiden großen Banken die Hauptarbeitgeber waren und folglich die meisten Einwohner gerade ihren Job verloren oder ihn schon verloren hatten. Und sie alle besaßen Anteile an eben diesen Banken, deren Aktien innerhalb von wenigen Monaten in den Keller gesunken waren.

Diese Erkenntnis schlug wie eine Bombe bei mir ein und schließlich sprach ich genau das Problem laut aus, auf das Charlie mich – rücksichtsvoll, wie er nun einmal war – beim Abendessen nicht mit der Nase hatte stoßen wollen. „Woher sollen wir jetzt 6,5 Millionen Dollar bekommen?"

Das Wunder der großen Spende von der Wells Fargo Bank verwandelte sich in einen unüberwindlichen Berg. Ohne die anderen 6,5 Millionen würden wir das *Moore-Haus* nicht bezahlen können und natürlich konnten wir nichts bauen, für das wir kein Geld hatten.

Wir schwiegen beide. Der Fernseher lief ohne Rücksicht auf meinen Kummer weiter. Schließlich fasste ich meine schlimmste Befürchtung in Worte, diese eine, die sich leise in mich hineingebohrt hatte: „Charlie, wenn wir dieses Geld nicht zusammenbekommen, heißt das dann, dass ich versagt habe?"

„Kathy, wenn ihr in dieser wirtschaftlichen Situation eine solche Summe zusammenbekommt, dann ist es ein Wunder."

# 19. Verrückt oder berufen?

*Wie kostbar schien mir diese Gnade*
*in der Stunde, als ich zu glauben begann.*
„AMAZING GRACE"[19]

Mit der Zusage von drei Millionen Dollar durch die Wells Fargo Bank und mit Charlies Worten, die mir versicherten, dass auch ein Scheitern verziehen werden konnte, wachte ich jeden Tag auf und machte weiter. Doch nach nur eineinhalb Jahren in diesem Job war ich ehrlich gesagt erschöpft. Nachts zählte ich keine Schafe, sondern unsere Mieter, und am Tag hatte ich alle Hände voll zu tun mit unseren Töchtern, mit Anträgen und mit Problemen unseres Wohnungsprojektes.

Vor anderen versuchte ich meine Zweifel und meine Müdigkeit zu verbergen, vor allem vor Dale. Er machte das ja schon seit fünfzehn Jahren. Wie konnte ich mich da nach nicht einmal zwei Jahren beklagen?

Dale vertraute in aller Ruhe darauf, dass alles irgendwie klappen würde. Gott würde schon dafür sorgen. Ich ließ Dale in dem Glauben, doch ich selbst war nicht davon überzeugt. Meine Schwester Louise stand ganz auf Dales Seite. Seit wir uns das erste Mal über Roseanne Haggarty, *Common Ground* und das Prince George unterhalten hatten, glaubte sie fest daran, dass unser Vorhaben Wirklichkeit werden würde.

Dale und Louise hatten ihren Glauben. Ich aber nicht.

Ich war der Überzeugung, dass sich all das nur durch harte Arbeit verwirklichen ließ und nicht durch ein göttliches Eingreifen.

---

19 „Amazing Grace." Originaltext von John Newton, 1779.

Ich glaubte nicht daran, dass Gott uns helfen würde. Bestimmt wusste er nicht, dass uns 6,5 Millionen Dollar fehlten und dass Erfolg oder Misserfolg hauptsächlich an mir hingen. Ja, sicherlich hatte es ein paar kleine göttliche Interventionen und Wunder gegeben, vor allem die beiden Großspenden, doch es lag noch ein so weiter Weg vor uns. Ich erwartete nicht von Gott, dass er das für uns zu Ende brachte.

Am meisten störte mich jedoch, dass das Ganze erst angefangen hatte, als ich auf Denver gehört hatte, der mich entgegen jeder Logik dazu überredet hatte, „Betten zu bauen". Was, wenn seine Stimme sich nicht von den Stimmen unterschied, die meine Mutter gequält hatten?

Ich habe noch sehr lebendige Erinnerungen daran, wie ich meine Mutter in der geschlossenen Psychiatrie besuchte. Der unangenehmste Besuch von allen war wohl der, als ich – schon im Highschool-Alter – zusammen mit meinem Vater hinging und meine Mutter uns nicht in ihr Zimmer lassen wollte.

„Lindsay", bat mein Vater, „bitte mach die Tür auf. Ich habe Kathy mitgebracht. Wir wollen dich besuchen."

Mit einem langen knarrenden Geräusch öffnete sich die Tür ein wenig und wir erblickten in dem wenige Zentimeter breiten Spalt das hohläugige Gesicht meiner Mutter. Misstrauisch sah sie uns an, ohne ein Zeichen der Zuneigung oder des Wiedererkennens. Mit verwirrtem Blick flüsterte sie: „Kommt rein, aber seid leise."

Ich wagte nicht, meinen Vater anzusehen. Das Ganze war zu bizarr.

Mutter legte sich wieder ins Bett und nahm ihren Stapel Karteikarten und ihren vierfarbigen Stift zur Hand. Mit diesem Stift konnte sie wie in einem Pop-Art-Gemälde die lebhaften Bilder festhalten, die ihr durch den Kopf gingen. Nun wandte sie ihre

Aufmerksamkeit einer bestimmten Ecke im Zimmer zu und ihre Hand verharrte über den Karten, als ob sie ein Diktat aufnehmen wollte. Erwartungsvoll sah sie den Fernseher an, offensichtlich fasziniert von der Sendung, die gerade lief.

Es war eine Folge von *All in the Family*, einer Serie, die in den 1970er-Jahren sehr beliebt war. Archie, die Hauptfigur, war berüchtigt für ihre krassen, ignoranten Ansichten. Dass meine Mutter, eine brillante, belesene Künstlerin, diesem Mann geradezu an den Lippen hing, als ob er die größten Weisheiten von sich geben würde, war mehr als nur ein bisschen verrückt.

Wir versuchten gar nicht erst, Mutter davon abzubringen. Das hatte einfach keinen Sinn. Wir schauten die Folge mit ihr gemeinsam an und gaben keinen Kommentar ab, als sie sich während der Werbepausen pflichtbewusst auf ihren Karten Notizen machte. Vielleicht hatten wir das Gefühl, das sei das Mindeste, was wir für sie tun konnten – ihr still Gesellschaft zu leisten in der Einsamkeit ihrer Wahnvorstellungen.

Selbst als Werbung lief, sagten wir kein Wort. Als die Sendung schließlich vorbei war, verließen wir leise das Zimmer, fuhren mit dem Aufzug hinunter und gingen schweigend zu unserem Auto zurück. Mein Vater fuhr uns zu einem Termin, den er hatte: die Eröffnungsfeier eines neuen Restaurants. Er hatte die juristischen Angelegenheiten für die Besitzer geregelt und ich sollte ihn an diesem Abend begleiten. Angesichts der Szene, die wir gerade erlebt hatten, schien es absurd, an dieser Feier teilzunehmen.

Ich brach das Schweigen zuerst. „Papa? Mama glaubt, dass Archie Bunker mit ihr redet."

Die Verrücktheit dieser Aussage schien einen Moment lang im Raum zu schweben.

„Ich weiß …", begann mein Vater, doch er schien nicht in der Lage zu sein, ein Wort des Trostes oder der Erklärung für seine siebzehnjährige Tochter zu finden.

Doch dann tat er etwas, was selten vorkam. Er fing an zu lachen. Ich weiß nicht, warum, aber ich musste mitlachen. Es war dieses stille Lachen, das einen regelrecht durchschüttelt, bei dem aber kein Laut zu hören ist. Und es hat etwas ungeheuer Befreiendes. So ging es ein paar Minuten; es war wie eine Umarmung, bei der keiner von uns loslassen wollte. Mein Vater lachte so heftig, dass ihm die Tränen kamen. Er wischte sich langsam über seine traurigen blauen Augen, gab ein paar hohe Töne von sich, als das Lachen allmählich abebbte, und holte wieder Luft. Wir sagten nichts mehr. Es gab nichts mehr zu sagen.

Wir besuchten die Party im Restaurant, und als jemand meinen Vater fragte, wie es ihm ging, lächelte er überzeugend und antwortete: „Danke, gut. Und Ihnen?"

Ich wusste, dass Menschen, die unter einer psychischen Krankheit litten, all ihre Kraft aufbringen mussten, um diese in Schach zu halten. Meine Mutter brachte täglich diesen Mut auf und traf somit immer wieder die Entscheidung zu leben. Doch nicht nur meine Mutter musste um ihre Gesundheit kämpfen, auch uns ging es nicht anders. Hätte mein Vater irgendwann aufgegeben oder hätten meine Großeltern mir und meinen Schwestern nicht geholfen, wäre unser Leben mit Sicherheit anders verlaufen.

Da ich mit meiner Mutter dies alles erlebt hatte, fiel es mir nicht schwer, mich mit den Bewohnern unseres Projektes verbunden zu fühlen. Ja, ich fühlte mich sogar persönlich dafür verantwortlich, etwas gegen ihre Notlage zu unternehmen. Irgendwie hatte ich immer den Wunsch gehabt, meine Mutter aus ihrem Leid zu befreien. Doch für mich als Sechsjährige und später als Siebzehnjährige gab es einfach nichts, was ich tun konnte. Nur die Ärzte waren in der Lage, die richtige Kombination von Medikamenten zu finden, um meine Mutter wieder zu der Frau zu machen, die ihren Masterabschluss nachholen und nach China reisen konnte.

Ihre manischen Phasen flößten mir Angst ein und hinderten mich daran, meine realen Befürchtungen auszusprechen. Wenn ich auf einen Mann hörte, der dreißig Jahre obdachlos gewesen war, und mir von ihm einen Auftrag geben ließ, war ich dann tatsächlich so viel anders als meine Mutter?

Kam bei mir mit vierundvierzig Jahren vielleicht dieselbe Veranlagung für manische Depressionen zum Vorschein? War die Sache mit Denver wirklich real? War überhaupt irgendetwas von all dem real?

Wie ich es mein ganzes Leben lang getan hatte, verbarg ich auch jetzt meine Furcht vor einem Nervenzusammenbruch in derselben Schublade, wie ich es bei der Krankheit meiner Mutter getan hatte. Ich sprach nicht darüber. Ich wollte weder Charlie noch irgendjemand anderem erzählen, dass ich am Überschnappen war.

Ende April aber schickte ich schließlich eine E-Mail an eine Pastorin der neuen Gemeinde, die wir inzwischen besuchten, der Christ Episcopal Church. Ich kannte die Pastorin, Lisa Saunders, weil Kailey und ihre Tochter gemeinsam Fußball spielten. Ich schrieb ihr und bat sie um ein Treffen. Was ich ihr genau erzählen wollte, das wusste ich nicht, aber ich musste endlich mit jemandem reden, der nichts mit dem *Moore-Haus* zu tun hatte, damit ich offen und ehrlich sein konnte. Ich musste jemand haben, dem ich sagen konnte: Ich glaube, ich werde verrückt.

Als ich zu dem Termin mit der Pastorin fuhr, rang ich innerlich mit dem, was ich sagen wollte. War ich psychisch krank oder war das alles hier tatsächlich eine geistliche Berufung?

Ich wünschte mir keines von beiden. Eine bipolare Störung oder eine göttliche Berufung – das alles hörte sich für mich gleichermaßen verrückt an.

Lisa begrüßte mich im Foyer ihrer Kirche und wir gingen gemeinsam in ihr Büro. Auf dem Weg dorthin redeten wir über dies und das. Der Priesterkragen, den sie trug, überraschte mich. Wenn wir uns am Rand des Fußballfeldes begegneten, war mir nie klar gewesen, dass sie auch ein Berufsleben hatte. Nun setzte sich Lisa neben mich und wartete geduldig, während ich hin und her überlegte, wie ich anfangen sollte. In meiner Stimme spiegelten sich alle meine Zweifel wider, als ich zu erklären begann, warum ich gekommen war.

Ich erzählte zunächst ein wenig von meiner Mutter und ihrer manisch-depressiven Erkrankung. Dann beschrieb ich Lisa den überwältigend großen Plan vom Bau des *Moore-Hauses*. Wie sich alles von einem spannenden Berufswechsel zu einer großen Last entwickelt hatte, die mich zu erdrücken drohte. Ich fuhr fort mit dem Widerstand der Anwohner, der Politik und den finanziellen Problemen. Lisa hörte mir still zu wie eine gute Therapeutin, die wusste, dass ich irgendwann meinen eigenen Zirkelschluss erkennen würde.

Schließlich übernahm sie wieder die Gesprächsleitung und fragte: „Warum also sind Sie hier?"

All die Monate, in denen ich nachts wach gelegen hatte, standen mir deutlich vor Augen. Die Frage, mit der ich gerungen und die ich doch immer wieder verdrängt hatte, schob sich nun in den Vordergrund und ließ sich nicht mehr leugnen. Ich schaute Lisa an, traute mich kaum, es auszusprechen; doch sie schien genau zu wissen, was ich sagen wollte.

„Das Problem ist, dass ich das wirklich tun will", begann ich. „Ich möchte dieses Haus tatsächlich bauen."

Aufmunternd nickte sie mir zu.

„Aber ich bin nicht stark genug, es selbst zu schaffen", gab ich schließlich zu.

Meine Stimme stockte und ich versuchte, nicht in Tränen auszubrechen. Bisher war es mir immer gelungen, das zu verwirklichen, was ich wirklich wollte. Meine Kindheit hatte mich eine fast schon krankhafte Eigenständigkeit gelehrt – hart zu arbeiten und meine Ziele ohne fremde Hilfe zu erreichen.

„Um das hier zu tun, muss ich an etwas glauben können, das größer ist als ich selbst", sagte ich, als ob das ein riesiges Problem sei. Doch als ich dies nun einer Pastorin gegenüber äußerte, kam es mir gar nicht mehr so problematisch vor. Ich versuchte es noch genauer zu formulieren. „Wenn ich Erfolg haben will, dann muss ich glauben, dass mir etwas zur Seite steht, das größer ist als ich und dafür sorgt, dass die Sache gelingt."

Nun war es heraus. Ich hatte es laut ausgesprochen. Fast. Ich hatte das Wort Gott nämlich vermieden. Lisa lächelte mich an. Sie beugte sich vor, stütze die Ellbogen auf die Beine und faltete die Hände fast wie zum Gebet. „Und warum macht Ihnen das solche Angst?"

„Weil es sich so verrückt anfühlt! Ich komme mir verrückt vor! Zu glauben, dass ich eine Botschaft empfangen habe, eine Berufung, dieses Gebäude zu errichten, das fühlt sich einfach wahnsinnig an!" Jetzt weinte ich tatsächlich. „Und ernsthaft darauf zu hören, ist noch verrückter."

Der Anblick meiner Mutter und die Stimmen, die sie während meiner Kindheit gehört hatte, verfolgten mich. Gab ich nicht gerade selbst zu, in einer manischen Phase zu sein und Stimmen zu hören, die mir einen großen Plan vorlegten?

„Und wenn es nicht so ist?", fragte Lisa schlicht.

Ja, was dann?

Wenn es wirklich stimmte, dass ich Denver treffen sollte, und er wirklich eine Botschaft für mich hatte, die ich hören sollte?

Wenn ich also tatsächlich den Auftrag hatte, das *Moore-Haus* zu bauen?

Es kam mir so verrückt vor wie der Bau der Arche Noah, und genau darum ging es ja.

„Ich komme immer wieder an denselben Punkt: Um das Projekt zu verwirklichen, muss ich an Gott glauben, denn ich schaffe es nicht allein. Aber um an Gott zu glauben, muss ich auch glauben, dass ich eine Art Botschaft von ihm erhalten habe, mit der das alles seinen Anfang nahm. Und diesen Teil kann ich einfach nicht glauben."

„Warum nicht?", fragte Lisa.

„Warum gerade ich?", schluchzte ich. „Wie kann jemand, der gar nicht an Gott glaubt, eine Botschaft von ihm empfangen?"

„Warum denn nicht?", fragte Lisa.

Weil ich es nicht wollte. Ich glaubte an solche Dinge nicht – das taten Dale und Louise. Ich mochte auch die geistlichen Teile in Rons und Denvers Buch nicht. Wenn sie so einen Predigt- oder Gebetston anschlugen, das Ganze anfing, so heilig zu klingen. Diese Seiten hatte ich stets übersprungen.

Ich mochte die Realität. Ich glaubte an das, was real war. Es war ja in Ordnung, wenn Denver meinte, die Leute bildeten eine Gebetskette für ihn, aber das war nichts für mich. Wie konnte ich glauben, dass Denver, der aus einer übernatürlichen Welt heraus zu sprechen schien, eine Botschaft aus dieser anderen Welt für mich hatte?

Da war ich wieder in meinem Zirkelschluss gefangen.

Ich wollte das *Moore-Haus*. Ich wollte nicht scheitern, nicht versagen. Aber für den Erfolg musste ich um fremde Hilfe bitten. Ich brauchte große Hilfe, ja übernatürliche. Wie Charlie es so treffend formuliert hatte, brauchte ich ein Wunder.

Meine immensen Zweifel schienen den ganzen Raum zu füllen und Lisa wartete geduldig ab, was ich mit ihnen machen würde.

„Wie kann ich sicher sein?", flüsterte ich, als hätte ich selbst bei einer Pastorin Bedenken zuzugeben, dass ich den Glauben in Erwägung zog.

Woher sollte ich wissen, dass ich keine manischen Stimmen hörte, sondern das Ganze Realität war? Und das Verrückte war ja, dass meine Mutter ihren starken Glauben nie aufgegeben hatte. Seit sie damals während der Studienzeit mit meinem Vater in der Bibel gelesen hatte, waren die Kirche und das Gebet immer ein wesentlicher Teil ihres Lebens gewesen. Ja, der Glaube war in den dunkelsten Zeiten ihre Rettung gewesen.

Lisa lehnte sich zurück und lächelte. Sie schien entspannt zu sein, als ob sie nur darauf gewartet hätte, endlich die Pointe zu bringen. „Sie werden es wissen", sagte sie voller Überzeugung. „Gott hat eine ganz humorvolle Art und Weise, sich uns vorzustellen."

# 20. Geschenke von ganz oben

*Wir müssen bereit sein, das Leben, das wir geplant haben, loszuwerden, damit wir das Leben bekommen, das auf uns wartet.*

**JOSEPH CAMPBELL**[20]

Als ich Lisas Büro an jenem Tag wieder verließ, fühlte ich mich zwar ein wenig getröstet, war aber immer noch nicht ganz überzeugt.

Immerhin hatte ich es endlich gewagt, den Dämon beim Namen zu nennen, der mich ständig plagte: dass ich eine bipolare Störung haben könnte. Nachdem ich eine Weile nachgedacht hatte, kam ich zu dem Schluss: Lieber halte ich mich für ein wenig manisch, als dass ich meine, von Gott für diese Aufgabe berufen zu sein.

Lisas überzeugende Worte blieben jedoch bei mir hängen und ich schlief nachts besser, seitdem ich vor dem Einschlafen ein etwas unbeholfenes Gebet sprach. Ich kam mir fast ein bisschen vor wie Scott Mercer, der für seine Nachbarn betete, während er ihnen die Zeitung hinlegte. Am Anfang zählte es auch nicht wirklich als Gebet. Wenn ich mich hinlegte, versuchte ich einfach, meine Gedanken loszuwerden. Es war mehr eine Liste als eine Liturgie.

*Gott, hilf uns, Spender zu finden.*

*Gott, hilf, dass die Anwohner uns nicht so sehr hassen.*

*Gott, hilf mir, dieses Antragsformular auszufüllen.*

---

20 Joseph Campbell: *Reflections on the Art of Living. A Joseph Campbell Companion.* Hrsg. Diane K. Osbon. New York: Harper Perennial, 1995, S. 18.

Die letzte Bitte betraf einen Antrag an die städtische Wohnungs-baubehörde und war meine nächste große Sorge. Der Antrag konnte uns 1,7 Millionen an Fördergeldern einbringen und, was noch wichtiger war, fortlaufende Mietzuschüsse vonseiten der nationalen Behörden für die nächsten dreißig Jahre.

Wir waren nicht sonderlich erpicht auf staatliche Zuschüsse. Dale leitete das UMC seit Jahren, ohne auch nur einen Cent öf-fentlicher Gelder in Anspruch zu nehmen, und zwar aus gutem Grund. Dale wollte in der Lage sein, schnell und unkompliziert auf Notlagen unserer „Nächsten" zu reagieren. Staatliche Gelder aber bedeuteten zugleich Grenzen und genaue Regelungen, wem wir helfen durften und wem nicht. Darum wollten wir uns bei der Planung des *Moore-Hauses* in erster Linie lieber auf christliche Gemeinden und Einzelpersonen verlassen.

Wenn das *Moore-Haus* aber erst einmal stand, dann brauchten wir die Unterstützung seitens des Staates. Wenn die Wohnungs-baubehörde uns die staatlichen Mietzuschüsse vermittelte, konn-ten wir Menschen direkt von der Straße in unsere Wohnungen einquartieren und sie konnten sich mithilfe von Sozialarbeitern um eine Behindertenrente bemühen. Sobald unsere Mieter ein Dach über dem Kopf hatten und nicht mehr unter Schlafmangel litten, würden sie auch in der Lage sein, ganz andere Entschei-dungen zu treffen: einen Entzug zu machen, den Schulabschluss nachzuholen oder eine Ausbildung zu beginnen und ihren Le-bensstil zu ändern. Schließlich war es so auch bei Coleman, Sa-muel und Raymond gewesen.

Das würde das Leben von fast hundert Menschen verändern und nicht nur von dreizehn.

Doch die Unterstützung durch die Wohnungsbaubehörde und den US-Staat stellte eine riesige Hürde dar, die ich bisher noch nicht hatte überwinden können. Der unheimlich komplizierte Antrag beinhaltete die Bereitstellung ganzer Aktenordner vol-ler Informationen und eine detaillierte Budgetplanung für die nächsten dreißig Jahre.

Als ich die lange Liste von Anforderungen durchblätterte, fühlte ich mich komplett überfordert. Mein Vorsatz, etwas Gutes zu tun, reichte dafür längst nicht aus. Hier brauchte man eigentlich Fachleute, einen Betriebswirt und nicht eine Grafikdesignerin.

Eines Tages, als ich mich gerade im UMC durch die lange Schlange vor der Essensausgabe zwängte, um zu Dales Büro zu gelangen und ihm zu gestehen, dass ich den Förderantrag nie würde ausfüllen können, wurde ich von Jerry Licari angesprochen. Jerry hatte mit uns im Auto gesessen, als wir uns das erste Mal den Schrottplatz angesehen hatten. Seitdem wartete er darauf, eine Aufgabe in unserem Projekt zu bekommen. Ich hatte ihm noch keine gegeben, weil mir nicht klar war, worum ich ihn bitten konnte. Dale hatte ihn für unser Team ausgesucht und ich kannte Jerrys Fähigkeiten noch nicht so genau.

„Es freut mich, dass das *Moore-Haus* so große Fortschritte macht", sagte er, als ich gerade an ihm vorbei wollte. „Ich würde mich gern noch mehr dort einbringen. Gibt es etwas, wo ich mithelfen kann?"

„Eigentlich nicht", sagte ich und fiel dabei unwillkürlich in einen ironischen Unterton: „Es sei denn, Sie kennen sich mit Proforma-Rechnungen und allem, was dazugehört, aus."

Ich kannte diesen Fachausdruck so wenig, dass ich nicht einmal sicher war, ob ich ihn überhaupt korrekt verwendete.

Jerry sah mich mit einem seltsamen Gesichtsausdruck an. „Das ist jetzt ein Witz, oder?"

Ich schaute ihn an und hatte plötzlich ein eigenartiges Gefühl. „Nein, warum?"

„Weil ich so etwas unheimlich gern mache!", rief er und fing an zu lachen. „Ich war Partner in einer der großen Buchhaltungsfirmen hier in der Stadt. Ich kenne mich aus!"

Fast wäre ich in Tränen ausgebrochen, als ich das hörte.

Wie sich herausstellte, war Jerry ein echter Fuchs in allen Finanzfragen und wurde zum ehrenamtlichen Buchhalter für das *Moore-Haus* ernannt. In den nächsten eineinhalb Jahren arbeiteten wir beide eng zusammen. Er erstellte die Finanzpläne für das Moore-Projekt und überarbeitete sie immer und immer wieder.

Wir nahmen gemeinsam an unzähligen Sitzungen teil und arbeiteten monatelang, um die Dokumente zu erstellen, die wir für die Anträge auf öffentliche Gelder brauchten.

Als die Wohnungsbaubehörde schließlich darüber abstimmte, ob das *Moore-Haus* 1,7 Millionen Dollar für den Bau sowie Fördermittel für die nächsten dreißig Jahre erhalten sollte, saß Jerry direkt neben mir. Gemeinsam sahen wir zu, wie die Vorstandsmitglieder einer nach dem anderen die Hand hoben und mit Ja stimmten.

Erst vier Jahre später erfuhr ich, wie ungewöhnlich die Begegnung mit Jerry damals bei der Essensschlange im UMC gewesen war. Als wir im Jahr 2013 zusammensaßen und einen Kaffee tranken, erzählte er mir, er habe an jenem Tag mir gegenüber das erste Mal erwähnt, dass er Buchhalter gewesen war. Nachdem er im Jahr 2006 in den Ruhestand gegangen war, hatte er sich geschworen, etwas ganz anderes mit seinem Leben zu machen. Auf die Finanzwelt hatte er keine Lust mehr, damit wollte er nichts mehr zu tun haben.

Schon vor seiner Pensionierung hatte Jerry sich zwei soziale Projekte ausgesucht, für die er sich engagieren wollte, und eines davon war das UMC. Er wollte dort jedoch nur seelsorgerlich tätig sein. Als der Mitarbeiterkoordinator ihn nach seinem früheren Beruf fragte, antwortete er: „Ich war Geschäftsmann." Selbst als Dale ihn bat, in den Vorstand des UMC einzutreten, hatte Jerry seine Erfahrungen als Buchhalter mit keinem Wort erwähnt.

Später vertraute Jerry mir an: „Als ich dich damals im UMC traf, warst du die Erste dort, der ich von meinem früheren Beruf erzählt habe."

Gott hat eine humorvolle Art, sich uns zu zeigen.

Ich schaute auf die Uhr und sah, dass es Zeit war, die Tische abzuwischen. Alle, die zum Personal des UMC gehörten, mussten einmal pro Woche die Tische im Speisesaal abwischen, egal, welche

Aufgabe sie im UMC hatten. Dale war der Meinung, dass man sich leicht in der Büroarbeit verlieren konnte und darüber vergaß, warum wir alle hier waren – nämlich, um unseren „Nächsten" zu helfen. Einmal pro Woche alle Suppenflecken von den Tischen zu entfernen half einem, die Demut zu bewahren. Doch an diesem Tag wollte ich nicht so gern in den Speisesaal gehen. Ich musste nämlich einen wichtigen Antrag für die John S. und James L. Knight Stiftung fertigstellen. Wir bewarben uns um eine Million Dollar und der Abgabetermin rückte näher. Auch nachdem wir eine Zusage über 1,7 Millionen Dollar von der Wohnungsbaubehörde erhalten hatten, brauchten wir immer noch 4,8 Millionen, die auf wundersame Weise von irgendwo herkommen mussten.

Ich hatte noch sechs Tage Zeit, um den Antrag einzureichen. Es war ein komplexes Werk mit exakten Fragestellungen und Angaben, die nur dazu dienten nachzuweisen, dass wir wirklich wussten, was wir taten. Ich kam mir vor, als würde ich eine Doktorarbeit schreiben, und in gewisser Hinsicht war es auch so. Meine Bemühungen waren der Gipfel einer eineinhalbjährigen Ausbildung am Arbeitsplatz; dazu hatte ich auch vieles von anderen Organisationen gelernt. Wie andere Stiftungen auch war die Knight Stiftung nicht so sehr daran interessiert, ob wir Gutes taten; sie mussten sicher sein, dass wir es auch gut machten. Wir mussten ihnen unsere Budgetprognosen, das Personalmodell und den Finanzierungsplan vorlegen und außerdem noch weitere prüfende Fragen bezüglich unserer spezifischen Ziele und der zu erwartenden Ergebnisse beantworten.

Doch nun musste der Antrag erst einmal warten, bis ich meinen Tischdienst erledigt hatte. Wie immer war es im Speisesaal laut und voll. Ich arbeitete mich bis zum anderen Ende des Saals vor, holte mir einen Lappen und winkte Liz Clasen-Kelly zu, die ebenfalls Tischdienst hatte. Als ich anfing, die Tische abzuwischen, fiel mir ein junger Mann mit wilden Dreadlocks auf, der vom Tisch aufstand und sich dann wieder dort anstellte, wo die anderen geduldig vor dem Tresen warteten, bis sie ihr Tablett bekamen. Ich schaute zurück auf seinen Sitzplatz, wo er ganz offensichtlich schon zu Mittag gegessen hatte. Das UMC gewährte zwar auch einen Nachschlag, jedoch erst in den letzten fünfzehn Minuten vor Ende der Essensausgabe. Dadurch sollte sicherge-stellt werden, dass jeder zumindest eine Portion bekam. Natür-lich war es kein Verbrechen, sich ein zweites Mal anzustellen, und ich wusste ja, dass alle, die kamen, wirklich Hunger hatten. Aber dieser Mann brach ein ungeschriebenes Gesetz, an das alle anderen sich hielten. Ich stellte mich hinter ihn, um zu sehen, ob er sich tatsächlich noch einen Teller Suppe holte.

„Entschuldigung", sprach ich ihn dann an.

Die dunkelbraunen Augen, mit denen er mich ansah, hatten einen wilden Blick und waren rot gerändert. „Was?", erwiderte er unhöflich.

„Wir geben jetzt noch keinen Nachschlag aus."

„Das ist kein Nachschlag", entgegnete er.

„Wirklich?", sagte ich und deutete auf seinen leeren Teller, der immer noch auf dem Tisch hinter uns stand.

„Was geht dich das an?", fragte er laut. Mehrere Leute schau-ten zu uns her, darunter auch Bill, der stille Cowboy mit dem schmutzigen Lederhut, der neben dem leeren Tablett des jungen Mannes seine Suppe aß.

Während ich überlegte, ob ich noch etwas tun oder sagen sollte, warf mir der junge Mann seinen Teller mit Nudeln und Tomatensoße entgegen. Sofort sprang Bill auf und stellte sich zwischen mich und den Tellerwerfer.

„Hey! Pass bloß auf!", schrie er den jungen Mann an. Der sah zunächst so aus, als ob er sich auf Bill stürzen wollte, doch da standen schon zwei andere Männer auf und stellten sich neben Bill.

„Mach, dass du hier wegkommst", sagte einer von ihnen mit lauter Stimme.

Als der junge Kerl sich umdrehte und verschwand, fragte Bill: „Alles in Ordnung bei Ihnen, Ma'am?" Er schaute mich mit sei-nen freundlichen himmelblauen Augen an und seinem wetter-gegerbten Gesicht, das genauso gebräunt und faltig war wie sein

Hut. Er war nicht viel größer als ich und ich war überrascht, dass er sich dem viel kräftigeren jungen Mann entgegengestellt hatte, um mich zu verteidigen.

Ich schaute auf meine Bluse hinunter. Glücklicherweise hatte mich der Teller fast ganz verfehlt und die Tomatensoße war überwiegend auf dem Boden gelandet.

„Ja, vielen Dank. Es geht mir gut."

Während ich über meine Bluse wischte, fiel mir ein, dass ich noch nicht einmal Bills Nachnamen wusste. „Ich bin Ihnen sehr dankbar, dass Sie mir geholfen haben. Sie heißen Bill, stimmt's?"

„Ja, Ma'am. Bill, Bill Halsey", antwortete er, tippte sich an den Hut und kehrte an seinen Platz zurück.

Liz hatte sich durch die Menschenmenge zu mir durchgezwängt. „Alles in Ordnung?"

„Ja, zum Glück war Bill da."

„Ach, ich mag Bill wirklich sehr", sagte Liz. „Er ist einer meiner Lieblinge." Sie kannte natürlich auch seine Geschichte und erzählte sie mir.

Bill Halsey lebte in einer der ungewöhnlichsten Unterkünfte aller Straßenbewohner von Charlotte. Bei der Notunterkunft für Männer hatte er es zwar schon versucht, aber die Zustände dort waren ihm zu chaotisch, also hatte Bill sich das einzige Haus gebaut, das er bauen konnte. An den Bahnschienen hatte er eine Betonplattform gefunden, die früher dazu benutzt wurde, um Baumwoll-Ballen von den Güterzügen abzuladen. Bill aber stellte nicht etwa ein Zelt darauf, sondern grub sich eine Höhle darunter. Zwei Monate brauchte er, um ein zweieinhalb Meter breites und ebenso langes Loch zu graben, das tief genug war, um darin aufrecht stehen zu können. In dieser Höhle lebte Bill nun schon seit fünf Jahren.

So seltsam dieses Arrangement auch scheinen mochte, ich konnte es gut verstehen. Bills Bedürfnis nach einem unterirdischen Ort, der ihm Sicherheit bot, war nicht so viel anders als das Versteck einer Sechsjährigen oben auf dem Kleiderschrank.

„Der Tag, von dem ich träume", sagte Liz abschließend, „ist der Tag, an dem ich Chilly Willy und Bill Halsey in eine Wohnung einziehen sehe."

Ich beendete meinen Tischdienst und kehrte in mein Büro zurück.

Es war einfach unfassbar, dass ein so netter Mensch wie Bill Halsey in einem Loch im Erdboden hausen musste. Und ebenso unbegreiflich war es für mich, dass Männer wie Coleman und Samuel Jahrzehnte auf der Straße gelebt hatten. Sie waren mein schlagendes Argument für den Bau unserer Wohnungen.

Ich hatte viele Daten und Fakten, die ich in das Antragsformular der Knight Stiftung eintragen konnte, aber ich hatte auch diese Geschichten aus dem wahren Leben, die zeigten, worauf es wirklich ankam. Würde sich jemand von der Knight Stiftung auch für eine solche Geschichte interessieren, eine, die sein Herz anrührte, und nicht nur sachlich vorgebrachte Argumente erwarten? Ich beschloss, im letzten Abschnitt des Antrags etwas Ungewöhnliches zu wagen. Vielleicht wäre es ja angemessener, bei der förmlichen Sprache und den Statistiken zu bleiben. Aber vielleicht, vielleicht hatten diejenigen, die den Antrag bearbeiteten, es ja auch satt, all das zu lesen, und wollten etwas hören, was wirklich wichtig war:

Unser fünfzigjähriger Bewohner Samuel, der sich im Pilotprojekt befand, besuchte das UMC nach seinem ersten Unterrichtstag an der Volkshochschule. Er war ordentlich frisiert und rasiert, trug ein gebügeltes Hemd und hielt stolz seinen Rucksack mit dem Schulmaterial in der Hand. Er stach klar hervor zwischen den vierhundert zerlumpt gekleideten Menschen, die an der Essensausgabe des UMC Schlange standen. Über zwanzig Jahre lang hatte auch er dazugehört. Während er den anderen seinen Lehrplan und die Bücher zeigte, sagte eine UMC-Mitarbeiterin staunend zu mir: „Ich kann es kaum glauben. Ich dachte immer, er sei ein hoffnungsloser Fall."

Er und zwölf weitere Mitbewohner beweisen es täglich hier in Charlotte, dass es keine hoffnungslosen Fälle gibt. Das

*Moore-Hause* wird 85 weiteren Menschen die Chance bieten, ihr Leben komplett zu verändern. Und das wiederum wird andere inspirieren und ihnen Hoffnung geben – nicht nur denjenigen, die ebenfalls eine Wohnung suchen, sondern auch denjenigen unter uns, die ein Dach über dem Kopf haben und früher einmal geglaubt haben, dass die Obdachlosen hoffnungslose Fälle seien.

Ich sprach ein kurzes Gebet, während ich auf „Senden" drückte.

Wir konzentrierten uns sehr darauf, die nötigen Spendengelder zu bekommen, doch der Widerstand der Bürgerinitiative gegen unser Schrottplatz-Projekt hatte noch nicht nachgelassen. Den ganzen Sommer über nahmen wir an Sitzungen der Stadtverwaltung und der Vereinigung teil und versuchten die Stimmung zu verändern, doch ohne Erfolg.

Ende Juli 2009 checkte ich meine E-Mails und konnte kaum glauben, was ich da las. Es war die Nachricht einer Gemeinde aus dem Viertel, die uns helfen wollte:

Wir haben kürzlich erfahren, dass das gegenüberliegende Grundstück vom *Urban Ministry Center* erworben wurde. Wir freuen uns sehr darüber und hoffen, dass wir Sie unterstützen können bei all dem, was Sie in Zukunft dort planen.

Ich kannte die Gemeinde, denn sie lag genau auf der anderen Straßenseite des Schrottplatzes. Das Gemeindehaus war keine traditionelle Kirche, sondern ein einfaches Betongebäude, an dem ich schon Hunderte Male vorbeigefahren war. Das war fast zu schön, um wahr zu sein – Freunde in der Nachbarschaft? Eine Gruppe von Menschen, die begeistert waren, dass wir dort bauen wollten.

Es war ein heißer Nachmittag, an dem ich die Gemeinde schließlich aufsuchte. Allerdings war es nicht in erster Linie das Wetter, das mich zum Schwitzen brachte. Ich stand unter Druck, unser Treffen musste unbedingt positiv verlaufen. Nach all den unerfreulichen, ja geradezu feindseligen Begegnungen mit der Bürgerinitiative machte ich mir Sorgen, dass es auch hier eine Konfrontation geben könnte.

Wie versprochen waren jedoch nur der Pastor und zwei freundliche Gemeindemitglieder da, um mich zu begrüßen. Wir setzten uns etwas unbeholfen auf Kinderstühle in einem Unterrichtsraum. Der fröhliche Lärm einer Kinderfreizeit drang vom Nebenraum zu uns herüber. Nachdem wir uns miteinander bekannt gemacht hatten, holte ich die Broschüre mit den Entwürfen des *Moore-Hauses* hervor, in der Hoffnung, meine Gesprächspartner davon überzeugen zu können, dass sie nichts zu befürchten hatten und kein Grund zum Protest bestand. Ich wollte dieser Gemeinde unbedingt klarmachen, dass ihre neuen Nachbarn Leute wie Coleman sein würden – gute Menschen, die eine faire Chance verdient hatten.

„Uns müssen Sie nicht erst überzeugen", sagte der Pastor. „Wir sind schon entschlossen, Ihnen zu helfen. Unsere ganze Gemeinde hat ein Buch zu diesem Thema gelesen und das hat einen starken Eindruck bei uns hinterlassen."

Ich war überrascht: eine ganze Gemeinde wollte sich für die Obdachlosen engagieren? Es war eine kleine Gemeinde mit eher begrenzten Ressourcen, darum war ich umso mehr beeindruckt, dass sie uns so großzügig unterstützen wollten.

„Wow, das ist ja toll", meinte ich schließlich. „Was war das für ein Buch?"

„*Genauso anders wie ich*", antwortete der Pastor.

Natürlich, wie konnte es auch anders sein!

Dale und meine Schwester Louise lachten nur, als ich es ihnen später erzählte.

„Kathy, so was kann sich ja niemand ausdenken", sagte Louise am Telefon zu mir. „Du bist auf einer Art kosmischer Reise unterwegs. Am besten fängst du schon jetzt an, das alles aufzuschreiben."

An diesem Abend schickte ich Lisa Saunders eine E-Mail mit den schlichten Worten: Heute hat Gott sich wieder gezeigt.

Als ich endlich mit offenen Augen und Ohren durch die Welt ging, merkte ich, dass Gott anscheinend überall war.

Ich hatte noch nicht oft mit Scott Mercer gesprochen, seit wir ihn mit Coleman zusammengebracht hatten, doch wir brauchten jetzt noch mehr Hilfe, um Spenden zu sammeln. Da Scott nun auch ein persönliches Interesse an den Teilnehmern unseres Wohnprojektes hatte, hoffte ich, er würde sich unserem Team anschließen, das Firmen und Privatpersonen um finanzielle Unterstützung bat. Wir trafen uns in einem Bistro, in dem es leckere Pfannkuchen gab, und redeten so viel über Coleman und ihre Freundschaft, dass wir kaum noch Zeit hatten, über das Moore-Projekt zu sprechen.

„Als Coleman vor zwei Monaten mal bei uns zu Abend gegessen hat, habe ich ihm meine selbst gemachte Grillsoße serviert", erzählte mir Scott. „‚Scott, die ist so gut, dass du sie verkaufen könntest', meinte Coleman daraufhin zu mir. Und genau das machen wir jetzt!"

Stolz zeigte mir Scott ein Foto seines neuen kleinen Geschäftsmodells, das er gemeinsam mit Coleman entwickelt hatte: eine rot-weiß-blaue Flasche mit Grillsoße, die ein Etikett trug mit der Aufschrift „ECs hausgemachte Barbecue-Soße – schmeckt wie selbst gemacht".

Sie hatten schon damit begonnen, ihre Soße in Flaschen abzufüllen, und suchten noch nach Händlern, die ihr Produkt in den Verkauf nahmen. Und dann eröffnete mir Scott noch eine Überraschung: „Coleman möchte den Gewinn an das *Urban Ministry Center* spenden, aus Dankbarkeit für alles, was dort für ihn getan wurde."

Scott vertraute mir an, dass er der Auffassung war, Gott habe ihn mit Coleman zusammengeführt. Die beiden hatten eine ähnliche Verbindung zueinander wie Denver Moore und Ron Hall.

Wir redeten so viel, dass ich fast vergaß, warum ich Scott

um ein Treffen gebeten hatte. Als er schon am Aufbrechen war, drückte ich ihm noch eine Broschüre des *Moore-Hauses* in die Hand und fragte ihn, ob er uns helfen würde, Spenden für unser Projekt zu sammeln. Die Broschüre hatten zwei meiner Freunde aus der Werbebranche gestaltet, Julie Marr und Arkon Stewart. Auf den Seiten kamen drei Personen zu Wort: Jane Harrell, eine Ärztin, die darlegte, warum die Unterbringung in einer Wohnung für die Gesundheit unerlässlich war; ein Anwalt aus der Gegend, der aufzeigte, wie die Unterbringung in einer Wohnung die Verschwendung von Steuergeldern verhinderte; und Coleman, der erzählte, wie sich sein Leben verändert hatte, seit er eine Wohnung besaß.

Scott blätterte die Broschüre schnell durch und versprach, sich später bei mir zu melden. Am Nachmittag erhielt ich folgende E-Mail von ihm:

Liebe Kathy,

es ist einfach unglaublich. Als wir uns heute Morgen die Broschüre ansahen, bemerkte ich nicht, dass dort meine Ärztin Dr. Jane Harrell etwas geschrieben hatte. Wir haben eine besondere Verbindung, denn ich habe es ihrer Intuition und Sorgfalt zu verdanken, dass sie bei mir einen Prostatakrebs im Frühstadium entdeckt hat. Da ich noch relativ jung bin (aus medizinischer Sicht), wäre ich normalerweise nicht daraufhin untersucht worden. Im Grunde genommen hat Dr. Harrell mich vor einem schlimmen Verlauf der Krankheit bewahrt. Ich habe ihr also sozusagen mein Leben zu verdanken. Wir haben uns offen darüber unterhalten, auch über meinen „Zeitungsdienst", und sie ist der festen Überzeugung, dass sie von Gott dazu bewegt wurde, mich untersuchen zu lassen, damit ich eine höhere Berufung in meinem Leben erfüllen konnte.

Sie hätten einmal mein Gesicht sehen sollen, als ich mir die Broschüre heute Morgen noch einmal ansah. Als ich nach unserem Frühstück ins Büro zurückkehrte und Dr. Harrells Text gleich hinter dem von Coleman entdeckte, bekam ich regelrecht eine Gänsehaut. Ich kann es kaum erwarten, ihr das beim nächsten Untersuchungstermin zu erzählen. Es wird sie umhauen, wenn sie erfährt, dass ich in Ihrem Programm Coleman zugeteilt wurde!

Scotty

Das alles konnte kein Zufall sein. Ich kannte Dr. Jane Harrell nicht einmal, als wir sie in unsere Broschüre aufnahmen. Sie half uns dabei, eine kostenlose Sprechstunde im UMC einzurichten, und Dale hatte vorgeschlagen, sie in unserer Broschüre zu Wort kommen zu lassen, um die medizinische Perspektive aufzuzeigen. Keiner von uns wusste, dass sie eine Verbindung zu Scott Mercer oder Coleman hatte.

Nun konnte mich bei unserem Projekt nichts mehr überraschen. Jedes Mal, wenn ich den Eindruck hatte, dass Gott am Werk war, schaute ich einfach nach oben und flüsterte Danke.

Es war der 14. September 2009. Den ganzen Monat über hatte ich den Kalender beobachtet und heute schaute ich den ganzen Tag auf die Uhr. Susan Patterson von der Knight Stiftung hatte mir mitgeteilt, dass an diesem Tag über unseren Antrag abgestimmt würde. Unsere Kampagne stagnierte bei unter sechs Millionen und wir brauchten dringend etwas, das uns Auftrieb gab. Wenn die Stiftung uns eine Million Dollar zusagte, dann würde uns das nicht nur über den kritischen Punkt der halben Bausumme bringen, sondern es wäre auch ein Signal an andere Stiftungen und Spender, dass wir vertrauenswürdig waren. Heute würde sich also entscheiden, ob sich die Arbeit und Mühe mit den umfangreichen Antragsformularen gelohnt hatte.

Ich starrte das Telefon auf meinem Schreibtisch an und wünschte mir inständig, dass es endlich klingelte. Und gute Nachrichten brachte.

Als der Anruf schließlich kam, wagte ich kaum abzunehmen, weil ein Nein einfach zu niederschmetternd gewesen wäre.

„Kathy, sie haben abgestimmt", begann Susan. Ich sah sie innerlich vor mir mit ihren hellroten Haaren und ihrer schicken schwarzen Brille.

„Die John S. und James L. Knight Stiftung freut sich, Ihnen mitzuteilen zu dürfen, dass das *Moore-Haus* einen Zuschuss von einer Million Dollar erhält."

Ich spürte eine Welle der Erleichterung. Anscheinend hatte meine Herz-und-Verstand-Argumentation Wirkung gezeigt. All die Sitzungen, all die Tassen Kaffee und die vielen Anträge schienen sich endlich auszuzahlen. Jetzt hatten wir 6,997 Mio von den zehn Millionen Dollar zusammen. Susan schlug mir vor, eine Pressekonferenz abzuhalten, um zu verkünden, wie weit wir gekommen waren, und die Öffentlichkeit zu bitten, uns bei den verbleibenden drei Millionen zu helfen.

Wir freuten uns schon sehr darauf, unseren bisherigen Erfolg öffentlich zu machen, als Dale einen Anruf des Hauptpastors von Scott Mercers Gemeinde erhielt, der Myers Park Presbyterian Church. Die Gemeinde wollte einen größeren Beitrag zu unserem Projekt leisten und dies während der Pressekonferenz bekanntgeben, die am Montag, den 19. Oktober 2009, stattfinden sollte. Dale nahm den Pastor in das Programm mit auf.

Am Morgen des 19. Oktober half ich mit, hundert Stühle in

dem alten Zugdepot aufzustellen. Wir hatten keine Ahnung, ob überhaupt jemand kommen würde, doch schon deutlich vor 10 Uhr strömten Freunde und potenzielle Spender herbei. Schnell füllte sich der Saal. Überall herrschte aufgeregtes Stimmengewirr. Da eilte Jane Harrell auf mich zu, die Ärztin, die Scott das Leben gerettet und den Text in unserer Broschüre geschrieben hatte. Sie hatte ihr langes blondes Haar nach hinten gesteckt und unter dem Mantel trug sie ihren blauen Arztkittel. Sie hatte nämlich gerade eine kostenlose Sprechstunde im UMC abgehalten. Ich vermutete, sie wolle auch an der Pressekonferenz teilnehmen, doch sie kam aus einem anderen Grund, wie ich noch erfahren sollte.

„Halten Sie mich bitte nicht für verrückt", begann sie. „Es ist nur so, dass ich nachts nicht mehr schlafen kann, weil Gott mir immer wieder sagt, dass ich das hier tun soll. Also tue ich es."

Mit diesen Worten steckte Jane mir einen weißen Umschlag zu, drehte sich um und verschwand durch der Tür. Erstaunt sah ich ihr nach, wie sie zu ihrem Wagen ging. Sie hatte mich mit ihrem Verhalten zwar neugierig gemacht, doch die Pressekonferenz würde jeden Moment beginnen und so steckte ich den Umschlag ungeöffnet in meine Jackentasche.

Als wir anfingen, war das Zugdepot überfüllt; es gab nur noch Stehplätze. Die Veranstaltung begann damit, dass Coleman und Scott erzählten, wie sie sich kennengelernt hatten und wie das ihr Leben verändert hatte. Danach kamen Vertreter der Wells Fargo Bank und der Wohnungsbaubehörde von Charlotte zu Wort. Dann stellte Dale den Pastor von Scotts Gemeinde vor, Steve Eason.

Steve hielt eine aufrüttelnde Rede, die mehr wie eine Predigt klang als wie eine Pressemitteilung. Sein letzter Satz jedoch war besonders beeindruckend. Darin sprach er all das an, was Charlotte in den letzten Jahren aufgrund der Wirtschaftskrise und des Verlustes von zwei großen Banken erlitten hatte: „Wir können in einer Gemeinschaft leben, die Jobs oder sogar ganze Geschäftszweige verloren hat", sagte er, „aber wir können nicht in einer Gemeinschaft leben, die ihr Mitgefühl verloren hat."

Seine Rede endete mit einer überraschenden Ankündigung. Die Myers Park Presbyterian Church würde 250.000 Dollar für das *Moor-Haus* spenden, wobei ein Teil davon andere zum Spenden ermutigen sollte. Die Gemeinde wollte uns nämlich zunächst 150.000 Dollar geben und die restlichen 100.000 Dollar, wenn sich fünfzig weitere Gemeinden fanden, die uns unterstützten. Pastor Eason rief die christlichen Glaubensgemeinschaften von Charlotte dazu auf, gemeinsam deutlich zu machen, dass die obdachlosen Menschen ihre Hilfe verdienten.

Es war unvorstellbar, dass eine einzige Gemeinde eine so große Summe zur Verfügung stellte und dazu noch fünfzig weitere Gemeinden rekrutierte, damit diese sich der Kampagne anschlossen. Mein Herz klopfte wie wild, als ich innerlich zu rechnen anfing: Wir hatten jetzt schon 7,25 Millionen Dollar beisammen. Nun fehlten uns nur noch weniger als drei Millionen. Alle im Raum schienen zu spüren, dass das eine großartige Nachricht war.

Das Ganze hatte etwas so Ermutigendes, dass am nächsten Tag auf allen vier Radiostationen davon berichtet wurde und auf der Titelseite der Zeitung davon zu lesen war.

Als ich die Pressekonferenz wieder verließ, war ich regelrecht in Ekstase. Der Traum, der mir einst so unmöglich erschienen war, war nun in greifbare Nähe gerückt.

Ich griff in meine Jackentasche, um den Autoschlüssel herauszuholen, und fand Janes Briefumschlag. Ich erinnerte mich an ihre Worte und fragte mich, wozu Gott sie wohl aufgefordert haben könnte. Als ich den Umschlag öffnete, fand ich keine Notiz und keine Erklärung darin.

Nur einen Scheck über 10.000 Dollar für das *Moore-Haus*.

# 21. Segne diese kleine Gabe und vermehre sie!

*Manchmal kommt scheinbar aus dem Nichts etwas Schönes in unser
Leben hinein. Wir können es nicht immer verstehen,
aber wir können darauf vertrauen. Ich weiß,
du willst immer alles hinterfragen, aber manchmal lohnt es sich,
einfach ein bisschen Glauben zu haben.*

**LAUREN KATE**[21]

Jane Harrells Scheck war nur eine von vielen Gaben, die in jenem
Herbst geradezu vom Himmel zu fallen schienen.

Die gute Berichterstattung in den Medien gab uns einen riesigen Aufschwung. Die Spenden, die eingingen, reichten von dem
Limonadenstand, den Kinder errichtet und mit dem sie 105 Dollar eingenommen hatten, bis zu einem Scheck über 10.000 Dollar
von einer mir unbekannten Frau. Sie gab keine Erklärung dazu
ab, wer sie war oder warum sie uns einen solch hohen Betrag
spenden wollte.

Die rätselhafteste Spende kam jedoch von einer Dame, die ich
nur unseren „Briefkastenengel" nannte.

Ihre erste Gabe erreichte uns, als ich gerade die Post kontrol-
lierte, die im UMC angekommen war. Was die Post betrifft, ist
das UMC ein Umschlagplatz vergleichbar mit dem Hauptbahn-
hof einer Metropole. Hunderte von Obdachlosen aus Charlotte
nutzen unsere Anschrift 945 North College Street als Postadresse, um Schecks zu empfangen oder mit ihren Angehörigen zu

---

21 Lauren Kate: *Torment*. New York: Delacorte Press, 2010, S. 358.

kommunizieren. Tausende von Briefen werden jede Woche von ehrenamtlichen Helfern sortiert und in Kartons einsortiert, die mit A-B, C-D, E-H und so weiter beschriftet sind.

Auch die Post für die hauptamtlichen Mitarbeiter landet zusammen mit dieser Briefflut im UMC. Manchmal passierte es, dass Helfer, die mich nicht kannten, meine Post bei den Briefen für unsere „Nächsten" einsortierten. Da dies so häufig vorkam, hatte ich es mir angewöhnt, nicht nur mein eigenes Ablagefach hinten im UMC zu kontrollieren, sondern auch den Karton, in dem sich die Briefe an die „Nächsten" befanden. Und so fand ich in dem Karton für die Buchstaben I-L eines Tages einen pastellfarbenen Umschlag mit meinem Namen darauf. Er sah aus wie die andere Post von Angehörigen, die an unsere „Nächsten" schrieben.

Ich nahm ihn mit ins Büro und drehte ihn um. Auf der Rückseite stand eine Absenderadresse, jedoch kein Name. Und vorne auf dem kleinen pinkfarbenen Umschlag waren nur mein Name und die Postadresse des UMC. Als ich den Brief aufmachte, fand ich eine Grußkarte darin von der Art, wie eine Großmutter sie kaufen würde: sanfte Farben und ein Foto mit Veilchen darauf. Meine Mutter würde diese Art von Karten nicht kaufen. Sie entschied sich immer für eher humorvolle Motive. Als ich die Karte aufklappte, wurde es noch mysteriöser, denn es fiel eine Zehndollarnote heraus. Unter dem vorgedruckten Text befand sich eine handschriftliche Notiz:

*Möge Gott diese kleine Gabe segnen und sie vermehren.*

Das war alles. Keine Unterschrift. Keine weiteren Hinweise.

Im darauffolgenden Monat kam wieder ein pastellfarbener Umschlag an, wieder mit Absenderadresse, aber ohne Namen. Darin eine Karte, ein Fünfdollarschein und die Botschaft:

Möge Gott diese kleine Gabe segnen und sie vermehren.

So ging es auch in den nächsten Monaten weiter. Anscheinend mochte jemand Grußkarten genauso gern wie meine Mutter. Die beigelegten Geldbeträge waren immer unterschiedlich, die Botschaft blieb jedoch dieselbe.

Ich fing an, ein Profil von dieser freundlichen Unterstützerin zu erstellen. Es musste eine Frau sein, da war ich mir sicher. Ich stellte mir weiches graues Haar vor, das ein älteres Gesicht umrahmte, vielleicht so ähnlich wie das von Oprah Winfrey; eine Art Heilige, so dachte ich, die jeden Monat die wenigen Dollars, die übrig blieben, sparte, um sie uns zu schicken. Am liebsten hätte ich mich mit ihr getroffen, um ihr zu sagen, dass ihre Gaben mich mit einer ungeheuren Hoffnung erfüllten, jedes Mal, wenn ich einen ihrer Umschläge öffnete. Die Vorstellung, dass jemand, den ich gar nicht kannte, auf diese Weise etwas für unsere Sache spendete, stärkte mein Gefühl, dass es nicht verrückt von mir war, dies alles zu erträumen. Vielleicht war doch eine höhere Macht am Werk, die unsere Botschaft auf viel überzeugendere Weise weiterverbreitete, als Dale und ich es je tun konnten.

Wie es schien, erfüllte sich das Gebet unseres Briefkastenengels – die kleinen Gaben vermehrten sich auf spürbare Weise und brachten uns der 8-Millionen-Marke immer näher.

Dale griff zum Telefonhörer, um die Herausforderung, die Pastor Evans auf der Pressekonferenz ausgesprochen hatte, noch zu verstärken. Da er selbst jahrzehntelang Pastor in Charlotte gewesen war, hatte er ein ausgedehntes Netzwerk an Kontakten, auf die er zurückgreifen konnte. Dale sprach die Pastoren aller Glaubenskongregationen an und teilte ihnen mit, dass wir ihre Hilfe brauchten. Er konnte sehr überzeugend sein. Methodisten, Baptisten, Katholiken, Unitarier und die jüdische Glaubensgemeinschaft – sie alle schlossen sich auf sämtlichen Ebenen der Myers Park Presbyterian Church an. Manche setzten eine Sonntagskollekte für das *Moore-Haus* an. So kamen ungerade Summen zusammen wie die 1516 Dollar von der St. Ann's Catholic Church oder 2351 Dollar von der Avondale Presbtyterian Church. Andere gaben uns Tausende Dollars aus eigenen Spendenkampagnen; dazu gehörte auch meine Gemeinde, die Christ Church, die 30.000 Dollar zur Verfügung stellte, sowie die Myers Park United Methodist Church, die 75.000 Dollar gab, im Gedenken an eines ihrer Gemeindeglieder, das früher obdachlos gewesen war.

Die Spenden von Gemeinden, Stiftungen und Familien trafen so zahlreich bei uns ein, dass ich meine Freundin Jan Shealy bat, mir zu helfen, damit wir den Überblick nicht verloren. Am 23. November 2009, nur einen Monat nach unserer Pressekonferenz, hatten wir Schecks und finanzielle Zusagen in Höhe von 8,116 Millionen Dollar beisammen. Nun mussten wir nur noch 1,884 Millionen Dollar aufbringen.

„Mama, mach doch dein Smartphone aus!", ermahnte mich Maddie.

Wir waren unterwegs in die Berge, wo wir Thanksgiving verbringen wollten, und an jeder Ampel checkte ich meine Nachrichten. Ein Reporter vom Charlotte Observer wollte mich wegen eines Thanksgiving-Artikels anrufen, den er über das *Moore-Haus* schrieb. Anlass dafür war die Tatsache, dass wir in dem einen Monat seit unserer Pressekonferenz fast eine Million Dollar an Spenden erhalten hatten.

Ich war zwar dankbar für die öffentliche Aufmerksamkeit, machte mir aber auch Sorgen über die Auswirkungen. Eine Million Dollar in einem Monat – das war eine riesige Story, aber ich wollte nicht, dass die Leute dachten, wir bräuchten ihre Spenden nicht mehr. Es lag immer noch ein langer Weg vor uns: fast zwei Millionen Dollar. Um dieses Ziel zu erreichen, würden wir noch einen weiteren Durchbruch brauchen, ähnlich wie bei der Knight Stiftung.

Als mein Handy klingelte, nahm Emma es mir weg. „Mama, es ist Thanksgiving!"

„Ich weiß, aber das könnte wichtig sein. Was ist das für eine Nummer?" Emma las sie mir vor, doch sie war mir unbekannt.

„Okay, dann lass den Anruf auf die Mailbox gehen", gab ich schließlich nach.

Wir drehten das Radio auf und ich konzentrierte mich aufs Singen, Fahren und die Familie. Die Zwillinge hatten ja recht. Es war Thanksgiving und ich sollte mal für ein paar Tage nicht an das *Moore-Haus* denken. Lauren und Kailey waren vom College nach Hause gekommen und es war das erste Mal seit dem Sommer, dass wir wieder alle vereint waren.

Als wir bei unserem Haus in den Bergen ankamen, machten wir uns gleich ans Kochen. Vier Töchter zu haben war für die Ferien einfach toll, weil jede von ihnen unsere Familienrezepte kannte und auch ihre eigenen Spezialitäten hatte. Lauren schnitt das Brot für die Truthahn-Füllung in Würfel, Maddie knetete den Teig für die Schinkenbrötchen und rollte ihn aus, Kailey machte die Apfeltörtchen und Emma die Cranberry-Soße. Charlie kümmerte sich um den Truthahn und ich konzentrierte mich wie jedes Jahr auf das Kleinschneiden von Zwiebeln und Sellerie, auf das Kartoffelpüree und die grünen Bohnen mit Mandeln, wie meine Großmutter sie früher zubereitet hatte.

Den Nachmittag verbrachten wir in der Küche, hörten Musik und arbeiteten Seite an Seite, bis das Abendessen fertig war. An jedem Thanksgiving ging unsere Familie rund um den gedeckten Tisch und alle sagten, wofür sie dankbar waren.

„Ich bin dankbar, dass Mama den ganzen Nachmittag ihr Smartphone und ihren Computer ausgeschaltet hat", sagte Maddie.

Alle lachten, doch Maddies Worte erinnerten mich wieder an den Anruf, den ich im Auto nicht entgegengenommen hatte. Erst drei Stunden später, als wir gegessen und den Abwasch erledigt hatten, spielte ich die Nachricht auf der Mailbox endlich ab.

„Kathy, hier ist Tom Lawrence von der Leon Levine Stiftung."

Es war schon Monate her, dass Hugh McColl III und ich das *Moore-Haus*-Projekt bei der Levine-Stiftung präsentiert und dort einen Antrag auf finanzielle Unterstützung gestellt hatten. Seither hatten wir nichts mehr gehört. Die Levine-Stiftung war die bekannteste in Charlotte, doch nachdem wir monatelang keine Rückmeldung bekommen hatten, gingen wir davon aus, dass die Stiftung unser Projekt in diesem Jahr nicht berücksichtigen konnte.

„Die Leon-Levine-Stiftung freut sich, Ihnen mitteilen zu können, dass das *Moore-Haus* eine Fördersumme von 500.000 Dollar erhalten wird."

An diesem Thanksgiving wusste ich genau, wofür ich dankbar sein konnte. Ich speicherte die Nachricht drei Jahre lang auf meiner Mailbox und hörte sie mir immer wieder an. Die Zusage der Levine-Stiftung ließ unsere Spendensumme bis zum Ende des Jahres auf über 9 Millionen klettern. Es war eine unglaubliche Summe, vor allem, wenn man bedenkt, dass die Spende der Wells Fargo Bank, mit der ja alles begonnen hatte, erst sechs Monate zurücklag.

Nun, da weniger als eine Million Dollar offen war, fing ich allmählich an, mir Gedanken zu machen, wie wir all das einlösen konnten, was wir unseren Geldgebern versprochen hatten. Das *Moore-Haus* sollte für Menschen wie Chilly Willy, Bill Halsey und hoffentlich auch für Frauen wie Christine zur neuen Heimat werden – für Menschen, die jahrzehntelang auf der Straße gelebt hatten. Ihr Leben war kompliziert, und sie dauerhaft für eine Wohnung begeistern zu können, würde eine tägliche Herausforderung darstellen.

Das *Moore-Haus* würde nur so gut sein wie die Menschen, die es leiteten. Was wir als Erstes brauchten, war also eine äußerst effektive Geschäftsführung. Diese Aufgabe würde mich jedoch überfordern, das wusste ich genau. In den letzten zwei Jahren waren immer wieder Leute wie Jerry Licari und die anderen

„fünf Jungs" meine Rettung gewesen, denn sie konnten meine Schwachstellen ausgleichen. Nun aber brauchten wir jemanden, der für diesen 24-Stunden-Job geeignet war.

Auch Dale wusste, dass wir eine qualifizierte Person brauchten. „Am besten schreiben wir die Stelle jetzt schon aus, denn es könnte lange dauern, bis wir jemanden finden."

Ich hatte ehrlich gesagt keine Ahnung, wer diesen Job übernehmen könnte. In der Stellenanzeige musste eigentlich stehen: „Muss furchtlos sein und darf kein Privatleben haben."

Natürlich wurde dieser Satz nicht in die Stellenbeschreibung aufgenommen, aber er beschrieb den Job ganz gut. Ich wusste, welche Opfer allein schon Joann täglich für die Bewohner unseres Projektes brachte. Und der neue Geschäftsführer wäre für siebenmal so viele Menschen verantwortlich. Ich gab die Stellenanzeige auf einer Internetseite auf, wo hauptsächlich gemeinnützige Organisationen inserierten, und hoffte, dass sich jemand wie Mutter Teresa bewerben würde.

„Wir setzen auf Veränderung", lautete die Aufschrift auf den violetten T-Shirts der 115 freiwilligen Helfer, die in der Innenstadt von Charlotte unterwegs waren. Liz Clasen-Kelly und ich hatten diese Aktion monatelang vorbereitet. Abgesehen von der Finanzierung war das die wichtigste Phase unseres Projektes – herauszufinden, wer in Charlotte das *Moore-Haus* am dringendsten brauchte.

*Common Ground* hatte einen Fragebogen ausgearbeitet, um herauszufinden, welche Langzeit-Wohnungslosen mit größter Wahrscheinlichkeit den nächsten Winter nicht überleben würden. So entstand ein „Gefährdungs-Index", mit dessen Hilfe wir nicht mehr subjektiv, sondern systematisch ermitteln konnten, wer von den Hunderten von Männern und Frauen für unsere 85 Wohnungen infrage kam.

Für unsere Studie setzten wir den Zeitraum vom 22. bis 26. Februar 2010 an. Unser Ziel war es, alle Langzeit-Obdachlosen in Charlotte zu interviewen und eine Prioritäten-Liste für das *Moore-Haus* aufzustellen. Darin sollten die am meisten gefährdeten Menschen erfasst werden.

Die Fragestellung war klar, die Durchführung alles andere als einfach. Weil Liz gerne mit Daten und Zahlen arbeitete, nahm sie das Projekt in die Hand und organisierte Dutzende von Helfern, die unsere Stadt an vier Tagen hintereinander von morgens um fünf bis abends um zehn durchkämmten.

*Common Ground* stellte uns drei seiner Mitarbeiter zur Verfügung, um diese stadtweite Suche durchzuführen, mit der wir alle Langzeit-Wohnungslosen in Charlotte erreichen wollten. Becky Kanis leitete das anstrengende Umfrageprojekt wie ein General, der seine Truppen kommandierte.

Während wir die einzelnen Schicksale und Daten festhielten, merkten wir, dass sich das Problem am Ende als viel größer erweisen würde, als wir gedacht hatten: 807 Menschen in unserer Stadt waren seit mehr als einem Jahr wohnungslos; die Zahl übertraf unsere höchsten Schätzungen noch fast um das Doppelte. Die von uns gesammelten Daten würden auf eindrucksvolle Weise belegen, dass Charlotte hier tatsächlich ein seit Langem ignoriertes Problem hatte und dass das *Moore-Haus* die Lösung war.

Am Ende der Woche luden mich Becky und eine ihrer Mitarbeiterinnen von *Common Ground* zum Essen ein, um unseren Erfolg zu feiern. Ich hatte so viel Zeit mit der Logistik und mit Becky verbracht, dass ich mich bisher kaum mit Caroline Chambers unterhalten hatte, die auch extra nach Charlotte geflogen war, um uns zu helfen.

Als wir unser Essen bestellt hatten, verließ Becky kurz den Tisch, um einen Anruf zu tätigen. Da beugte sich Caroline zu mir herüber und sagte leise: „Ich habe Ihre Stellenanzeige gelesen."

„Für die Geschäftsführung des *Moore-Hauses*?"

Sie nickte.

Ich konnte mir nicht vorstellen, warum Caroline sich die Anzeige angeschaut hatte.

„Ich bin in Charlotte aufgewachsen", fuhr sie fort. „Mein Vater ist krank und ich denke schon längere Zeit darüber nach, wieder zurückzukommen, um meine Mutter zu unterstützen. Aber ich habe immer gedacht, dass ich hier wohl keinen solchen Job finden werde wie den bei *Common Ground*."

Carolines Bewerbung war noch besser, als wir gedacht hatten. Sie hatte sogar schon ein Wohnprojekt mit 650 Mietern geleitet; dagegen war das *Moore-Haus* mit seinen 85 Bewohnern ein Witz.

Und es gab einen Punkt in Carolines Lebenslauf, den ich kaum glauben konnte. Sie hatte auch im Prince George in New York mitgearbeitet, das ich zwei Jahre zuvor in der Weihnachtszeit besucht hatte.

Bereits am nächsten Tag stellten wir Caroline ein.

Zwei Monate später kam sie aus New York zu uns und einen ihrer ersten Termine hatte sie gemeinsam mit Coleman an ihrer früheren Highschool, der South Mecklenburg School. Die Schule führte einmal im Jahr eine einwöchige Spendenkampagne für ein soziales Projekt durch und in diesem Jahr hatten die Schülerinnen und Schüler sich für das *Moore-Haus* entschieden.

Unterwegs zur Schule wandte sich Caroline an Coleman und fragte ihn, ob er seine Rede schon fertig habe.

„Ja, ich weiß, was ich sagen will", meinte er.

Die Turnhalle war überfüllt mit unruhigen Teenagern. Coleman trat ans Rednerpult und schaute die Zuhörer eine Weile schweigend an. Er bewegte sich nicht und sagte kein Wort.

Schließlich, nach einer peinlichen Stille, beugte sich Coleman zum Mikrofon und fragte leise: „Könnt ihr mich sehen?"

Caroline und vielleicht auch die Schülerinnen und Schüler dachten zuerst, dass Coleman wissen wollte, ob sie einen guten Blick auf die Bühne hatten. Einige rutschten auf ihren Plätzen hin und her.

Wieder entstand eine lange Pause.

„Könnt ihr mich sehen?", fragte Coleman noch einmal.

Dieses Mal war die Frage noch verwirrender.

„Das ist wichtig", fuhr Coleman fort. „Denn ich habe zwanzig Jahre lang gedacht, dass mich niemand sieht. Niemand konnte mich sehen, weil ich nicht gesehen werden wollte. Die Drogen haben mir meinen ganzen Stolz genommen, haben mir jede Selbstachtung geraubt und jeden Traum, den ich je hatte. Aber aus irgendeinem Grund dachte Gott, dass er mir noch eine Chance geben sollte. Und diese Chance sind Menschen wir ihr."

Dann erzählte Coleman viel aus seinem eigenen Leben. Nach der Veranstaltung kamen zahlreiche Jugendliche und Lehrkräfte auf ihn zu, um ihm ihre eigenen Erlebnisse zu berichten: ein Vater, der obdachlos gewesen war; ein Bruder, der auf der Straße lebte; die ganze Familie, die zeitweise in einer kommunalen Unterkunft untergebracht war. Die Sicherheitsbedienstete der Schule gestand ihm, dass ihr Bruder methadonabhängig war und in Charleston auf der Straße lebte. Dann gab sie ihre 60 Dollar zu den über 6000 Dollar dazu, die von den Schülern gesammelt worden waren, damit das *Moore-Haus* kein Traum mehr blieb.

# 20. Zuhören

*Sei nicht so sehr auf das fixiert, wonach du suchst,
sonst übersiehst du das, was du tatsächlich gefunden hast.*

**ANN PATCHETT**[22]

Spenden wie die der Highschool sowie viele weitere Gaben, die wir im Frühjahr 2010 erhielten, brachten uns der 9,5 Millionen-Marke immer näher. Wie hofften die verbleibenden 500.000 Dollar von der Stadt Charlotte zu erhalten.

In den vergangenen Jahren hatten sich so viele Menschen zusammengeschlossen, um gemeinsam das Problem der Wohnungslosigkeit in unserer Stadt zu lösen – Kirchen, Stiftungen, Firmen und sogar Kinder. Auch der Bundesstaat North Carolina hatte uns schließlich mit 500.000 Dollar unterstützt und unser Bezirk, das Mecklenburg County, hatte sich dauerhaft verpflichtet, die Gehälter von fünf Sozialarbeitern für das *Moore-Haus* zu übernehmen.

Alle waren auf den Zug aufgesprungen, bis auf die Stadt Charlotte. Am 14. Juni 2010 saßen Dale, Liz, Caroline und ich unter den Zuhörern, als der Stadtrat von Charlotte tagte. Ungeduldig warteten wir die 19 Tagesordnungspunkte ab, die auf dem vor uns liegenden Zettel standen. Bevor wir das *Moore-Haus*-Projekt begonnen hatten, wusste ich noch nicht einmal, wer im Stadtrat saß und dass dieser regelmäßig Sitzungen abhielt. Ich schaute das Gremium an, das vor mir saß. Inzwischen kannte ich sie alle mit Namen und wusste auch ungefähr, wer wie abstimmen wür-

---

22 Ann Patchett: *State of Wonder.* New York: HarperCollins, 2011, S. 246.

de. Die Sitzung begann um 19:00 Uhr. Um 20:59 Uhr wurde der Tagesordnungspunkt *Moore-Haus* aufgerufen und es begann die Abstimmung darüber, ob wir 500.000 Dollar Zuschuss erhalten würden. Wir hielten alle den Atem an.

Neun dafür. Einer dagegen – der Vertreter jenes Stadtviertels, wo unser Schrottplatz immer noch darauf wartete, in etwas Besseres verwandelt zu werden. Wir hatten es geschafft. Das war das letzte Ja, das uns noch gefehlt hatte.

Dass wir diese letzte Hürde genommen hatten, hatte etwas Erhebendes. Nach all den Monaten, all der harten Arbeit, all den Träumen konnten wir unsere Pläne jetzt endlich verwirklichen. Zurück im Büro fühlte ich mich geradezu heroisch, aber meine intensive Konzentration auf dieses Projekt hatte meine Familie einen hohen Preis gekostet.

Ich war so damit beschäftigt gewesen, Gutes zu tun, dass ich vergessen hatte, mich gut um meine Familie zu kümmern.

An dem Tag, an dem ich das erkannte, arbeitete ich von zu Hause aus und versuchte mich mit E-Mails abzulenken. In Wahrheit kreisten meine Gedanken jedoch um Kailey, die sich oben in ihr Zimmer zurückgezogen hatte. Kailey hatte das erste Studienjahr an einem renommierten College in Kalifornien verbracht und war jetzt den Sommer über bei uns zu Hause. Das Frühjahrssemester war besonders hart gewesen und so hatte sie beschlossen, sich im kommenden Semester an einer Universität hier an der Ostküste einzuschreiben. Charlie und ich wussten nicht so genau, ob ihre Entscheidung damit zusammenhing, dass sie nicht mehr so weit von ihrer Familie und ihren Freunden entfernt sein wollte, oder ob etwas anderes dahintersteckte.

Ich betrachtete die verschlossene Tür. Sollte ich anklopfen?

Nein, es ging ihr doch sicherlich gut. Ich wollte ihr einfach noch ein bisschen Zeit geben. Also kehrte ich wieder an meinen PC zurück, wo das *Moore-Haus* und meine E-Mails auf mich warteten. Ich starrte auf den Bildschirm und versuchte mich auf die vor mir liegenden Aufgaben zu konzentrieren. Die Wohnungsbaubehörde von Charlotte hatte mir mehrere Mails geschrieben.

Obwohl wir nun das ganze Geld beisammen hatten, konnten wir noch nicht mit dem Bau beginnen. Da wir auch staatliche Zuschüsse beanspruchten, mussten wir auf die Zustimmung der nationalen Behörden warten. Vier Monate waren schon verstrichen und wir hatten noch nichts gehört. Wir konnten auch den für unsere Region zuständigen Angestellten nicht dazu bewegen, unseren Antrag beschleunigt zu bearbeiten. Folglich musste ich ständig Anfragen unserer Spender beantworten, warum wir noch nicht mit dem Bau begonnen hatten.

Sosehr mich dies alles auch beschäftigte, über das, was ein Stockwerk über mir geschah, machte ich mir noch viel mehr Sorgen. Kailey war schon seit Stunden in ihrem Zimmer, also ging ich noch einmal nachsehen. Langsam ging ich die Treppe hoch, doch die Tür war immer noch geschlossen. Und unter dem Türschlitz war kein Licht zu sehen.

Auf halbem Weg nach oben blieb ich stehen, setzte mich auf die Stufen und versuchte, die Furcht zu überwinden, die mich schon den ganzen Morgen über quälte. Es hatte damit begonnen, dass ich am Tag zuvor in der Mülltonne einen Brief gefunden hatte. Kailey hatte gerade ihren zwanzigsten Geburtstag gefeiert und wie üblich das Geschenkpapier von allen Paketen aufgerissen. Papier, Kartons und Geschenkbänder bildeten anschließend einen riesigen Haufen auf dem Tisch. Charlie, der Ordentlichste unter uns, hatte hinter Kailey hergeräumt, allerdings nicht nachgesehen, ob auch alle Pakete leer waren. Auf diese Weise war ein schönes Paar Ohrringe verloren gegangen und ich war sicher, dass sie in der Mülltonne gelandet waren.

Während ich die Papiertonne draußen durchsuchte, fiel mein Blick auf ein paar dick zusammengefaltete Seiten. Vier Seiten aus einem Schreibblock waren in einen Geschenkkarton hineingestopft worden, um sie für immer verschwinden zu lassen. Es war Kaileys Handschrift und ich konnte meine Augen nicht davon abwenden.

Ich holte die Tagebuchseiten aus dem Müll heraus, setzte mich hin und fing an zu lesen. Bald schon verschlug es mir den Atem.

Meine Tochter war furchtbar verzweifelt und deprimiert. Das Mädchen, das diese Worte geschrieben hatte, war mir geradezu fremd. Und es brauchte offensichtlich Hilfe.

Ich weiß nicht, wie lange ich dort draußen im Garten war und das alles zu fassen versuchte. Wie konnte es sein, dass ich nicht mitbekommen hatte, wie unglücklich Kailey war? Ich hatte mir doch geschworen, so zu sein wie Gigi, mich zu meinen Töchtern aufs Sofa zu setzen und ihnen immer zuzuhören.

Schon als Lauren, Kailey und die Zwillinge noch klein waren, hatte ich versucht, immer zu Hause zu sein, wenn sie aus der Schule kamen. Ich wollte gern eine Mutter sein, die alle Songtexte kannte, die sie hörten, und die sie spät abends von Schulbällen abholte, um alle ihre Neuigkeiten aus erster Hand zu erfahren.

Wie war es möglich, dass Kailey so verzweifelt war und ich es nicht bemerkt hatte? In den letzten beiden Jahren hatte ich Leute wie Coleman, Raymond und Chilly Willy besser kennengelernt als meine eigene Tochter. Wie konnte das sein?

Den ganzen Tag über hatte ich die Zettel in meiner Jackentasche und wartete auf Charlie, damit wir gemeinsam mit Kailey sprechen konnten. Mit der brennenden Scham im Herzen war es schwer, die alltäglichen Aufgaben zu erledigen. Ich hatte das Gefühl, als Mutter versagt zu haben. Irgendwo hatte ich einmal den Satz gehört: „Du kannst nur so glücklich sein wie dein traurigstes Kind." Nun wusste ich, dass diese Aussage stimmte.

Als wir uns mit Kailey zusammen hinsetzten, schaute sie erst die Seiten ihres Briefes an, die vor uns lagen, und dann uns. Charlies Blick hielt sie etwas länger stand. Zwischen den beiden hatte es schon immer eine stille Kommunikation gegeben. Ich könnte schwören, dass die beiden sich auch ohne Worte verstanden. Es schien, als ob sie einen Moment lang ein Gefühl des Schmerzes miteinander teilten. Dann lief Kailey eine Träne übers Gesicht und sie sah auf ihre Hände hinunter.

„Ich wollte nicht, dass ihr euch Sorgen macht", begann sie leise. „Ich wusste nicht, was ich sagen sollte."

Wir beschlossen mit ihr gemeinsam, dass sie sich in ärztliche

Behandlung begeben sollte, und ich dachte dabei an Jane Harrell. Sie hatte Scott Mercer geholfen, bevor er selbst gemerkt hatte, dass etwas nicht stimmte. Und sie hatte mir damals den Scheck für das *Moore-Haus* in die Jackentasche gesteckt. Irgendwie hatte ich das Gefühl, dass wir uns kennengelernt hatten, damit sie Kailey helfen konnte. Ich schickte ihr eine SMS und sie rief sofort zurück, obwohl es bereits 21:30 Uhr war.

„Das wird schon wieder, Kathy", versicherte sie mir. „So viele Studierende haben Probleme und keiner spricht darüber. Schicken Sie sie morgen früh zu mir in die Praxis, dann schmieden wir einen Plan."

Nun ging ich vor Kaileys Tür hin und her und wartete ungeduldig darauf, dass sie aufwachte, damit wir alles planen konnten. Ich fühlte mich immer besser, wenn ich Pläne machen, Listen schreiben und Lösungswege suchen konnte. Während ich auf Kaileys Zimmertür starrte und mich fragte, was sie dort auf der anderen Seite der Tür wohl dachte und fühlte, musste ich an die Schlafzimmertür meiner Mutter denken. Wie oft war ich von der Schule nach Hause gekommen und hatte die verschlossene Tür angeschaut! Wie oft hatte ich darauf gewartet, dass sie sich endlich öffnete!

Ich konnte mich nicht daran erinnern, mich jemals gefragt zu haben, was meine Mutter dort auf der anderen Seite gefühlt hatte. Solange ich draußen blieb, musste ich nichts fühlen. Musste ich nichts wissen. Aber das hier war meine Tochter. Ihr Schmerz. Ihre Probleme. Ihre Tür konnte mich nicht davon abhalten, etwas zu fühlen, ihren Schmerz mit ihr zu teilen.

Ich hörte ein Geräusch und Schritte. Ich wartete eine Weile, bevor ich vorsichtig ihre Tür öffnete.

„Kailey?"

Sie saß auf dem Bett in ihrem grauen Schul-Sweatshirt. Sie hatte es damals getragen, als sie nach dem Hurrikan Katrina in New Orleans beim Wiederaufbau der Häuser geholfen hatte. Es war noch voller Farbflecke von ihrem Einsatz damals. So zerrissen, ausgeleiert und fleckig das Shirt auch war, sie trug es einfach am liebsten. Nun saß sie da, die Arme um die Knie geschlungen, und sah mich erwartungsvoll an.

Was sollte ich sagen? Es wird schon besser werden? Alles wird wieder gut?

Ich wusste nicht, wie ich dazu beitragen konnte, dass sie sich besser fühlte. Mütter sollten doch eigentlich in der Lage sein, ihren Kindern zu helfen, damit es ihnen besser geht. Normalerweise hatte ich eine lange Liste mit Vorschlägen für meine Töchter. Ich war die, die immer alles wieder in Ordnung brachte. Warum tust du nicht dies oder versuchst jenes? Lass uns eine Liste machen, einen Plan. Immer hatte ich Ratschläge parat, war nie um Worte verlegen. Über jedes Problem konnte ich reden und eine Lösung dafür finden. Im Lauf der Jahre hatte ich stets gedacht, dass meine Kinder genau das an mir sehen und von mir lernen wollten. Ich wollte ihnen ein starkes, fähiges Vorbild sein. Wie mein Vater es mir beigebracht hatte, wollte ich ihnen auch vermitteln, dass sie alles, einfach alles erreichen konnten. Ich weinte nie vor ihnen und ließ sie auch nie erleben, dass ich aufgab. Wenn es ein Problem gab, dann brachte ich es einfach wieder in Ordnung, anstatt nach den Hintergründen zu fragen.

Doch hierfür hatte ich keine Vorschläge parat. Keine Lösung. Keine Worte.

Ich setzte mich neben Kailey aufs Bett und drückte sanft ihren Kopf an meine Schulter. Dann fingen wir beide an zu weinen. Ich mit langsamen, traurigen Tränen. Kailey mit heftigem Schluchzen. Wir sprachen nicht. Wir weinten einfach, bis die Tränen versiegten. Schließlich fing Kailey an zu reden.

„Weißt du, Mama, genau das ist es, was ich mir immer gewünscht habe. Ich wollte nicht, dass du alles wieder in Ordnung bringst. Ich wollte nur, dass du mich in den Arm nimmst und mir zuhörst."

Da es mit dem Bau des *Moore-Hauses* nicht voranging und Caroline Chambers nun die Verantwortung hatte, konzentrierte ich mich den Sommer über auf meine Familie. Seit dem Abenteuerurlaub, den ich damals mit Lauren und Kailey in Wyoming verbracht hatte, unternahm unsere Familie immer wieder einmal solche Aktivitäten. Wir suchten uns eine abgelegene und sehr einfach ausgestattete Ranch aus, wo es nur schlechten Handyempfang und kaum eine Internetverbindung gab. So konnte keiner von uns von seinem Berufsleben wieder eingeholt werden, vor allem Charlie nicht. In jenem Jahr hatten wir uns eine Ranch in Colorado ausgesucht, wo wir wandern, reiten und angeln konnten. Es war eine sehr erholsame Woche. Wir mussten keine Entscheidungen treffen, an keinen Sitzungen teilnehmen und auch keine Spender auf dem Laufenden halten.

Am Ende unserer Ferien wurde Charlie durch ein längeres Telefonat aufgehalten. Da wir keinen Handyempfang hatten, mussten wir das Festnetztelefon in unserer Hütte benutzen. Also saß Charlie mehr als eine Stunde auf einem Stuhl neben der Holzwand, während wir auf ihn warteten. Wir wollten noch einen letzten Ausritt unternehmen.

„Charlie", flüsterte ich ihm zu, „wir müssen los."

Er gab mir ein Zeichen, dass er noch eine Minute brauchte. Ich seufzte. Manchmal hasste ich seinen Job. Worum auch immer es bei diesem Telefonat ging, es erforderte anscheinend seine volle Aufmerksamkeit. Schließlich hörte ich, wie er auflegte und leise nach mir rief.

„Kathy, können wir mal kurz miteinander reden?" Er sah ernst aus. „Es gibt ein Problem im Büro in New York", begann er. „Und sie möchten, dass ich mich darum kümmere."

„Okay", sagte ich, ohne zu verstehen, was er damit meinte. Charlie redete selten über seine Arbeit. Die Mädchen machten schon Witze, er arbeite für die CIA, weil er nie erzählte, was er genau machte.

„Ich bin gebeten worden, nach New York zu gehen, um das

Ganze zu bearbeiten." Er schwieg und schaute mich an. „Was bedeutet, dorthin zu ziehen."

„Umziehen? Nach New York? Wann?"

Er nickte. „Nächsten Monat. Ich weiß, es gibt da viel zu bedenken", sagte Charlie. „Wir können darüber reden."

Wir wussten beide, dass wir darüber reden konnten, wussten aber auch, was passieren würde. Charlie würde nach New York gehen. Wenn die Arbeit rief, war das keine echte Frage.

Den Mädchen erzählten wir noch nichts davon und ritten gemeinsam mit ihnen los. Ich versuchte, nicht mehr an unser Gespräch zu denken, aber so funktioniert mein Gehirn nun einmal nicht. Es will immer Ideen und Optionen entwickeln.

Während unseres Ritts überlegte ich, welche Möglichkeiten wir hatten. Wir könnten uns eine Wohnung in New York mieten und pendeln. Dann müssten wir unser Haus nicht verkaufen. Nichts würde sich verändern. Das wäre alles zu schaffen.

Wir waren gerade auf einer riesigen Wiese und schauten zurück, wo unsere Ranch lag. Die Mädchen baten den Ranchmitarbeiter, der unseren Trupp anführte, noch um ein letztes „Familienrennen". Die Pferde brauchten nur einen kleinen Anstoß und schon galoppierten sie los. Wahrscheinlich mochten sie solche wilden Aktionen genauso gern wie wir. Im Gänsemarsch hintereinander her zu traben war für sie bestimmt so langweilig wie für die Gäste. Charlie ging in Führung, mit Lauren und Kailey dicht neben der Flanke seines Pferdes. Emma folgte ihnen in der Mitte, während Maddie und ich den Schluss bildeten. Ich trieb mein Pferd mit den Fersen an und versuchte Maddie zu überholen. Nur gut einen halben Meter voneinander entfernt galoppierten wir Seite an Seite. Maddie lachte aus vollem Hals. Ihr Pferd wandte den Kopf und sah, wie wir aufholten. Da schlug es plötzlich mitten im Galopp mit dem rechten Hinterhuf aus und traf mein Pferd irgendwo zwischen Bauch und Hinterhand.

Mein Pferd kam ins Stolpern. Ich klammerte mich an das Sattelhorn. Als es mir gelang, oben zu bleiben, dachte ich schon, ich hätte den katastrophalen Sturz verhindern können. Doch da bäumte sich mein Pferd unerwartet auf. Schreiend fiel ich zu Boden. In meinen Ohren hörte ich nur ein Sausen, während ich da unten lag, den Himmel anstarrte und mich fragte, wie ich dorthin gekommen war. Ich weiß noch, dass ich die Wolken anschaute und dachte: Ich habe die Kontrolle verloren.

Inzwischen waren Charlie, die Kinder und der Ranchmitarbeiter umgekehrt, um mir zu helfen. Charlie beugte sich über mich und fragte, ob ich verletzt sei. Ich konnte ihm nicht antworten, weil ich es selbst nicht wusste.

Der Kopf tat mir weh, mein Rücken und meine Hand schmerzten. Waren sie gebrochen? Waren das Ameisen, die da auf mir herumkrabbelten? Charlie und der Mitarbeiter bewegten mich vorsichtig und versuchten herauszufinden, ob ich mir etwas gebrochen hatte. In einem Feld voller Steine war ich anscheinend auf einem Ameisenhaufen gelandet. Einem weichen Ameisenhaufen. Ein dreißig Zentimeter hoher Erdhügel voll zorniger Ameisen hatte anscheinend meine Wirbelsäule gerettet.

Mit dem Pickup wurde ich in die Notaufnahme gefahren und konnte am Abend mit einer angebrochenen rechten Hand und einem Stützkragen für meinen verstauchten Nacken wieder zur Ranch zurückkehren. In der folgenden Nacht konnte ich kaum schlafen. Das lag aber nicht an meinen Verletzungen, sondern an etwas anderem. Ich musste die ganze Zeit daran denken, was mir dort am Boden liegend durch den Kopf gegangen war.

Ich habe die Kontrolle verloren.

Es war, als hätte ich gerade aus dem Universum eine deutliche Botschaft erhalten: Du solltest kürzertreten.

Gleichzeitig in New York und in Charlotte leben? Das *Moore-Haus* weiterleiten? Und eine gute Mutter sein für meine vier Töchter, von denen eine schon versucht hat, mir zu sagen, ich solle mich mehr hinsetzen und zuhören?

Wieder lag ich auf dem Rücken, doch dieses Mal starrte ich an die Zimmerdecke, während Charlie neben mir schnarchte. Wir mussten um fünf Uhr aufstehen, um nach Charlotte zurückzufliegen, aber ich konnte einfach nicht mehr schlafen.

Drei Jahre waren vergangen, seit Denver mich gefragt hatte: „Und wo sind hier die Betten?" Drei Jahre, in denen ich jeden Tag mit der Frage aufgewacht war, wie ich wohnungslosen Menschen ein Dach über dem Kopf ermöglichen konnte. In diesen drei Jahren hatte alles andere hinter diesem Ziel zurückbleiben müssen. Und nun waren wir fast angekommen.

Wollte ich wirklich weiter die Verantwortung tragen? Musste ich das?

In meinem Herzen kannte ich die Antwort. Das letzte Jahr war unglaublich schwer gewesen, aber ich war geblieben, weil ich mich Dale gegenüber verantwortlich fühlte und auch meiner neuen Familie gegenüber, die aus Coleman, Raymond und anderen bestand. Das hatte ich nun für mich gelernt – andere Menschen nicht im Stich zu lassen. Aber jetzt war es an der Zeit, meine Familie an die erste Stelle zu setzen. Charlie. Lauren. Kailey. Emma. Maddie. Drei Jahre lang hatten sie alle auf dem Rücksitz Platz nehmen müssen, denn Denver, Dale und das *Moore-Haus* waren an erster Stelle gekommen. Ich hatte zwar die Hälfte meines Lebensmottos befolgt: Gutes tun. Aber jetzt war es an der Zeit, auch die andere Hälfte in die Tat umzusetzen: andere lieben.

Ich hörte wieder ein Flüstern, doch dieses Mal dachte ich nicht, dass ich verrückt geworden sei.

Sag Dale, dass es jetzt Zeit ist.

# 23. Das letzte, beste Ja

*Die wunderbarsten Menschen, die wir kennengelernt haben, sind solche, die Niederlagen, Leid, Kämpfe und Verluste erlebt und den Weg aus diesen Tiefen heraus gefunden haben. Diese Menschen haben eine Wertschätzung, eine Sensibilität und eine Lebensauffassung, die sie mit Mitgefühl, Sanftheit und einer zutiefst liebevollen Fürsorge erfüllt. Wunderbare Menschen sind kein Zufall.*

**ELISABETH KÜBLER-ROSS**[23]

Mein Handy vibrierte, während ich im Taxi saß. Die Nummer erkannte ich sofort. Es war Caroline. In jener Zeit telefonierten wir viel übers Handy. Ich hatte Dale mitgeteilt, dass es Zeit für mich war, meine Teilzeitstelle zu kündigen. Aber so ganz aufhören konnte ich auch nicht, also blieb ich weiter als ehrenamtliche Helferin dabei. Vor sechs Monaten hatten Charlie und ich unser neues Pendlerleben begonnen. Er fuhr montags nach New York und kam in der Regel donnerstags zurück und verbrachte das Wochenende in Charlotte. Ich besuchte ihn in Manhattan, so oft ich konnte. Unser Nest zu Hause war schon fast leer, denn Maddie und Emma gingen bereits in die Highschool, Lauren war im letzten Studienjahr auf dem College und Kailey absolvierte ihr zweites Collegejahr an der Ostküste. Seit Kailey offen mit uns und Jane über ihre Probleme gesprochen hatte, lernte sie immer besser, mit Ängsten und Depressionen umzugehen. Das Büro im Zugdepot gehörte nun ganz Caroline und sie war auch Geschäftsführerin des *Moore-Hauses*, obwohl dieses genau genommen noch gar nicht existierte. Seit mehr als elf Monaten

---

23 Elisabeth Kübler-Ross: *Death. The Final Stage of Growth.* New York: Simon and Schuster, 2008, S. 96.

waren wir bereit, mit dem Bau zu beginnen, konnten aber ohne die Baugenehmigung durch die Bundesbehörde den ersten Spatenstich nicht vollziehen.

Während wir auf die Bewilligung warteten, versuchte Caroline, kreativ zu sein, und beschäftigte sich mit allem, von der Auswahl der Wandfarben bis zu den Bewerbungen künftiger Angestellter. Ich merkte, dass ich über solche Details nie nachgedacht hatte. Und der ganze Bauprozess hätte mich ehrlich gesagt auch komplett überfordert.

Wo sollten die Mülltonnen stehen? Gab es genug Notausgänge?

Waren die Eingänge für die behindertengerechten Räume breit genug?

Caroline konnte all diese Fragen mühelos beantworten und Vorschläge unterbreiten. All das beruhte auf ihren Erfahrungen aus New York, wo sie für ähnliche Gebäude zuständig gewesen war.

Als ich meinen Job aufgab, dachte ich, ich würde all die kleinen alltäglichen Details meiner Arbeit vermissen, doch in Wirklichkeit waren es die Menschen, die ich am meisten vermisste. Die gemeinsamen Mittagessen, bei denen Raymond zwei Stück Pastete zum Mitnehmen bestellte. Die E-Mails von Dale, der sich über einen neuen Spender oder die Fortschritte unserer Finanzierung freute. In New York konnte ich einen ganzen Tag verbringen, ohne mich mit einem einzigen Menschen zu unterhalten, bis Charlie abends zum Essen in unsere Wohnung kam.

Wieder vibrierte mein Handy. „Sitzt du gerade?", fragte Caroline.

„Ja, in einem Taxi", antwortete ich. Der Straßenlärm erschwerte unser Gespräch, also hielt ich mir mit einer Hand das andere Ohr zu. „Was gibt es denn?"

„Sie ist endlich gekommen!", rief Caroline. „Unsere Baugenehmigung! Wir haben sie!"

Ich schrie vor Freude laut auf, sodass der Taxifahrer sich erschrocken zu mir umdrehte.

„Tut mir leid!", sagte ich und deutete auf mein Handy. „Es ist einfach nicht zu glauben! Elf Monate! Sie haben elf Monate gebraucht!"

Das letzte, beste Ja.

„Ich habe mit dem Bürgermeister und den wichtigsten Sponsoren gesprochen. Der beste Termin für die Eröffnungsfeier wäre der 29. Januar 2012", meinte Caroline schließlich.

Ich lächelte darüber, wie Gott auch hier seine Hand im Spiel hatte. Sollte ich es ihr sagen?

„Kathy? Alles klar bei dir?", fragte Caroline.

„Das passt mir gut", erwiderte ich. „Am 29. Januar feiere ich meinen 49. Geburtstag."

Als ich Ron Hall anrief und ihm den Termin mitteilte, erfuhr ich, dass es Denver nicht so gut ging.

„Wir würden gern kommen", sagte Ron. „Aber ich glaube, Denver kann diese Reise nicht antreten. Er hat Probleme mit Blutgerinnseln in den Beinen und im Winter ist es immer besonders schlimm. Vielleicht können wir euch ein Video mit einem Gruß von uns schicken."

Als ich Denver damals gefragt hatte, ob wir das Gebäude nach ihm benennen durften, hatte er Ja gesagt und hinzugefügt: „Sie sollten sich damit aber beeilen, weil ich nämlich schon alt bin." Er konnte nun zwar nicht dabei sein, um es zu sehen, aber ich hatte mein Versprechen gehalten und Denvers Name würde auf der Eingangstür stehen – für immer.

„Kathy, es ist so schön!", sagte meine Mutter, als wir auf den Parkplatz des *Moore-Hauses* fuhren. „Ich hätte nicht erwartet, dass es so schön aussieht!"

Ich lächelte, denn ich wusste genau, was sie meinte. Die freundlichen gelben Fassaden mit den weißen Holzverkleidungen. Das rote Dach. Die neu gepflanzten Büsche. Es sah nicht aus wie eine

Unterkunft für Obdachlose, sondern wie ein echtes Zuhause. Es war der Tag vor der Eröffnungsfeier und ich führte meine Mutter auf dem Gelände herum. Sie war für das große Ereignis extra mit meiner Schwester Allyson zusammen hergeflogen.

Louise konnte leider nicht kommen, weil sie eine schon lange geplante Sabbatzeit in Costa Rica verbrachte. Doch ihr Glaube war es gewesen, der mich bis hierher gebracht hatte. Vier Jahre war es nun her, dass ich ihr und Charlie von Denvers Aufforderung, „Betten zu bauen", erzählt hatte, und damals hatte Louise mich auf die Arbeit von *Common Grounds* hingewiesen.

Als ich mit meiner Mutter und Allyson das *Moore-Haus* durch die Glastür betrat und mir klar wurde, dass sie die Erste war, die eine offizielle Führung durch das Gebäude bekam, schloss sich der Kreis auf perfekte Weise. Wenn meine Mutter mir nicht damals das Buch *Genauso anders wie ich* empfohlen hätte, dann hätte ich es vielleicht nie gelesen.

Uns gegenüber befand sich die Tafel, auf der unsere Sponsoren verzeichnet waren – jeder, der auch nur fünf Dollar für unser Projekt gegeben hatte. Darüber stand in grauer Schrift: „Allen, die uns nach Hause gebracht haben: Danke."

Darunter war die Liste mit den Namen von mehreren Hundert Menschen, die dieses Wohngebäude überhaupt erst ermöglicht hatten. Die meisten von ihnen hatte ich fünf Jahre zuvor noch nicht gekannt, doch jetzt hatte jeder Name für mich eine Bedeutung.

168 Einzelpersonen hatten zusammen 990.101 Dollar gespendet

28 Stiftungen hatten insgesamt 6,423 Millionen Dollar zu unserem Projekt beigetragen

60 religiöse Gemeinschaften hatten zusammen 479.512 Dollar aufgebracht

die Stadt Charlotte, der Bundesstaat North Carolina und die US-Regierung hatten uns mit insgesamt 2,7 Millionen Dollar unterstützt

Steve Barton und David Furman hatten ein außergewöhnlich schönes Gebäude entworfen, aber die vielen Menschen, die den Bau finanziell ermöglicht hatten, waren ebenso erstaunlich. Acht Teenager hatten durch den Verkauf von Kuchen 550 Dollar eingenommen und für das *Moore-Haus* gespendet. Zwei College-Studenten waren mit dem Fahrrad quer durch die Vereinigten Staaten gefahren und hatten mit dieser Kampagne Spenden in Höhe von 8000 Dollar erzielt. Und unser Briefkastenengel schickte uns treu und unermüdlich jeden Monat 5 oder 10 Dollar. Hinter jedem Namen steckte eine Geschichte. Alle diese Menschen hatten alles gegeben, was sie hatten, damit das *Moore-Haus* Wirklichkeit werden konnte.

Als ich mit meiner Mutter und meiner Schwester durch die Flure ging, waren überall ehrenamtliche Helfer aktiv, um die am nächsten Tag stattfindende Feier vorzubereiten. Bewohner unseres Projektes sollten die Gäste nach der Eröffnungszeremonie durch die Räumlichkeiten führen. Musterwohnungen wurden vorbereitet, die Helfer bezogen die Betten, Duschvorhänge wurden angebracht und die Küchen bestückt. Alles, was sich in den 85 Wohnungen befand, war während einer unserer besonderen Aktionen von Familien, Buchklubs oder Gemeindegruppen gespendet worden.

Ich führte meine Mutter und Allyson durch die lichtdurchfluteten Wohnungen. Die Regale der Bücherei füllten sich mit Werken, die gespendet worden waren, damit die Bewohner sie ausleihen konnten.

Als wir uns das Atelier ansahen, bemerkte ich bei meiner Mutter einen nachdenklichen Gesichtsausdruck, als sie die Staffeleien und das Zubehör betrachtete. Ich dachte, sie würde an ihr Atelier in ihrem früheren Haus denken, doch sie überraschte uns mit der Bemerkung: „Wisst ihr, früher wollte ich mal Kunsttherapeutin werden."

Allyson und ich sahen uns erstaunt an. „Was? Wirklich?"

„Ja!", antwortete sie und schaute auf. „Wusstet ihr das nicht? Deshalb bin ich doch wieder aufs College gegangen, um meinen

Master zu machen, nachdem ihr alle schon auf dem College wart. Ich wollte den Menschen auf den psychiatrischen Stationen etwas Freude bereiten."

„Ja, aber warum hast du es nicht zu Ende gebracht?", wollte Allyson wissen.

„Nun ja, als euer Vater Krebs bekommen hat, habe ich das nicht weiterverfolgt", sagte sie und warf einen sehnsüchtigen Blick zurück in das Kunstatelier.

Immer noch redeten wir kaum darüber. Über die verlorenen Jahre. Wir taten immer so, als ob es nie passiert wäre. Mutter schien zu denken, dass es so besser war.

„Was soll es bringen, wenn man die Vergangenheit immer wieder hervorholt?", pflegte sie zu sagen.

Doch hier in den Fluren des *Moore-Hauses*, das für so viele Menschen Hoffnung bedeutete, schien es richtig, ein paar Wunden aus der Vergangenheit zu untersuchen, die nie wirklich verheilt waren.

„Ich wollte immer so gern für euch Mädchen da sein, aber dann passierte es wieder", seufzte meine Mutter, wobei sie das Wort *wieder* stark betonte. Ihre Schultern sackten nach unten, sie sah niedergeschlagen aus, als stünde ihr demnächst wieder ein Klinikaufenthalt bevor.

Da war sie wieder: die Scham, das Geheimnis, das, worüber wir nie sprechen konnten.

Meine Mutter aber hatte ihr „wieder" so ganz anders gestaltet, als es hätte sein können. Jede dieser Wiederholungen hätte auch das Ende bedeuten können. Jede Abwärtsspirale in die Manie hätte in einem Selbstmord enden können. Immer wenn sie neue Medikamente bekam, hätte sie sich einfach weigern können, diese einzunehmen. Der Schmerz jedes einzelnen verlorenen Jahres hätte sich verdoppeln können, wenn sie ihre Sorgen im Alkohol ertränkt hätte. Doch das war nicht ihre Geschichte. Und auch nicht meine.

Meine Mutter stand immer wieder auf und kämpfte sich ins Leben zurück. Ihre Geschichte war die ultimative Überlebensgeschichte. Jedes Mal, wenn sie fiel, stand sie auch wieder auf. Und doch war ihr die Kraft der eigenen Geschichte nicht bewusst. Und mir leider auch nicht.

Fast mein ganzes Leben lang hatte ich innerlich einen stillen Groll gehegt. Ich hatte meiner Mutter nie wirklich vergeben können. Dafür, dass sie immer wieder nicht da war. Dass meine idyllische Kindheit so früh verloren ging. Doch vor allem dafür, dass sie nie darüber redete. Immer so tat, als ob nichts gewesen wäre. Wenn wir darüber sprechen könnten, vielleicht könnte ich dann endlich loslassen.

Ich schaute meine Mutter an und hatte das Gefühl, sie das erste Mal seit mehr als vierzig Jahren wirklich zu sehen. Die Mutter, deren Verstand zugleich brillant und zerbrochen war. Tatsächlich war es nicht so gewesen, dass ich in meiner Kindheit keine Mutter hatte. Ich hatte sie nur verloren. Ich hatte die Mutter verloren, die eigentlich bereit war, mir eine perfekte Kindheit zu schenken, und es dann nicht konnte. Diese Mutter vermisste ich immer noch. Jeden Tag.

Doch wer weiß, was aus dem kleinen Mädchen mit der perfekten Mutter geworden wäre? Was hätte sie als Erwachsene mit ihrem Leben angefangen? Das kleine Mädchen hätte vielleicht nie erfahren, wie stark es sein konnte. Die Kleine hätte nicht widerstandsfähig werden müssen. Sie hätte nie geglaubt, dass sie alles, wirklich alles erreichen konnte.

Das versuchte ich jetzt meiner Mutter zu sagen. „All diese Jahre hätte ich nie gedacht, dass mich das eines Tages zu einem unglaublich widerstandsfähigen Menschen machen würde."

Meine Mutter lächelte.

„Aber es war so. Und jetzt bin ich es. Und ohne das alles wäre ich nicht nach Charlotte gezogen, hätte Charlie nicht kennengelernt und meine vier Töchter nicht bekommen. Ich hätte nicht versucht, auch nur einem einzigen Obdachlosen zu helfen. Deine Geschichte ist auch meine Geschichte, Mama, und deine Geschichte hat mir all das ermöglicht."

Eine Weile blieben wir beieinander stehen und die vergangenen vierzig Jahre, einschließlich der verlorenen sechzehn Jahre, standen uns dabei vor Augen. Noch einige Sekunden zuvor waren diese verlorenen Jahre wie ein Keil zwischen uns gewesen, doch jetzt kam es mir so vor, als ob sie im Zeitraffer zusammengeschoben worden wären, wie die Fächer eines Akkordeons, aus dem der schöne Klang der Vergebung ertönt.

Wir sagten nichts; wir spürten nur. Zum ersten Mal, so weit ich zurückdenken konnte, fühlten wir etwas gemeinsam. Nicht im Geheimen, nicht beschämt, nicht isoliert hinter verschlossenen Türen. Gemeinsam. Wir nahmen die Traurigkeit in uns auf. Fühlten das Bedauern. Wir brachten nicht einfach alles wieder in Ordnung, wir ließen uns auf unsere Gefühle ein.

An jenem Tag machte ich ein Foto von meiner Mutter, wie sie vor dem *Moore-Haus* stand, auf dem Grundstück, das einst ein Schrottplatz gewesen war. Die Sonne schien und der Himmel war für einen Januartag ungewöhnlich blau. Meine Mutter lächelte übers ganze Gesicht und das *Moore-Haus* bildete den Hintergrund für das Glück, das sie empfand.

Am nächsten Tag, als die Eröffnungsfeier stattfand, stand ich in der Eingangshalle und begrüßte mehr als zweihundert Freunde und Unterstützer, die herbeiströmten und den Speisesaal des *Moore-Hauses* füllten. Auch wenn es nicht meine persönliche Geburtstagsfeier war, so fühlte es sich doch so an. Charlie und die Mädchen kamen gemeinsam mit Charlies Eltern aus New York. Noch bevor irgendjemand etwas für das *Moore-Haus* gespendet hatte, waren meine Schwiegereltern zusammen mit Charlie die Allerersten gewesen, die unsere Kampagne finanziell unterstützt hatten. Sie schickten ihre überraschende Zusage mit der Post an Dale Mullennix, verbunden mit der Bitte, dass die Eingangshalle meinen Namen tragen sollte. Nun konnte ich ihnen das Schild zeigen und hatte das Gefühl, das schönste Geburtstagsgeschenk aller Zeiten bekommen zu haben.

Dale eröffnete die Feier mit einem Dank an John und Pat Moore. Er überreichte ihnen das Originalwerk eines Künstlers aus dem UMC-Kunstprojekt. Dann rief Dale mich nach vorne und ich erhielt ebenfalls ein Bild. Es war vierzig mal vierzig Zentimeter groß und stellte einen Schlüsselbund dar, den ein ehemals obdachloser Künstler gemalt hatte. Ende der Woche sollte er in seine eigene Wohnung einziehen. Ich weiß noch, wie ich das Kunstwerk entgegennahm und mich zum Publikum umdrehte, das aufgestanden war und klatschte.

Sie alle, von den „Fünf Jungs" über Joann bis zu Coleman und Liz, waren Teil dieser Geschichte. Diese Menschen, die ich vier Jahre vorher noch nicht gekannt hatte, waren auf unserem gemeinsamen Weg so wichtig gewesen. Schon bevor wir uns alle kennenlernten, wussten sie, dass sie kommen würden, genau wie Denver es mir versichert hatte. Jede dieser Personen hatte ihre eigene Geschichte, und nun war aus diesen Hunderten von Geschichten dieses Zuhause hier entstanden.

Ich hätte ihnen allen einzeln danken sollen und sie mit Namen nennen, aber mir fehlten die Worte. Es gab so viel zu sagen und doch konnten Worte nicht ausdrücken, was ich empfand. Charlie war auch mit allen anderen aufgestanden, er klatschte und hatte Tränen in den Augen. Es lag ein langer Weg hinter uns. Er war der Erste gewesen, der an den Erfolg geglaubt hatte, als ich ihm erzählt hatte, dass ich dieses verrückte Projekt starten wollte. Obwohl es mich über die Maßen beanspruchte, hatte er mich doch nie gebeten aufzuhören. Ich verließ die Bühne wieder und umarmte Charlie lang und fest. Dann setzte ich mich wieder zu meiner Familie, meiner ganzen Familie.

Während ich allmählich meine Fassung wiedererlangte, fing Caroline an zu sprechen. Sie war gut vorbereitet und wirkte zuversichtlich, als sie beschrieb, wie die künftigen Bewohner des *Moore-Hauses* aus einem Leben im Chaos in ein Leben der Normalität finden würden. Die neuen Mitarbeiter würden ihnen dabei helfen, diesen „gewöhnlichen Zustand" herzustellen. Und das war für die 85 Männer und Frauen etwas absolut Außergewöhnliches.

Während Caroline sprach, spürte ich, wie die innere Anspannung, dieses Ziel auch wirklich zu erreichen, von mir abfiel. Es war geschafft. Endlich. Ich hatte mein Versprechen Denver gegenüber eingelöst und mir das Unvorstellbare vorgestellt, für meinen Vater. Gemeinsam mit allen hier im Raum hatten wir etwas unternommen. Nach der Eröffnung des *Moore-Hauses* würde ich in den Hintergrund treten. Caroline hatte die Leitung übernommen und ich hatte mich sozusagen aus meinem Job herausgearbeitet. Es kam mir wie ein ganz natürlicher Übergang vor, für den ich dankbar war.

Ich hatte das *Moore-Haus* sozusagen zur Welt gebracht, aber nun würde Caroline dieses Kind großziehen. Bei ihr war es in den besten Händen.

Nach der Feier gab es viele Umarmungen und Glückwünsche. Und dann begannen die Führungen. Die letzte Person, die mich an jenem Tag um einen Rundgang bat, war Rufus Dalton, der Mann, der vier Jahre zuvor für sein vierzigjähriges Engagement an einer reformpädagogischen Schule geehrt worden war. An jenem Abend hatten Charlie und ich uns gefragt, was wohl „unser Ding für vierzig Jahre" sein würde.

Als ich Rufus Dalton nun in der Eingangshalle erblickte, war ich überrascht.

War hier wieder Gott am Werk und präsentierte sich uns?

Am liebsten hätte ich ihm erzählt, dass dieses ganze Projekt an dem Abend begonnen hatte, als er geehrt worden war und Charlie und ich uns auf dem Heimweg darüber unterhalten hatten. Ich versuchte, die richtigen Worte dafür zu finden, um ihm zu sagen, wie seltsam mir das vorkam, ihn am Eröffnungstag dort in der Eingangshalle des *Moore-Hauses* stehen zu sehen. Doch wie sollte ich ihm all das vermitteln, was seit jenem Abend geschehen war?

# 24. Ich fühle mich wieder wie ein Mensch

*Sobald der Sturm vorüber ist, weißt du nicht mehr, wie du hindurchgekommen bist, wie es dir gelungen ist zu überleben. Du bist dir noch nicht einmal sicher, ob es wirklich vorbei ist. Aber eines ist sicher: Wenn du aus dem Sturm herauskommst, dann bist du nicht mehr die Person, die hineingegangen ist. Das ist der Sinn eines Sturms.*

**HARUKI MURAKAMI**[24]

Nach fast fünf Jahren sehnsüchtigen Wartens war Chilly Willy einer der ersten Bewohner, die in das *Moore-Haus* einzogen.

Dale, Liz, Caroline und Chilly Willys Bruder Johnny mussten ihre ganze Überzeugungskraft aufwenden, um Charlottes berühmtestem Straßenbewohner klarzumachen, dass das Ganze kein fauler Trick war. Das *Moore-Haus* war kein Gefängnis und keine geschlossene Einrichtung, sondern ein echtes Zuhause. Chilly Willys Einzugstermin fiel auf den Valentinstag 2012.

An jenem Morgen befand Caroline sich jedoch im Alarmzustand. Sie wartete darauf, Chilly Willy in seinem neuen Zuhause willkommen zu heißen und endlich das Versprechen zu erfüllen, dass das *Moore-Haus* Charlottes „millionenschweren Larry" erfolgreich in einer Wohnung unterbringen konnte. Die Stunden vergingen, doch Chilly Willy war nirgends zu sehen. Caroline rief Johnny an und fragte ihn, ob er wisse, wo sein Bruder sei, doch wie es schien, war Chilly Willy verschwunden.

---

24 Haruki Murakami: *Kafka on the Shore*. New York: Vintage, 2006, S. 5.

Hatte er etwa den großen Tag vergessen? Oder hatte er es sich anders überlegt?

Am späten Nachmittag erblickte Caroline Chilly Willy endlich auf dem Parkplatz. Sie ging hinaus zu ihm und war überrascht, ihn komplett nüchtern anzutreffen.

Er verkündete, er habe sich freiwillig in eine „Ausnüchterungszelle" begeben, um an diesem denkwürdigen Tag alle Sinne beisammen zu haben. Und außerdem sei er jetzt nicht mehr Chilly Willy. Von nun an wolle er seinen Straßennamen ablegen und alle sollten ihn mit seinem richtigen Namen ansprechen: William Larry Major.

Zwei Wochen später übergab Liz Clasen-Kelly mir eine Nachricht von Larry, die ich heute noch immer bei mir trage, zusammen mit dem Gruppenfoto der ersten dreizehn Bewohner unseres Wohnprojektes. Beides steckt vorne in der Einstecktasche meiner Sitzungsmappe.

An Frau Kathy Izard

Hir ist William Larry Major. Möchtn sie mich mal besuchn? Ich komme gut klar und es geet mir vil besser. Meine Wonung gefält mir und ich füle mich jetzt wie ein Mensch.

Dancke

ihr Freund William L. Major

Unter den neuen Bewohnern des *Moore-Hauses* befand sich auch der Suppenküchen-Cowboy Bill Halsey mit seinem braunen Lederhut. Er hatte mich damals gegen den jungen Mann verteidigt, der seinen Teller nach mir geworfen hatte. Jahrelang hatte Bill in einem Erdloch gehaust. Wir waren glücklich, dass wir ihm endlich zu einem Zuhause verhelfen konnten. Doch das war noch lange nicht alles.

Seit Jahren hatte Bills Mutter für ihn gebetet. Sie wusste nicht, wie sie ihrem obdachlosen Sohn helfen konnte und wo er genau war. Aber sie wusste, dass er im UMC zu Mittag aß und dort Post empfangen konnte. Sie betete für ihn und schickte ihm auch Briefe an die Adresse des UMC.

Als Bill erfuhr, dass er in das *Moore-Haus* ziehen durfte, rief er stolz seine Mutter an. An seinem Einzugstag war sie da und hatte Tränen in den Augen.

„Ich habe immer dafür gebetet, dass dieser Tag kommen würde", erzählte sie Caroline. „Ich habe die Zeitungsartikel über das *Moore-Haus* gelesen und gehofft, dass mein Sohn dort eines Tages wohnen würde."

Was Mrs Halsey jedoch nicht erwähnte, war, dass sie noch viel mehr getan hatte als zu beten und Briefe an ihren Sohn zu schreiben.

Selbst als das *Moore-Haus* schon fertig war, trafen immer noch die pastellfarbenen Briefe unseres Briefkastenengels ein, stets mit ermutigenden Worten und der Bitte: Möge Gott diese kleine Gabe segnen und sie vermehren. Inzwischen wurde diese Post an das *Moore-Haus* adressiert und nicht mehr an das UMC. Allerdings konnten wir dem Verfasser immer noch nicht persönlich danken. Caroline verbuchte die Spende unter „anonym", wie ich es auch schon getan hatte, und fragte sich ebenfalls, wer unsere treue Wohltäterin wohl war.

Doch eines Tages, als wieder so eine Engelpost eintraf, merkte Caroline, dass etwas anders war – vielleicht ein Versehen. Dieses Mal stand in der linken oberen Ecke des Umschlags ein Name: Lily Halsey.

Caroline konnte es nicht erwarten, mich anzurufen. „Kathy, du wirst es nicht glauben, aber unser Briefkastenengel ist Bill Halseys Mutter!"

Ich hatte mit Ron Hall nicht mehr gesprochen, seit ich ihm die Fotos von unserer Eröffnungsfeier geschickt hatte, und so war ich überrascht, als ich zwei Monate später seine Nummer auf meinem Handydisplay sah. Es war der 1. April 2012.

„Hallo Ron!", meldete ich mich.

„Kathy, Denver ist letzte Nacht im Schlaf gestorben."

Ich konnte es zunächst nicht fassen. Alles an Denver kam mir so überirdisch vor; ich glaube, ich hatte das Gefühl, dass er geradezu unsterblich war.

Ich hatte Denver das letzte Mal am 6. März 2008 gesehen. Vier Monate nach unserem ersten „True-Blessings"-Abend hatte unser Gründungsteam – Sarah, Kim, Angela und ich – beschlossen, nach Texas zu reisen, um Ron und Denver zu besuchen. Gerade hatte ich meinen neuen Job beim UMC angetreten und wollte gern sehen, welche Übernachtungsmöglichkeiten für Wohnungslose in der Heimatstadt von Denver angeboten wurden. Wir freuten uns sehr darauf, Zeit mit Ron und ihm zu verbringen und die Fort Union Gospel Mission zu besuchen, von der sie in ihrem Buch erzählten. Wir verabredeten uns mit den beiden zum Abendessen, doch als wir im Restaurant ankamen, erwartete uns nur Ron. Denver ließ sich wie üblich nicht blicken.

„Er wird schon noch kommen", versprach Ron.

Während wir auf das Essen warteten, erzählte uns Ron, was sie im vergangenen Jahr erlebt und wo sie überall aufgetreten waren.

„Wir sind sogar für eine Verfilmung unseres Buches angefragt worden!", berichtete er. „Denver möchte von Forest Whitaker gespielt werden!"

Der Abend ging weiter, die Vorspeisen wurden aufgetragen und wieder abgeräumt, aber Denver war immer noch nicht da. Angelas rechtes Bein zuckte nervös, während sie erst auf die Uhr schaute und dann auf den Eingang des Restaurants. Wann würde er endlich kommen?

„Ron, wir wollten Denver so gern wiedersehen; er hat immer so viel Wichtiges zu sagen", meinte Sarah schließlich.

Ron versuchte Denver mehrmals per Handy zu erreichen, aber er nahm nicht ab.

Allmählich neigte sich der Abend seinem Ende zu und wir dachten schon, Denver habe uns versetzt. Doch dann kam endlich sein großer Auftritt. Mit seinem glänzenden neuen Nadelstreifenanzug sah er aus wie ein Filmstar. Er trug eine Sonnenbrille, obwohl es schon zehn Uhr abends war. Einige Restaurantgäste erkannten den ehemals Obdachlosen, der inzwischen ein berühmter Autor war, und viele sprachen ihn an. Denver nickte den Leuten zu und schüttelte auch ein paar hartnäckigen Fans die Hand.

Als er endlich zu uns an den Tisch kam, schüttelte er den Kopf und sagte: „Ich weiß gar nicht, warum die mir jetzt alle die Hand geben wollen. Als ich noch obdachlos war, hätte keiner von denen mich angerührt."

In der darauffolgenden Stunde erzählte er seine Geschichten und gab seine Weisheiten von sich:

Unsere Grenzen sind Gottes Möglichkeiten. Wenn wir am Ende der Fahnenstange angekommen sind und es nichts mehr gibt, was wir tun können, dann nimmt Gott die Sache in die Hand.

Sarah zückte ihr Notizbuch und einen Stift und versuchte die philosophischen Gedanken von Denver Moore schriftlich festzuhalten. Später blätterten wir die Seiten durch und mussten feststellen, dass man seinen Überlegungen einfach nicht gerecht werden konnte. Denver hatte etwas Außergewöhnliches an sich, das sich einfach nicht auf Papier bannen ließ. Ihm gegenüberzusitzen war einfach etwas sehr Besonderes. Von dem, was er sagte, bekam man manchmal eine Gänsehaut, allerdings nur, wenn seine Worte von dem Blick aus seinen dunklen Augen begleitet wurden, der sich geradezu in einen hineinzubohren schien.

Ich fragte mich, was Denver mit diesen Augen sehen konnte. Sah er so wie wir alle oder konnte er etwas anderes entdecken? Hatte Denver mich jemals wirklich gesehen oder war ich für ihn unsichtbar so wie Coleman? Richtete er seine Botschaft wirklich an mich, Kathy Izard? Oder sahen für ihn sowieso „alle Weißen gleich aus" und er redete einfach so über die ungerechten Zustände der Wohnungslosigkeit, während ich zufällig dastand und mich für irgendetwas verantwortlich fühlte?

Vier Jahre lang hatte ich mich verpflichtet gefühlt, mein Versprechen ihm gegenüber zu erfüllen. Und doch bin ich überzeugt, dass er weder meinen Vornamen noch meinen Nachnamen wusste. Trotzdem würde ich ihn nie vergessen. Die Begegnung mit Denver hatte meine geistliche Erweckung eingeläutet. Sie war der Anfang meiner Bemühungen, das, was vorher unsichtbar gewesen war, deutlich sichtbar zu machen, sodass es nicht mehr ausgelöscht werden konnte. Ich hatte Denver versprochen, „Betten zu bauen", und mir selbst hatte ich geschworen, fertig zu sein, bevor er starb.

Nun hatten wir es gerade noch geschafft.

Die Eröffnungsfeier kurz vor Denvers Tod und Larrys Einzug am Valentinstag hätten ein Happy End à la Hollywood sein können. Doch das wahre Leben ist leider nicht so.

Sechs Monate nach Denvers Tod, am 19. Oktober 2012, fand ich frühmorgens beim Aufstehen eine Nachricht auf meinem Handy, die Caroline mir am Abend zuvor geschrieben hatte: „Larry ist tot. Unfall auf der 7th Street. Wir treffen uns morgen in aller Frühe mit den Mitarbeitern. Bin total schockiert. Verlasse gerade das Gebäude."

Auch ich stand unter Schock. In den letzten zwanzig Jahren hatte Larry alias Chilly Willy Gefängnisaufenthalte, Überfälle, Krankheiten, Hitzewellen und Schneestürme überlebt. Ich erinnerte mich daran, wie sein Bruder Johnny mir erzählte, er bekäme immer wieder Anrufe von Freunden, die fragten, ob Chilly Willy tot sei, weil sie ihn schon so lange nicht mehr auf der Straße gesehen hatten. Bisher waren die Gerüchte immer falsch gewesen – diesmal nicht.

Sofort rief ich Caroline zurück.

„Ich dachte erst, es sei wieder mal ein Irrtum, Kathy. Du weißt ja, dass die Leute manchmal behauptet haben, er sei gestorben, und dann haben wir herausgefunden, dass er im Gefängnis oder woanders war." Sie rang um Fassung. „Aber diesmal stimmt es", sagte sie schließlich.

William Larry Major, 58 Jahre, war tot. Er war vor einer Bar in der Nähe des *Moore-Hauses* von einem Auto erfasst worden. Die Fahrerin war eine 65-jährige Dame, die nun zweifellos traumatisiert war, jedoch nicht angeklagt wurde.

Caroline hörte sich erschöpft an und ihre Stimme zitterte. Die ganze Nacht über hatte sie Anrufe von erschütterten Bewohnern des *Moore-Hauses* bekommen und dazu machte sie sich noch Vorwürfe, dass sie das Geschehene nicht hatte verhindern können.

„Ich überlege immer wieder, was ich hätte anders machen können", sagte sie.

Doch in Wirklichkeit war es Caroline gelungen, Larry acht Monate lang ein Dach über dem Kopf zu geben und ihn am Leben zu erhalten. Nach seinem Einzug hatte Larry Caroline viele Male seinen Wohnungsschlüssel wieder in die Hand gedrückt und gesagt, er könne das nicht weitermachen. Und jedes Mal hatte sie ihm den Schlüssel wieder zurückgegeben und ihm versichert, dass er es schaffen würde.

Als das Gespräch mit Caroline beendet war, durchforschte ich das Internet, wo man bekanntlich Informationen über fast alles finden kann. Larrys Tod bildete keine Ausnahme. Sofort stieß ich auf einen Artikel im Charlotte Observer, auf den Blog-Eintrag eines Reporters aus der Stadt, eine R.I.P. Chilly Willy Facebook-Seite und ein You-Tube-Video, auf dem Larry sang und das über tausendmal aufgerufen worden war; das alles war nur wenige Stunden nach seinem Tod gepostet worden. Ich schaute mir das Video an und lächelte, als ich Larrys raue Stimme hörte, wie sie ein letztes Mal seinen Lieblingssong von der Charlie Daniel's Band schmetterte: „Long Haired Country Boy."

Mein Handy klingelte und ich sah, dass es Liz war. Ich nahm

ab und sagte nur: „Ich hab's gehört", erstaunt darüber, dass ich nicht sprechen konnte, ohne zu weinen.

Liz war extrem mitgenommen. Ihre Sorge um Larry, dessen Leid und Alkoholabhängigkeit sich öffentlich in den Straßen von Charlotte abgespielt hatten, war der Anlass für sie gewesen, jenen denkwürdigen Zeitungsartikel zu schreiben und so die moralische und ökonomische Argumentationsgrundlage für das *Moore-Haus* zu schaffen. Seine Lebensgeschichte und wie er immer wieder unnötig im Gefängnis oder im Krankenhaus landete, hatte John und Pat Moore dazu gebracht, Dale anzurufen und ihr außergewöhnliches Geschenk zu machen, mit dem das Pilotprojekt im Jahr 2008 begann. Dies wiederum hatte das Leben von Dutzenden Langzeit-Wohnungslosen in Charlotte verändert, darunter Coleman, Raymond, Ruth und schließlich auch Larry.

Am Ende unseres Gesprächs sagte Liz etwas, an das ich seither immer wieder denken muss: „Als ich in der Zeitung las, dass er als ‚ehemaliger Obdachloser' bezeichnet wurde, war das ein kleiner Trost für mich."

Es war, wie Liz feststellte, auch etwas Gnädiges in Larrys Geschichte. Er war immerhin nicht unter einer Brücke erfroren oder totgeprügelt worden. Und obwohl Larry so stolz gewesen war, dass er eine eigene Wohnung hatte, war es für ihn nach wie vor nicht leicht gewesen, zum ersten Mal nach zwei Jahrzehnten ein neues Leben zu beginnen.

In den folgenden Tagen wurde Charlotte von einer Welle des Mitgefühls für William Larry Major erfasst. Radio- und Fernsehsender berichteten über ihn, im Charlotte Observer erschienen zwei Sonderbeiträge, das Online-Kondolenzbuch verzeichnete 294 Einträge und die Facebook-Seite wurde mehr als zehntausend Mal aufgerufen. Larry war auf seine eigene, unkonventionelle Weise ein stadtbekannter Mann gewesen. Die Menschen erzählten von seinem Humor, seiner Weisheit und seiner natürlichen Freundlichkeit. Sie berichteten, wie er ein nettes Wort für sie gehabt hatte, ein Lied oder einen Witz. Offenbar war er in fast allen Stadtvierteln bekannt. Ich hatte gar nicht gewusst, dass er so weit herumgekommen war.

Am 22. Oktober 2012 hielt Larrys Familie eine Trauerfeier für ihn, und zwar in der Gemeinde, die Larrys Vater gegründet hatte. Mehrere Hundert Menschen standen draußen vor der Kirche Schlange, um Larry die letzte Ehre zu erweisen. Es war die bunteste Versammlung, an der ich je in Charlotte teilgenommen habe. Menschen jeden Alters, jeder Einkommensgruppe und jeder ethnischen Herkunft waren unter den Trauernden. Alle warteten geduldig, bis sie an der Reihe waren, die überfüllte Kirche zu betreten.

Während ich draußen wartete, traf ich einen Polizeibeamten, einen Sheriff, einen Rettungsassistenten und einen Busfahrer, die alle davon erzählen konnten, wie Larry, der Freigeist, ihr Leben beeinflusst hatte. Vorne in der Kirche waren Fotos aufgestellt, die Larry während seiner Zeit im *Moore-Haus* zeigten: wie er beim Bingo gewann und wie er bei einem Picknick ein Friedens-Zeichen zur Kamera hin machte. Zwei handgemalte Poster waren von Dutzenden von Freunden aus dem *Moore-Haus* unterschrieben. Auf einem stand: „Fahr deine Harley in den Himmel! In liebevollem Gedenken."

Larrys Familie hatte darum gebeten, dass die Kollekte für das *Moore-Haus* gesammelt wurde, und nach der Trauerfeier wurde Larrys Asche auf den Straßen von Charlotte verstreut, dem Ort, den er am meisten geliebt hatte.

# 25. Gott war dabei

*„Na ja, jetzt weißt du, wie ich über Gott denke", sagte Owen Meany. „Ich kann ihn nicht sehen –*
*aber ich weiß genau, dass er da ist!"*

**JOHN IRVING**[25]

Nun kannte ich zwar das Ende von Denvers und Larrys Geschichte, aber ich konnte das nächste Kapitel meiner eigenen Geschichte noch nicht schreiben. Das *Moore-Haus* war eröffnet und ich wurde dort nicht mehr wirklich gebraucht. Ich hatte keine Ahnung, was ich aus den vergangenen Jahren machen oder was ich im nächsten Jahrzehnt tun sollte. Wenn ich keine Grafikdesignerin mehr war und auch nicht mehr die Leiterin von *Wohnraum für Wohnungslose*, wer war ich dann? Was sollte ich mit diesem neu angeeigneten Wissen über Fundraising anfangen? Ich hatte diesen einen Auftrag für mich so klar gespürt, würde es noch einen weiteren geben?

Allyson meinte, ich sollte mal etwas für meine Seele tun, und zwar an ihrem Lieblings-Rückzugsort, einem früheren Priesterseminar in den Berkshire Mountains von Massachusetts. Sie lud meine Mutter und mich zu einem Workshop mit dem britischen Dichter und Philosophen David Whyte ein. Ich sagte zu, obwohl ich von diesem Mann noch nie etwas gehört hatte.

Mit Stift und Papier bewaffnet kam ich zu dem Workshop, um all das festzuhalten, was David Whyte an Weisheit zu bieten hatte. Doch dann wurde ich enttäuscht, denn er teilte weder etwas

---

25 John Irving: *A Prayer for Owen Meany.* New York: William Morrow, 2013, S. 458.

Schriftliches aus noch zeigte er Dias oder eine Power-Point-Präsentation. Anscheinend gab er bei seinen Vorträgen keine zentralen Lebensweisheiten von sich. Wenn ich etwas für mich
mitnehmen wollte, dann musste ich gut zuhören und es selbst
entdecken.

Meine Gedanken schweiften ab, als der Poet vorne im Saal anfing, seine Gedichte auf seltsame Weise zu rezitieren, ja sie geradezu zu singen. Es dauerte ein paar Minuten, bis mir klar wurde,
dass er alles auswendig wiedergab. Er machte keine Pausen, um
die Wirkung an bestimmten Stellen zu erhöhen, und präsentierte
seine Werke noch nicht einmal vollständig. Er schlingerte durch
die Zeilen, hielt inne und fuhr wieder fort, wie ein Tanzlehrer, der
die Schritte wiederholt. Dann aber weckten die folgenden Worte
aus seinem Gedicht „Die Reise" meine Aufmerksamkeit:

Manchmal muss alles erst
in großen Buchstaben am Himmel erscheinen,
damit wir die eine Zeile entdecken,
die längst in unser Herz hineingeschrieben wurde.

Das war erstaunlich.

Es kam mir so vor, als hätte der Dichter sich neben mich gesetzt und würde mir eine Hilfestellung für mein Leben geben.
Dieser eine Satz beschrieb all die Punkte, an denen Gott eingegriffen hatte, die angeblichen Zufälle und die Gnade – all das,
was mit einem Buch begonnen und mit einem Wohnkomplex
geendet hatte. Doch der eine Satz erklärte auch, warum aus einer
verlorenen Sechsjährigen, die ihre Mutter vermisste, eine widerstandsfähige Neunundvierzigjährige geworden war, die daran
glauben konnte, dass sie alles erreichen konnte.

David Whyte fuhr mit seinem Gedicht fort, doch ich hörte ihm nicht mehr zu. Ich starrte nur auf den Satz, den ich in
meinem Notizbuch festgehalten hatte, während er sprach. Ich

dachte über seine Worte nach, über das, was in mir geschrieben stand. Wie waren sie dorthin gelangt, diese metaphorischen Worte in meinem Innern? War es, als meine Eltern mich Katherine Grace nannten, oder fing es noch früher an, als die beiden verliebten College-Studierenden sich gegenseitig Bibelworte vorlasen?

Nun aber bleiben Glaube, Hoffnung, Liebe, diese drei; aber die Liebe ist die größte unter ihnen.

Ihre Liebe war verletzt und zerbrochen worden, sie musste ins Krankenhaus und wurde sogar durch den Tod geschieden, aber meine Mutter war immer noch da. Mit ihren achtzig Jahren immer noch lernfähig. Immer noch bereit, auf das Leben zu hören. Und sie hatte immer noch die aus dreißig Jahren gesammelten „Alles-Liebe-Leighton"-Karten, die fest mit einem Gummiband zusammengehalten wurden. Ich schaute zu ihr hinüber. Sie saß da und hatte die Hände vor der Brust gefaltet, schaute aufmerksam nach vorne und hörte dem Dichter zu.

Dann lächelte meine Mutter fast unmerklich, als der Dichter über „die Asche des Lebens" sprach. Ich wusste, woran sie dachte: an den Phönix. Ihr ganz privates Symbol.

Der Phönix ist jener rotgoldene Vogel aus der Mythologie, der aus der Asche wiederaufersteht, nachdem er in einem Feuer umgekommen ist, das er selbst hervorgerufen hat.

Für meine Mutter ist ihr Leben, ihre Geschichte der des Phönix ähnlich. Sie war in der Lage gewesen, all die Feuer der manischen Depression zu überleben und sich ihnen zu widersetzen. Mein ganzes Leben lang hatte ich geglaubt, dass ich meine grundlegenden Werte vor allem meinem Vater zu verdanken hatte: tu Gutes, arbeite hart, verändere die Welt. Mein Vater hatte seinen drei Töchtern einen Kompass für ihr ganzes Leben mitgegeben, mit dem sie ein höheres Ziel erreichen konnten. Doch die stilleren Botschaften, die meine Mutter sendete, hatte ich fast überhört. Dabei brauchte ich diese für meine Lebensreise vielleicht noch viel dringender: Glaube und Widerstandskraft. Und es war ja meine Mutter gewesen, die mir *Genauso anders wie ich* empfohlen und mir damit den Schlüssel für mein größtes Geschenk, meine Berufung, gegeben hatte.

Meine Mutter. Der Phönix, der sich aus der Asche erhob.

Meine Kindheit. Mein Leben. So perfekt unvollkommen, damit ich endlich die eine Zeile sehen konnte, die bereits in mich hineingeschrieben war.

Als ich auf die Reise zurückschaute, die mich bis zum *Moore-Haus* geführt hatte, stellte ich fest, dass alle Punkte nun miteinander verbunden waren bis auf einen: Lily Halsey. Caroline hatte sie bereits kennengelernt, aber ich noch nicht. Wenn ich über all das nachdachte, was passiert war und wie Gott dabei seine Hand im Spiel hatte, dann musste ich Lily Halsey einfach sagen, dass das, was sie getan hatte, sehr wichtig gewesen war – dass die Karten, die sie uns zusammen mit dem Segensgruß und den kleinen Dollarscheinen geschickt hatte, mir unendlich viel bedeutet hatten.

Lily Halsey und ihre Karten. Meine Mutter und ihre Karten. Insgeheim hatte ich mich immer über diese Angewohnheit meiner Mutter geärgert. Ich wusste es bei meiner eigenen Mutter nicht zu schätzen, bis ich es bei einer anderen Mutter schätzen lernte. Diese Anteilnahme. Diese Verbundenheit. Dieses Mitgefühl. Es war keine Zeitverschwendung gewesen, dass Lily Halsey all diese Karten verschickt hatte. Für mich waren sie extrem wichtig gewesen.

Es war auch nicht überflüssig, dass meine Mutter an alle Geburtstage, Jubiläen und Feiertage dachte und jedes Jahr buchstäblich Hunderte von Karten verschickte. Tausende in ihrem ganzen Leben. Das war ihr Auftrag.

Ich fuhr nach Huntersville, North Carolina, um Lily Halsey endlich kennenzulernen, meinen mysteriösen Briefkastenengel, der nun in einem Seniorenheim lebte. Eine Pflegerin half mir,

Lily zu finden. Sie saß in einem Rollstuhl beim Eingang und unterhielt sich mit einer Freundin, als ich mich ihr von hinten näherte.

„Mrs Halsey?"

Eine Frau mit weichem grauen Haar drehte sich zu mir um und ihre himmelblauen Augen schauten mich fragend an.

Natürlich kannte sie mich nicht, aber ich hätte sie überall erkannt. Denn dieselben blauen Augen hatten mich schon unzählige Male unter Bill Halseys Cowboyhut angeschaut.

Ich hatte ihr als Dankeschön eine Orchidee mitgebracht und stellte sie auf den Tisch, während ich eine ihrer Karten herausholte, die ich aufgehoben hatte. Damit hoffte ich ihr meinen Besuch erklären zu können. Auf der Karte stand:

> Danke für Ihre Liebe und Hilfe für die OBDACHLOSEN und die Bedürfftigen. Ich bete, dass Gott dise kleine Gabe vermeert. Bitte beeten sie auch für mich.

Ich gab ihr die Karte und merkte, dass sie sich daran erinnern konnte, diese geschrieben zu haben. „Mrs Halsey, ich bin Kathy Izard", begann ich. „Sie haben uns immer diese Karten geschickt und …"

Lily Halseys Freundin unterbrach mich. „Sie müssen lauter reden. Sie hört nicht mehr gut."

Ich merkte, dass Lily Halsey mich immer noch fragend anschaute und kein Wort verstanden hatte. Ich beugte mich zu ihr hinunter und sprach ihr meinen Dank direkt ins Ohr.

„Mrs Halsey, ich bin Kathy Izard. Sie haben mir immer diese Karten geschickt und ich wollte Ihnen nur sagen, wie wichtig sie für mich waren. Sie bedeuteten mir einfach alles."

Ich versuchte nicht zu weinen, aber ich hatte einen Kloß im Hals und die Tränen stiegen mir in die Augen. Es fühlte sich gut an, endlich am Ziel dieser Reise angekommen zu sein. Der lange Weg hatte mit Denver begonnen und endete mit einer Frau, der ich heute zum ersten Mal begegnete und die doch einen so starken Eindruck in meinem Leben hinterlassen hatte.

Nun fing auch Lily Halsey an zu weinen. Eine Träne rollte ihr über die Wangen und sie sagte leise: „O ja, ich habe für Sie gebetet. Und tue es immer noch. Gerade heute Morgen habe ich für Sie und das *Moore-Haus* gebetet."

Wir unterhielten uns eine Stunde lang. Mithilfe ihrer Freundin, die mit Lily zusammen in einer Werbeagentur in Charlotte gearbeitet hatte, erzählte sie mir einiges von ihrem Sohn, was ich bisher noch nicht gewusst hatte.

Bevor Bill Halsey zum Stammgast im UMC geworden war, hatte er das College absolviert und war ein begabter Künstler gewesen. Jahrelang hatte er als Grafikdesigner gearbeitet. Ich musste fast lachen, als sie mir das berichtete. Bill? Ein Grafikdesigner? Derselbe Beruf, den ich ausgeübt und dann beendet hatte, um in unserem Wohnungsprojekt mitzuarbeiten.

Bill und ich hatten beide gelernt, wie man ein Layout von Hand erstellt, noch bevor Computer in dieser Branche allgegenwärtig wurden. Als Computerkenntnisse in diesem Beruf immer wichtiger wurden, war es nicht einfach, den Übergang zu schaffen. Ich besuchte damals Kurse an der Volkshochschule und engagierte schließlich noch einen privaten Tutor, der mir den Umgang mit der komplizierteren Software beibrachte.

Bill hatte nicht so viel Glück gehabt. Er konnte sich keinen Tutor leisten und er wusste auch nicht, dass es Kurse an der Volkshochschule gab. Darum konnte er in der digitalisierten Welt nicht mithalten. Er verlor seinen Job, sein Selbstvertrauen und glitt danach immer tiefer in die Verzweiflung. Sein Vater starb und er verlor den Kontakt zu seiner Familie, als er anfing, in jenem Erdloch zu leben. Doch Lily hörte nie auf, sich um ihren Sohn zu sorgen, den sie so sehr liebte.

Eines Tages fiel ihr Blick auf einen Zeitungsartikel über die Pläne des UMC, Obdachlose in Wohnungen unterzubringen. Sie wusste nicht, ob das UMC auch ihrem Sohn helfen würde, doch sie konnte ja dafür beten.

Als ich Lily Halsey fragte, warum sie mir all die Karten geschickt hatte, sagte sie mit tiefer Überzeugung: „Als ich vom *Moore-Haus* las, wusste ich, dass ich helfen musste."

Ihre blauen Augen sahen mich ganz direkt an und dann sagte sie mit einem unerschütterlichen Glauben: „Niemand hätte es gewagt, das *Moore-Haus* zu bauen, wenn er nicht überzeugt gewesen wäre, dass Gott mit dabei war."

Ich schrieb Coleman eine SMS, dass ich unterwegs sei, aber durch den morgendlichen Berufsverkehr aufgehalten wurde. Es war der 8. November 2017 und ich holte Coleman zu unserem elften jährlich stattfindenden „True-Blessings"-Dinner ab. Zehn Jahre war es nun her, dass eine Gruppe von Freunden Ron und Denver nach Charlotte geholt hatte, in der Hoffnung, dass ein paar Interessierte an der Veranstaltung teilnehmen würden. Und es war auch zehn Jahre her, seit uns klar geworden war, dass wir immer noch nicht genug Gutes taten. Wir mussten die Wohnungslosigkeit beenden und nicht nur die Menschen trösten, die darunter zu leiden hatten.

Zusammen mit dem *Moore-Haus* hatten wir im Rahmen unseres Wohnungsprojektes inzwischen über 160 Männer und Frauen in Wohnungen untergebracht, die über die ganze Stadt verteilt waren. Wir arbeiteten mit bestimmten Vermietern zusammen und nutzten Mietzuschüsse der öffentlichen Hand. Im Jahr 2015 hatten wir das *Moore-Haus* auf 120 Wohnungen erweitert, sodass wir jetzt fast 300 Menschen in unser Programm aufnehmen konnten. Sowohl im *Moore-Haus* als auch in den anderen Wohnprojekten konnten wir eine Erfolgsrate von mehr als 90 Prozent aufweisen, das heißt, dass fast alle unsere Bewohner dauerhaft in ihren Wohnungen blieben. Die Stadt Charlotte hatte sich mittlerweile mit über dreißig Organisationen für ein *Housing-First*-Projekt zusammengeschlossen, mit dem Ziel, der Langzeit-Woh nungslosigkeit ein Ende zu setzen. In weniger als drei Jahren hatte diese Gruppe es geschafft, fast 600 Menschen ein Dach über dem Kopf zu geben.

Auch „True Blessings" war zwischenzeitlich deutlich gewachsen. Eugene Coleman würde an diesem Abend das Dankgebet für über zwölfhundert Gäste sprechen – unsere bisher größte Veranstaltung, bei der über vierzig Firmen als Unterstützer teilnahmen. Seit dem Jahr 2007 war „True Blessings" zur größten Wohltätigkeitsveranstaltung für Obdachlose in Charlotte geworden und hatte mehr als sieben Millionen Dollar an Spenden eingenommen.

Coleman lebte inzwischen in einer Einzimmer-Wohnung in einer ruhigen Straße, in der sich an diesem Morgen die Bäume in leuchtenden Herbstfarben zeigten. Als ich Coleman das letzte Mal gesehen hatte, hatte ich ihm erzählt, dass ich nun endlich das Buch beenden würde, an dem ich schon lange schrieb. Sechs Jahre hatte ich dafür gebraucht und war mir nicht sicher gewesen, ob Coleman sich noch daran erinnerte, dass ich ihn um Erlaubnis gefragt hatte, darin auch seine Geschichte zu erzählen. Ich hoffte, dass er diese Idee nun immer noch gut fand. Wir trafen uns zum Frühstück und ich brachte ihm ein Musterexemplar des Buches mit.

Ich legte es vor uns auf den Tisch und schob es in seine Richtung. „Weißt du noch, dass ich dir erzählt habe, ich würde ein Buch schreiben?"

Er legte die Hand auf das Cover und ließ sie eine Weile dort liegen, bevor er mich ansah. „Komme ich auch da drin vor?"

„O ja!", antwortete ich.

Coleman war eine Weile still und schaute auf die dreihundert Seiten, die da vor uns auf dem Tisch lagen. Schließlich sagte er: „Weißt du noch, wie ich vor dieser Highschool-Klasse gesprochen habe?"

„Ja!", erwiderte ich. „Die Geschichte ist auch drin!"

„Wirklich?", fragte er und sah nachdenklich aus. „Nun weiß ich, dass ich gesehen werde. Und daran wird sich mein ganzes Leben lang nichts mehr ändern."

Uns beiden kamen die Tränen und wir schwiegen eine Zeit lang, bis Coleman schließlich verkündete: „Ich glaube, das wird ein ziemlicher Renner!"

Während ich nun vor Colemans Haus im Auto wartete, fiel mir diese Szene wieder ein und ich musste lachen. Ich schrieb ihm eine SMS, dass ich da sei. Als er herauskam, trug er über seinem Pullover ein schickes braunes Jackett und dazu eine schöne Hose. Er stieg ein und rieb sich nervös die Hände, hatte aber keine Notizen dabei.

„Ich weiß schon, was ich sagen will", meinte er. „Ich bin gestern im UMC gewesen und habe mit Dale geredet, damit er mir ein paar Ratschläge gibt. Er sagte, es würden alle möglichen Leute kommen, also brauchte nicht jedes zweite Wort Jesus sein."

Ich lächelte, denn ich wusste, wie wichtig Coleman der christliche Glaube inzwischen war.

Unterwegs holten wir die Zeit auf und kamen fast ein wenig zu früh zum Soundcheck an. Darum fragte ich Coleman, als wir an einem Kaffeegeschäft vorbeikamen, ob er noch etwas trinken wolle. Er zögerte zunächst, doch als er ein Schild für ein spezielles Herbstangebot sah, grinste er übers ganze Gesicht. „Ja! Das wird mein erster Kürbis-Gewürz-Latte dieses Jahr!"

Während des Soundchecks sprach Coleman sehr leise und musste mehrmals aufgefordert werden, lauter zu sprechen. Ich hoffte, der Auftritt am Abend würde ihn nicht überfordern. Doch schließlich war unser Tontechniker mit ihm zufrieden und wir setzten uns an einen Tisch im Saal, während das Personal um uns herum Wasserkaraffen füllte, Servietten faltete und das Silberbesteck auslegte. Ich zog ein Foto aus der Tasche, das ich am Tag zuvor in einem meiner Alben gefunden hatte, und zeigte es Coleman. Er lächelte, als er es sah. „Oh Mann, an den Tag kann ich mich noch gut erinnern", meinte er dann.

Das Foto zeigte Coleman am Tag seines Einzugs vor zehn Jahren. Gerade hatten wir ihm den Schlüssel für seine neue Wohnung übergeben und er schloss die Tür auf zu seinem ersten Zuhause seit zwanzig Jahren. Mit einem fast ungläubigen Gesichtsausdruck wandte er sich zur Kamera um, während er den Schlüssel im Schloss umdrehte.

„Du weißt gar nicht, wie viele Nächte ich im Mondschein dalag und genau an diesen Tag dachte", erzählte er mir. „Ich dachte, er sei so weit weg, dass er nie kommen würde."

„Joann erinnert sich auch noch genau an eure erste Begegnung damals", erwiderte ich. „Sie kam danach in mein Büro und sagte mir: ‚Das ist ein ganz besonderer Typ.'"

„Es war schon seltsam", gestand Coleman. „Ich hatte gerade diese leise Stimme gehört, die mir sagte: ‚Geh zu der Dame dort.' Dabei kannte ich sie gar nicht. Es war Joann. Es war, als ob ein kleiner Engel auf meiner Schulter saß und mir sagte, ich solle dorthin gehen. Er schubste mich regelrecht und führte mich direkt zu ihr."

Eine Stunde später wurde das Licht im Saal gedämpft und Coleman und ich begaben uns auf die Bühne. Ich begrüßte unsere vielen Gäste und stellte Coleman vor. Er kam ans Rednerpult und beugte sich dicht zum Mikrofon, wie er es zuvor geübt hatte. Allerdings hatte er nicht auswendig gelernt, was er sagen wollte.

„Ich war ein bisschen aufgeregt, weil ich hier heute reden soll", begann er. „Aber dann hab ich mir gedacht: Das sind doch alles deine Freunde. Das sind die Leute, die mir geholfen haben. Früher habe ich gedacht, dass es für mich keine Liebe gibt, doch dann habe ich ein Zuhause bekommen. Ihr alle habt mir geholfen. Ihr habt mich von der Straße geholt. Und dann war ich nicht mehr nervös! Ich wollte das hier machen für all das, was ihr mir gegeben habt."

Dann trat er etwas vom Rednerpult weg und klappte mit einem breiten Grinsen sein Jackett vorne auf, um sein „wahres Ich" zu zeigen. „Bitteschön! Das hier ist Mr Coleman!"

Dann sprach er ein Gebet. Er dankte Gott für das Essen und bat ihn um seinen Segen für die Menschen im Saal und vor allem für diejenigen, die immer noch auf eine Wohnung warteten. Ich dachte darüber nach, wie weit wir in den letzten zehn Jahren gekommen waren. Erst hatten wir nur Suppe ausgeteilt, jetzt retteten wir Menschenleben. Ohne diese Veränderung würde Coleman heute nicht in diesem Saal stehen. Und nun war er hier, zehn Jahre später, und sprach den Segen für alle, die ihm eine zweite Chance gegeben hatten. Das bewies nicht nur, dass das Wohnungsprojekt tatsächlich funktionierte, sondern auch, dass wir noch mehr tun mussten.

Als ich Coleman so vor den versammelten Menschen stehen und reden sah, konnte ich mir nicht mehr so recht vorstellen, wie wir das jemals anders sehen konnten. Hatte es tatsächlich einmal eine Zeit gegeben, in der für uns das Beschaffen von Wohnraum nicht die oberste Priorität gehabt hatte?

Ich erinnerte mich an Colemans Traum, den er mir anvertraut hatte, während wir auf den Beginn der Veranstaltung warteten. „Als ich gestern Dale besuchte, um mir einen Rat von ihm zu holen, wie ich heute das Dankgebet sprechen soll, da sah ich all die Leute Schlange stehen", erzählte er mir.

Immer noch wurde im UMC an 365 Tagen im Jahr Essen ausgeteilt und es gab dort immer noch die verschiedenen Hilfsangebote für Menschen, die ohne Wohnung waren.

Coleman schaute mich an. „Und da dachte ich: Wäre es nicht toll, wenn ich eines Tages dorthin kommen würde und es wäre keiner da?"

Ich brauchte einen Moment, um zu verstehen, was er meinte.

„Wäre das nicht toll?", fragte er noch einmal. „Wenn eines Tages niemand mehr dort Schlange sehen würde?"

# 26. Der leisen Stimme trauen

*Hör auf dein Leben. Sieh es als das unergründliche Rätsel an, das es ist. Ob in seiner Langeweile und seinem Schmerz oder in Spannung und Glück: Taste, schmecke und rieche dich hinein in seine heilige, verborgene Mitte, denn letztendlich sind alle Augenblicke Schlüsselmomente und das Leben selbst ist Gnade.*

**FREDERICK BUECHNER**[26]

Ich hatte immer geglaubt, das *Moore-Haus* sei der Abschluss. Jahrelang dachte ich, meine Bestimmung hätte an dem Tag begonnen, als ich Denver kennengelernt hatte, und sie würde an dem Tag enden, an dem wir dieses traumhafte Gebäude eröffneten. Doch so, wie ich allmählich zu begreifen begann, dass alles schon lange vor Denver angefangen hatte, so verstehe ich nun auch, dass es nach dem *Moore-Haus* noch weitergehen wird. Die Straße geht weiter. Das *Moore-Haus* war nur ein Zwischenstopp auf einem Weg, der sich so weit erstreckt, dass ich sein Ende nicht sehen kann. Mein Leben spricht weiter zu mir und ich höre ihm weiter zu.

Was also sollte ich mit all meinem Wissen über den Bau und das Finanzieren von großen Gebäuden anfangen? Auf jeden Fall sollte ich keine Angst haben, es noch einmal zu tun.

Eineinhalb Jahre nach der Eröffnung des *Moore-Hauses* fragte mich Betsy Blue, eine Freundin, ob sie mit mir einmal über ein Projekt sprechen könnte, zu dem sie und ihr Mann sich berufen fühlten. In ihrer Familie hatte es eine psychische Erkrankung ge-

---

26 Frederick Buechner: *Listening to Your Life: Daily Meditations with Frederick Buechner.* 1. Januar. New York: HarperOne, 1992, S. 2.

geben und es war fast unmöglich gewesen, Hilfe zu bekommen. Betsy war Event-Managerin und ihr Mann Bill arbeitete in einer Bank. Obwohl beide also keine psychiatrische oder sonstige medizinische Ausbildung hatten, wollten sie gern all den Familien in Charlotte helfen, die mit einer psychischen Erkrankung zu kämpfen hatten. Die riesige Not der Menschen ließ ihnen keine Ruhe.

„Hast du gewusst, dass im Umkreis von hundert Meilen rund um Charlotte 7,4 Millionen Menschen leben und es keine einzige Einrichtung gibt, wo psychisch Kranke Hilfe bekommen und auch eine Weile leben können?", fragte mich Betsy.

Fast schon konnte ich Denvers Stimme hören, wie er mich fragte: „Macht das für Sie Sinn?"

Nein, natürlich nicht.

Ich wusste ja aus eigener Erfahrung, wie schwer es ist, wenn ein Elternteil immer wieder ins Krankenhaus muss. Und es war noch nicht lange her, dass Charlie und ich für unser eigenes Kind Hilfe suchen mussten, das in eine Depression geraten war.

Die nächste Frage musste Betsy mir gar nicht erst stellen: „Werden Sie etwas unternehmen?"

Charlie und ich beschlossen, uns hier gemeinsam zu engagieren, aber dieses Mal übernahm ich keine Führungsrolle.

Wir begleiteten Bill und Betsy Blue, als sie in unserer Stadt eine Spendenkampagne auf die Beine stellten und das Ziel hatten, 25 Millionen Dollar an Spendengeldern für die Gründung von *HopeWay* zu sammeln. Dies sollte das erste und einzige gemeinnützige Behandlungszentrum für psychische Erkrankungen in unserer Region werden, in dem Patienten für einige Zeit leben konnten. Das Ganze begann mit fünf Familien, in deren Umfeld es psychische Erkrankungen gab, und es wuchs auf über zweihundert Personen an, die mit Spendengeldern ein knapp fünf Hektar großes ehemaliges Universitätsgelände kauften und die Gebäude renovierten. Im Dezember 2016, vier Jahre nach der Eröffnung des *Moore-Hauses*, nahm *HopeWay* seine Arbeit auf und half Hunderten von Patienten und deren Angehörigen mit seinen optimalen Wohn- und Tagespflegeangeboten.

Während ich mich an der Spendenkampagne für *HopeWay* beteiligte, schrieb ich dieses Buch und überarbeitete es immer wieder. Ich sah, was Bill und Betsy taten, ich hörte auf ihren Ruf, und das erinnerte mich an all die Menschen, die das *Moore-Haus* in seinem Entstehen begleitet hatten. Liz, Dale, Bill Holt, Jerry Licari und viele andere hatten das leise Flüstern gehört, dass sie etwas unternehmen sollten – und sie hatten es getan. Ich wollte nicht, dass all diese Geschichten in Vergessenheit gerieten. Ich wollte immer wieder daran erinnert werden, dass all das nicht passiert wäre, wenn auch nur ein paar wenige von ihnen das, was sie gehört hatten, nicht in die Tat umgesetzt hätten, so verrückt es ihnen auch erscheinen mochte.

Manchmal ist es nicht einfach, einen Sinn in dem allen zu sehen. Das Leben scheint einerseits ein kompletter Zufall zu sein und andererseits einem perfekten Plan zu folgen. Louise hat mir einmal eine Predigt geschickt, die sie gehalten hat. Darin hieß es:

Wenn alles geplant ist, dann können wir genauso gut eine Geschichte schreiben, die groß genug ist, um darin leben zu können. Eine Abenteuer-Geschichte – eine, in der wir froh, kreativ und mit anderen verbunden sind. Eine, in der wir uns selbst als stark empfinden, als bereit und fähig, in der Tiefe zu dienen, als Menschen, die leidenschaftlich leben. Eine, in der wir wachsen, statt nur zu überleben.

Das ist das besondere Geschenk, das ich in den letzten zehn Jahren bekommen habe – die Fähigkeit, meine Geschichte neu zu schreiben. Es ist eine Geschichte, in der ich mit einer Gemeinschaft von Freunden verbunden bin, die bereit sind, sich einzusetzen, damit sich etwas ändert. Eine Geschichte, in der ich meine Mutter im Rückblick nicht mit Verärgerung betrachte, sondern mit Mitgefühl. Eine, in der ich einen Glauben besitze, den ich gefunden habe und der mir nicht aufgezwungen wurde. Und eine, in der Gott sich definitiv zeigt, wenn ich dafür aufmerksam bin.

Ich glaube heute nicht mehr, dass nur Menschen wie Dale und

Louise berufen sind, weil sie Theologie studiert haben. Ich bin der Überzeugung, dass wir alle zum Leben berufen sind – zu einem wahren, reichen, sinnvollen Leben.

Wir alle haben eine Berufung, die still auf uns wartet und leise flüstert. Vielleicht haben Sie Ihre schon gehört, trauen sich aber nicht, das zuzugeben. Dieser Ruf könnte so groß sein wie ein Gebäude, so speziell wie die Buchführung für eine gemeinnützige Organisation oder so wirksam wie das Schreiben von Grußkarten.

Meine Botschaft an Sie lautet: Trauen Sie der leisen Stimme.

Egal, was es ist, was Sie als einen stillen, aber hartnäckigen und beständigen Ruf empfinden. Ganz gleich, wie verrückt oder unangenehm es scheint, dem zuzuhören. Wenn Sie es einmal gehört haben, dieses Eine und Wahre, dann kommen Sie nicht mehr davon los, denn es flüstert immer weiter. Und wenn das so ist, dann müssen Sie den Rest Ihres Lebens entweder damit verbringen, dem Ruf zu folgen, oder so tun, als ob Sie ihn nie gehört hätten.

Seien Sie bereit hinzuhören.

Seien Sie bereit loszulassen.

Seien Sie bereit, diesen Sprung des Glaubens zu unternehmen.

Wenn Sie das tun, dann wird das Leben, das Sie noch nicht sehen können, unendlich reicher und bedeutungsvoller sein als das Leben, das Sie jetzt sehen und vermeintlich geplant haben.

An jenem Tag, an dem ich den „kleinen Ausflug" mit Denver machte, nahm er mich mit auf einen Weg, der gar nicht auf meiner Landkarte verzeichnet war. Ich hoffe, dass Ihre Reise heute beginnt und Sie auf einen Weg führt, von dem Sie nie gedacht hätten, dass Sie ihn beschreiten können.

Ich kann nicht erklären, was Gnade ist oder der Plan Gottes, aber so viel habe ich gelernt: Gnade ist der Moment, an dem Ihr Lebensziel so laut zu Ihnen spricht, dass Sie es nicht überhören können. Daran zu glauben ist verrückt, aber zu leugnen, dass Sie es gehört haben, ist noch verrückter. Sie ahnen es vielleicht nicht im Voraus, aber wenn die Gnade Sie gefunden hat, dann sollten

Sie innehalten, zuhören und sich gute Notizen machen. Alles in Ihrem Leben hat Sie auf genau diesen Augenblick vorbereitet.

Sie sind bereit und die Gnade ist real.

# Nachwort

Einige Namen in diesem Buch wurden geändert, um die Privatsphäre der entsprechenden Personen zu schützen. Es gab allerdings einen Namen, den ich leider nicht ändern konnte, obwohl die betreffende Person sich das sicherlich gewünscht hätte, und das ist der Name meiner Mutter. Nach einer sechzehn Jahre dauernden Suche nach den richtigen Medikamenten und der richtigen Behandlung hat meine Mutter die letzten dreißig Jahre so gelebt wie viele Patienten – im Stillschweigen über ihre Lebensumstände, weil psychische Erkrankungen immer noch mit einem Stigma behaftet sind.

Die Diagnose der bipolaren Störung ist nicht das, was das Leben meiner Mutter bestimmt hat oder heute noch bestimmt. Es ist nur eine Facette ihres Lebens, mit der sie umzugehen gelernt hat. Meine Mutter wollte nie einen Beruf ausüben, weil sie ihr Muttersein als das oberste Ziel in ihrem Leben betrachtete. Sie wollte ihren drei Töchtern all die Künste nahebringen, die sie selbst so sehr liebte: Malen, Musik, Tanz, Oper.

Während ihrer Krankheitszeit und auch danach war meine Mutter immer überzeugt davon, dass ihr Leben eine Bedeutung hatte. Sie war maßgeblich an der Gründung des Mädchen-Klubs von El Paso beteiligt, in dem sie zahlreiche Aufgaben übernahm, unter anderem den Vorsitz, die Mitarbeiter- und die Programmkoordination. Auch die First Presbyterian Church stand im Mittelpunkt ihres Dienstes; dort war sie in der Jugendarbeit, als Älteste und als treues Chormitglied tätig. Ihre Begeisterung für Bücher ließ sie Mitglied in zwei Buchklubs werden. Doch zu ihrer Lieblingsbeschäftigung gehören die Treffen mit ihrem Bridgeklub, die nach wie vor jeden Mittwoch stattfinden. Seit mehr als zwanzig Jahren hat sie mit den anderen Frauen dort gelacht und Erlebnisse ausgetauscht. Meine Mutter war immer der Überzeugung, dass es in ihrem Leben drei tragende Säulen gibt: den Glauben, die Familie und die Freunde.

Jedes Jahr erkrankt einer von fünf Erwachsenen an einer psychischen Störung und jeder von uns kennt jemanden, der psychische Probleme hat: Ängste, Depressionen und Abhängigkeiten, um nur ein paar davon zu nennen. Ich bete darum, dass dieses Buch die Botschaft aussendet: Es gibt Behandlungsmöglichkeiten und es gibt Hoffnung. Beenden wir doch das Stigma und fangen wir an, über unsere psychische Gesundheit genauso selbstverständlich zu reden wie über unsere körperliche Gesundheit. Das ist zumindest etwas, das wir alle tun können.

# Anregungen zum Gespräch

Danke, dass Sie dieses Buch gelesen haben. Wie gern würde ich mich jetzt mit Ihnen gemeinsam ins Wohnzimmer setzen und über all die Themen sprechen, die in diesem Buch vorkommen. Vielleicht haben Sie das Buch ja zusammen mit anderen gelesen, in einem Hauskreis oder einem Gesprächskreis. Unten finden Sie einige Fragen, die als Anregung zum Gespräch in einer Gruppe dienen können. Wenn Sie mit anderen Menschen über das Buch gesprochen haben, dann würde mich das sehr interessieren. Ich würde gern erfahren, wie Sie über all das denken. Schicken Sie Ihre Kommentare und Vorschläge an kathy@kathyizard.com.

1. Eines der zentralen Themen dieses Buches ist der Verlust der Wohnung, wobei dies auf verschiedene Weise geschehen kann: vom Leben auf der Straße bis zum Umzug ins Seniorenheim. Haben Sie selbst schon einmal den Verlust Ihres Heims erlebt, vielleicht auch nur vorübergehend? Oder den Verlust Ihres Selbstwertgefühls? Inwiefern können Sie sich mit Menschen wie Samuel, Jay, Ruth und Coleman identifizieren? Mussten Sie Ihre Eltern in ein Seniorenheim bringen?

2. Als Sie erfuhren, auf welche Weise Menschen wie Coleman und Chilly Willy in die Obdachlosigkeit geraten sind, hat das Ihre Meinung über Obdachlose verändert? Haben Sie manchmal das Gefühl, dass Sie stehen bleiben sollten, um mit einem wohnungslosen Menschen ins Gespräch zu kommen und seine Geschichte zu erfahren? Haben Sie es tatsächlich getan? Wenn nicht, was hat Sie davon abgehalten?

3. Hat die Geschichte von Christine (die unser Pilotprojekt wieder verließ), Ihre Perspektive hinsichtlich der Frage, ob Wohnungslosigkeit für Frauen anders ist als für Männer, verändert?

4. Psychische Erkrankungen sind auch ein wichtiges Thema in diesem Buch. Sie sind mit einem ähnlichen Stigma behaftet wie die Obdachlosigkeit. Obwohl jedes Jahr einer von fünf Erwachsenen eine entsprechende Diagnose erhält, ist diese Situation mit Scham behaftet und wird häufig verschwiegen. Eine amerikanische Hilfsorganisation für psychisch Erkrankte möchte Menschen ermutigen, „die Person zu sehen und nicht die Krankheit". Haben Sie selbst oder hat jemand aus Ihrem Umfeld mit dieser Art von Stigma zu kämpfen? Wie geht es Ihnen damit? Auf welche Weise können wir Menschen erreichen, die unter dieser Situation zu leiden haben?

5. In meinem Buch habe ich erzählt, wie ich dazu erzogen wurde, Gutes zu tun. Zusammen mit dem, was meine Großmutter mir vermittelte – „andere lieben" –, wurde diese Botschaft zur treibenden Kraft in meinem Leben und wirkte sich auch bei Charlie und mir auf die Erziehung unserer eigenen Töchter aus. Mit welchen Werten sind Sie groß geworden, wie haben diese Ihr Leben beeinflusst und – falls Sie Kinder haben – Ihre Erziehung? Welche Werte möchten Sie beibehalten? Welche möchten Sie verändern?

6. In meinem Buch berichte ich auch davon, wie ich alles Religiöse zunächst ablehnte, dann aber merkte, dass mir der Glaube doch sehr wichtig war. Gab es auch in Ihrem Leben Zeiten, in denen Sie den Eindruck hatten, dass Sie mit Gott nichts anfangen konnten? Hat sich das geändert? Wenn ja, welche Erlebnisse haben dazu geführt?

7. Der Gedanke, das Leben noch einmal neu zu beginnen, kommt in dieser Geschichte immer wieder vor: von dem Schrottplatz, der zu einem Zuhause wird, über die wohnungslosen Menschen,

die endlich ein Heim finden, bis hin zu meiner Mutter, für die der Phönix ein wichtiges Symbol ist. Haben auch Sie einmal eine zweite Chance bekommen? Gab es Zeiten in Ihrem Leben, in denen Sie das Gefühl hatten, sich selbst neu zu erfinden und etwas Altes hinter sich zu lassen?

8. Obdachlose Menschen gehören oft zum unsichtbaren Teil unserer Gesellschaft. Coleman fragte seine Zuhörer in der Highschool, ob sie ihn sehen könnten, denn in all den Jahren, in denen er auf der Straße lebte, hatte er das Gefühl, für andere unsichtbar zu sein. Auch ich sah das Problem nicht wirklich, als ich den Leuten Suppe austeilte und ihnen Veranstaltungen anbot. Es änderte sich erst, als Denver mir die Augen öffnete. Haben Sie auch schon einmal erlebt, wie etwas Unsichtbares plötzlich für Sie sichtbar wurde? Was hat dazu geführt, dass Ihr Blick sich veränderte?

9. Immer wieder hatte ich den Eindruck, dass Gott eingriff: Es gab unerwartete Situationen, die unmöglich rein zufällig sein konnten. Irgendwie musste Gott da seine Hand im Spiel gehabt haben. Stimmen Sie dem zu? Haben Sie auch schon einmal die Erfahrung gemacht, dass Gott in Ihrem Leben etwas bewirkt hat? Wie erklären Sie sich das?

10. Am Anfang sah ich es nicht als meine Aufgabe an, etwas gegen die Wohnungslosigkeit zu unternehmen. Das erschien mir als ein riesiges, kaum zu bewältigendes Problem. Ich musste mich mit anderen zusammentun, die sich dieser Aufgabe bereits gewidmet hatten. Liegt Ihnen eine Sache oder ein Problem in Ihrer Umgebung besonders am Herzen? Wie sind Sie damit umgegangen? Haben Sie etwas unternommen? Und wenn nicht, was hält Sie davon ab? Gibt es vielleicht eine Hilfsorganisation, die Sie unterstützen könnten, oder kennen Sie Menschen, die sich genau für dieses Ziel, das Sie interessiert, einsetzen und denen Sie sich anschließen könnten?

# Die folgende Biografie inspirierte Kathy Izard für ihre Arbeit unter Obdachlosen

Ron Hall, Denver Moore mit Lynn Vincent
**Genauso anders wie ich**
*Eine unglaublich wahre Geschichte*
ISBN 978-3-86827-307-6
280 Seiten, gebunden

*Ein moderner Sklave, ein erfolgreicher Geschäftsmann und die unglaubliche Frau, die beide zusammenbrachte*

»Genauso anders wie ich« ist die Geschichte eines gefährlichen Landstreichers, der wie ein Sklave auf den Baumwollfeldern Louisianas aufwuchs, eines Kunsthändlers von Rang und Namen, der in der Welt von Armani und Chanel zu Hause ist, und einer mutigen Frau, die die beiden zusammenbringt, weil sie konsequent ihren großen Traum verfolgt.

Es ist eine wahre Geschichte, die so unglaublich ist, dass kein Romanschriftsteller sie hätte erfinden können.
Sie nimmt ihren Anfang in einer brennenden Hütte auf einer Plantage in Louisiana, in einer mondänen Villa in Hollywood und – mitten im Herzen Gottes. Und sie mündet in einem faszinierenden Projekt, das eine ganze Stadt verändert und Tausenden neue Hoffnung bringt – initiiert von zwei Männern, die unterschiedlicher nicht sein könnten.
Packend und ergreifend schildern Ron Hall und Denver Moore ihre Geschichte, und durch alle Grautöne hindurch schimmert mit jeder Seite intensiver die leuchtende Liebe Gottes.

Jen Bricker
**Alles ist möglich**
*Wie ich den Mut fand,*
*meinen Träumen zu folgen*
ISBN 978-3-86827-634-3
171 Seiten, Klappenbroschur

Als Jen Bricker ohne Beine zur Welt kommt, geben ihre Eltern sie zur Adoption frei. In ihrem neuen Zuhause wird sie nicht nur mit Liebe überschüttet, sondern ihre Adoptiveltern vermitteln der kleinen Jen auch eine positive Lebenseinstellung. Und so lernt Jen, eine Hürde nach der anderen zu überwinden. Volleyballspielen und Roller Skaten gehören genauso zu ihrer Freizeitbeschäftigung wie Surfen und Tauchen. Doch ihre ganze Leidenschaft gilt der Akrobatik. Sie ahnt nicht, dass ihr großes Vorbild, die Turnerin Dominique Moceanu, in Wirklichkeit ihre Schwester ist ... Heute ist Jen nicht nur weltweit als Akrobatin, sondern auch als Motivationstrainerin unterwegs. Ihre Lebensfreude schöpft sie aus dem Glauben, dass Gott es gut mit ihr meint. Sie ist davon überzeugt: Bei ihm sind alle Dinge möglich!